Susanne Scholl
Die Damen des Hauses

Susanne Scholl

Die Damen des Hauses

Roman

Residenz Verlag

Wir danken für die Unterstützung

WIEN KULTUR

Bibliografische Information der Deutschen Nationalbibliothek
Die Deutsche Nationalbibliothek verzeichnet diese Publikation in der Deutschen Nationalbibliografie; detaillierte bibliografische Daten sind im Internet über http://dnb.dnb.de abrufbar.

www.residenzverlag.at

Umschlaggestaltung: BoutiqueBrutal.com
Typografische Gestaltung, Satz: Ekke Wolf, typic.at
Lektorat: Jessica Beer
Gesamtherstellung: CPI books GmbH, Leck
ISBN 978 3 7017 1719 4

1. ELLA

»Endlich allein«, denkt Ella und lässt sich auf das graue Sofa fallen, das das Wohnzimmer dominiert.

Frau Liese faucht empört und bringt sich mit einem Satz in Sicherheit.

»Mausi, verzeih, hab dich nicht gesehen, komm her, lass dich streicheln!«

Frau Liese ist beleidigt.

Wehe, Ella würde Frau Liese in Gegenwart ihrer Schwester Maggie Mausi nennen.

Ella streckt sich genüsslich und schaltet den Fernseher ein.

Nachrichten.

Ella schaltet schnell wieder aus. Sie kann sie nicht leiden, diese Nachrichten aus aller Welt, die ihr Angst machen.

Frau Liese nähert sich vorsichtig. Mit einer Pfote berührt sie leise Ellas Oberschenkel, setzt dann die zweite hinterher und lässt sich schließlich leise schnurrend auf Ellas Schoß nieder.

»Na, siehst du, Mausi, bist ja doch nicht beleidigt«, sagt Ella und krault der Katze den Nacken.

Zum ersten Mal seit vielen Monaten hat sie nicht nur die Wohnung, sondern auch die Katze ganz für sich. Seit wann, kann sie nicht mehr genau sagen.

Es war alles überwältigend. Nachdem Heinz gestorben war, waren sie plötzlich da, die anderen. Die sie getröstet haben und nicht mehr gegangen sind.

Heinz hatte lange gebraucht, um zu sterben. Auch wenn er immer behauptete, sich mit seiner Krankheit abgefunden zu haben. Und Ella hatte ihn nicht gehen lassen wollen.

Vierzig Jahre lang waren sie aneinandergeklebt. »Ihr seid siamesische Zwillinge«, hatte Maggie immer gelästert. »Man kann euch nicht auseinanderschneiden. Furchtbar! Ich hab keine Schwester mehr, sondern nur noch eine Schwester mit Mann«, worauf Ella ihr vorgeworfen hatte, sie sei auf ihre glückliche Ehe ja nur neidig.

Dabei war es manchmal auch Ella zu viel gewesen. Wenn Heinz sie beschuldigt hatte, den Kindern mehr Zeit zu widmen als ihm. Und wenn sie ihn gehasst hatte, weil er mit Tommy stundenlang schwierige Kreuzworträtsel löste, statt mit ihr das begonnene Puzzle weiter zusammenzusetzen.

»Ihr seid so kindisch«, hatte Lilli den Eltern dann oft vorgeworfen.

Lilli, die jetzt irgendwo in Indonesien unterwegs war und sich nur alle paar Monate kurz bei Ella meldete. Lilli, die die Mutter getröstet hatte während des langen Sterbens des Vaters und danach fast ganz aus ihrem Leben verschwunden war. Sehr zum Zorn von Nelly. Nelly war Ellas Nichte. Maggies späte Tochter und Ellas engste Vertraute. Die, bei der sie sich ausweinte über ihre eigenen großgewordenen Kinder Lilli und Tommy, über Maggie und Luise und Rada. Der sie von den Streitereien in ihrer völlig überraschend entstandenen Wohngemeinschaft erzählte. An den Sonntagen, wenn Nelly zum Essen kam. Sonntag für Sonntag, das ganze Jahr lang.

Doch jetzt war Nelly auf Urlaub – ausnahmsweise einmal gemeinsam mit Maggie – und ihre anderen Wohnungsgenossinnen hatten sich für ein langes Wochenende in alle Windrichtungen zerstreut.

»Endlich allein«, seufzt Ella noch einmal und krault Frau Lieses schmalen, schwarzen Kopf mit dem weißen Fleck über dem linken Auge.

Sie würde aufstehen, wann es ihr passte, sie würde den ganzen Tag im Nachthemd herumlaufen und schon zu Mittag Unsinn im Fernsehen ansehen. Sie würde gehen und sich Ungesundes beim größten Fast-Food-Hersteller der Welt kaufen und den fetttriefenden Papiersack mit den giftigen Köstlichkeiten nach Hause tragen und diese mit Frau Liese teilen. Sie würde sich die süßesten Süßigkeiten leisten, die sie sich nur ausdenken könnte, und mindestens eine Tafel Schokolade pro Tag essen, und sie würde keine einzige Nachrichtensendung ansehen.

Sie würde mit einem Wort alles tun, was Maggie verachtete, Luise missbilligte und Rada schlicht und einfach nicht verstehen konnte.

Ella sieht zufrieden auf die laut schnurrende Frau Liese hinunter.

Dabei fällt ihr Blick auf die Uhr. Erst halb neun?

Der Tag hat also erst begonnen. Wieso ist sie dann schon auf? Wieso haben sie und Frau Liese schon gefrühstückt? Wieso sitzt sie dann jetzt hier auf dem Sofa und weiß nicht, was sie mit sich anfangen soll?

Sie könnte sich anziehen, in die Meierei im Volksgarten schlendern und dort die traditionelle saure Milch trinken. Sie könnte ein Buch mitnehmen und sitzen und schauen, wer da so vorbeigeht im Park.

Sie könnte durch die Stadt spazieren und gleich neuen Kaffee besorgen. Kaffee kann sie ohnehin nie genug zu Hause haben.

Auch ein Streitpunkt mit Maggie, die darauf besteht, nur schwarzen Tee mit Milch zu trinken, und Ellas Kaffeegier spießig nennt.

Doch nichts von all dem reizt sie.

Als Heinz noch da gewesen war, waren ihre Tage genau eingeteilt gewesen. In den letzten Monaten seines langsamen Sterbens hatte sie ihm jeden Vormittag und jeden Abend lange vorgelesen. Da hatte er schon nicht mehr die Kraft gehabt, selbst zu lesen.

Sie hatte ihm die gesamte »Herr-der-Ringe«-Trilogie vorgelesen und dabei gedacht, dass dieser Tolkien schon ein ziemlicher Nazi gewesen sein musste mit seinen blonden, blauäugigen Reiterkriegern und den kleinen, buckligen, schwarzen Bösewichtern. Heinz hatte diese ihre Zweifel nicht gelten lassen. Er hatte Fantasy-Romane geliebt und sich keine Gedanken über ihren tieferen Sinn machen wollen. »Wenn ich Tiefsinn brauche, lese ich Handke oder Sartre«, hatte er auf ihre Vorhaltungen hin gesagt. Und Ella hatte sich ihr Teil gedacht und ihm den »Herrn der Ringe« vorgelesen, während er immer wieder zwischendurch eingenickt war, aber sofort wieder wach wurde, wenn sie aufhörte zu lesen.

Manchmal hatten Lilli oder Tommy ihr das Vorlesen abgenommen. Dann war sie ein paar Minuten spazieren gegangen oder hatte sich einfach in den Liegestuhl auf dem Balkon gelegt und in die Luft geschaut.

Heinz hatte sie beim Studium kennengelernt. Er war fünf Jahre älter als sie und schon Assistent an der Germanistik gewesen, als ihm die Erstsemestrige Ella über den Weg gelaufen war. Es war Liebe auf den ersten Blick gewesen, hatte er immer behauptet. Ella hatte dagegen immer behauptet, er habe sie zunächst gar nicht wahrgenommen, sie habe ihm erst eine ganze Weile lang nachlaufen müssen, bevor er sie erhört habe.

»Aber Lali, du weißt doch, dass ich damals noch mit der Elfie zusammengelebt hab«, hatte Heinz bei solchen Diskussionen immer gesagt, und Ella, die er Lali nannte, zärtlich über den Arm gestrichen. »Die hab ich ja nicht einfach so von einem Tag auf den anderen sitzen lassen können …«

»Die Kuh, die«, hatte Ella dann immer in völlig ungerechter Eifersucht gebrummt. Schließlich hatte Heinz »die dumme Kuh« ja doch ihretwegen verlassen.

Manchmal denkt Ella jetzt an diese Elfie, mit der sie nie ein Wort gewechselt hatte. Die Verlassene hatte später Heinz' größten Rivalen auf der Germanistik, Professor Rudolf, geheiratet, was Heinz unglaublich beleidigt hatte, und Ella immer wieder zu der Bemerkung veranlasste, Männer seien eben doch vor allem Kleinkinder mit totalem Besitzanspruch bis über den Tod hinaus.

Elfie war vor einigen Jahren von ihrem Professor verlassen worden und hatte sich danach zu Tode gesoffen. Und Ella verspürte so etwas wie Schuldgefühle. Auch wenn sie sich sagte, dass man ja nicht wissen könnte, was aus Elfie und Heinz geworden wäre, wenn Ella ihm damals nicht in den Korridoren des Germanistik-Institutes über den Weg gelaufen wäre.

Siamesische Zwillinge – das waren sie tatsächlich gewesen. Als Heinz sie endlich erhört und ihr seine Liebe gestanden hatte, waren sie unzertrennlich geworden. Vierzig Jahre lang waren sie keinen Tag getrennt gewesen, hatten keine Nacht in getrennten Betten geschlafen.

Dann war Heinz krank geworden.

Während ihrer Schwangerschaften war Ella oft Tage lang zu ihrer Mutter übersiedelt. Und Heinz war jeden Abend gekommen, um bei ihr zu sein.

Die Mutter hatte jeden neuen Enkel wie ein Geschenk betrachtet.

Die Tochter wurde zur Heiligen, der man jeden Wunsch von den Augen ablesen musste, und Ella hatte es genossen, sich plötzlich wieder zu fühlen wie damals als Kind, wenn ihr etwas wehgetan und die Mutter sie einfach in den Arm genommen und gewiegt hatte.

Maggie war damals im Ausland gewesen und nur ab und zu auf Besuch nach Wien gekommen. Wenn sie die ältere Schwester dann ganz unter der Fuchtel der Mutter vorgefunden hatte – mit Heinz immer in der Nähe –, hatte sie sich oft angewidert abgewandt. Manchmal hatte sie ihrer Mutter und der Schwester sogar vorgeworfen, sie völlig vergessen zu haben, nur weil sie nicht Tag und Nacht anwesend war.

»Sie fehlen mir«, sagt Ella zu Frau Liese, die sie verständnisvoll mit ihren tiefgrünen Augen ansieht und dann mit der feuchten Schnauze anstupst, weil Ella unvorsichtigerweise aufgehört hat, sie hinter den Ohren zu kraulen. »Sie fehlen mir so, die Mama und der Heinz, und ich weiß ja, dass das absurd ist. Und nie hat die Mama gesagt, dass die Oma ihr fehlt. Na ja, die war ja auch eine Hexe, die Oma. Aber wieso fehlen sie mir so? Der Heinz, das ist ja klar, der war ja mein Lebensmensch, mein Fels in der Brandung! Und die Mama? Ich will einfach jemand haben, der mir nicht dauernd erklärt, was ich alles falsch mache. Ich komm mir vor wie im Sandwich zwischen Maggie und Luise …«.

Als Heinz noch lebte, hatte sie Maggie nur selten gesehen. Ihre Schwester war mit ihrem Mann, einem Diplomaten, Jahre lang in der Weltgeschichte herumgereist. Ella hatte sie oft darum beneidet. Allerdings war die Ehe in die Brüche gegangen, als Maggie erst Mitte dreißig und Nelly gerade einmal vier Jahre alt gewesen war. Von da an hatte sich Maggie allein durchgeschlagen. Immer irgendwo auf der Welt. Manchmal hatte sie ihre Tochter monatelang bei Ella zurückgelassen. Und Ella hatte die Nichte, die Jüngste in der Familie, mit ihrer Mutter geteilt. Ellas Mutter, die »Oma Gerti«, hatte ihre jüngste Enkelin mehr bemitleidet als geliebt, weshalb Nelly es vorzog, bei Ella zu leben. Oma Gerti war deshalb oft böse gewesen, und manchmal hatte sie Ella Vorhaltungen gemacht. Sie verwöhne die Nichte mehr als ihre eigenen Kinder, sie dürfe Maggie nicht immer nachgeben, diese solle gefälligst ihre Verantwortung gegenüber ihrer Tochter wahrnehmen. »Und was ist mit dem Vater, dem Trottel? Der hat eine bezaubernde Tochter und vertreibt sich die Zeit lieber mit irgendwelchen Flitscherln«, hatte Ella dann geantwortet.

Heinz hatte die Anwesenheit seiner Nichte Nelly akzeptiert, auch wenn er ein wenig eifersüchtig gewesen war. Er hatte Lilli und Tommy geliebt und Nelly auch gernegehabt, den Eifer jedoch, mit dem seine Frau sich ihrer Nichte annahm, hatte er nie so ganz begriffen.

Bevor die nächste Generation ins Leben getreten war, hatten Ella und Heinz versucht, die Welt neu zu erfinden. Sie waren 1968 in der ersten Reihe der Studentenproteste gegangen und hatten ihre Eltern mit der Frage genervt, wieso sie nicht aufgestanden waren gegen die Verbrecher, damals in der Nazi-Zeit. Ellas Mutter hatte dann immer geantwortet, dass das nicht so leicht gewesen sei, wie sie, Ella, es jetzt habe. Ihr könne ja nichts geschehen, wenn sie auf die Straße gehe, damals aber hätte jeder Akt des Widerstands Lebensgefahr bedeutet. »Ich hätte dich sehen wollen, damals, weißt du? Wenn schon ein blöder Witz einen ins KZ bringen konnte«, hatte sie wütend gesagt.

Ellas Vater hatte geschwiegen. Was Ella über seine Erlebnisse im Krieg wusste, hatte die Mutter ihr erzählt. Kurt war als 16jähriger noch im letzten Kriegsjahr eingezogen worden und ganz bald davongelaufen. Ein Bauer im Waldviertel hatte ihn versteckt, »bis der Spuk vorbei war«. Die junge Gerti war mit ihrer Mutter, der Hexe, die aus dieser Gegend stammte, vor den Bomben auf Wien ins Waldviertel geflüchtet. Gertis Vater war in Russland gefallen. So hatten Kurt und Gerti sich kennen gelernt. »Im Heustadl«, hatte Oma Gerti unter dem Johlen ihrer Enkelkinder oft erzählt, und Ella war das immer ein bisschen peinlich gewesen. »Die Mama hat ihn ja nicht wollen«, hatte Gerti auch erzählt. »Der Opa Kurt war ja ein Vaterlandsverräter, hat sie gesagt. Weil er sich als halbes Kind nicht hat totschießen lassen wollen!« Ella und Maggie waren sehr stolz gewesen auf ihren Papa, den Deserteur. Kurt war ein außerordentlich sanftmütiger Mensch gewesen, hatte sich von Gerti herumkommandieren lassen und seine Töchter mit einer gewissen Scheu betrachtet, als ob er nicht glauben könne, dass das wirklich seine Kinder sein sollten. Er hatte seine Frau, die vier Jahre älter war als er, vergöttert. Die Töchter allerdings behaupteten immer, er habe sich vor allem unglaublich gefürchtet vor ihr und ihren Wutausbrüchen.

Kurt war noch jung gewesen, als der Krebs ihn geholt hatte, und Ella und Maggie hatten ihn auch deshalb sehr betrauert, weil die herrschsüchtige Mutter nun noch mehr Zeit hatte, sie zu tyrannisieren. Maggie hatte sich kurz danach mit ihrem Damals-noch-Ehemann nach Peru verabschiedet. Ella war geblieben und hatte das Unglück der Mutter und ihre damit zusammenhängende Unleidlichkeit jahrelang aus nächster Nähe miterlebt.

Als dann aber die Enkelkinder kamen und die Mutter alterte, hatte sich das Verhältnis umgekehrt. Die Mutter wurde weicher, und manchmal war es Ella, die sie jetzt anbrüllte in dem Bewusstsein, dass sie jetzt die Stärkere war. Und dann, als Lilli und Tommy erwachsen und auch Nelly kein Baby mehr war, war Oma Gerti gestorben. Ganz plötzlich und ganz schnell.

Und plötzlich hatte Ella sich bei dem Gedanken ertappt, dass sie jetzt in die erste Reihe vorgerückt war. Was ihr Angst machte. Hinzu kam, dass ihre tägliche Routine plötzlich ins Leere lief. In den letzten zehn Jahren war es ihr zur Gewohnheit geworden, die Mutter jeden Tag gegen fünf Uhr nachmittags, wenn sie aus der Schule zu Hause und ein wenig erholt war, anzurufen. Die Mutter erzählte ihr dann, was sie erlebt hatte an diesem Tag, und Ella beschwerte sich über ihre unbelehrbaren Schüler, die nicht einmal mehr wussten, wer Heinrich Böll war. Als Ella gerade erst vier Jahre in Pension war, war die Mutter gegangen. Keine täglichen Telefonate mehr. Keine Schuldgefühle, weil sie die Mutter vernachlässigte. Kein wöchentlicher Sonntagsbesuch mehr. All das hätte eine Erleichterung sein können, fehlte Ella jetzt aber ganz unvermutet. Ein Teil ihres Lebens war ihr plötzlich abhandengekommen, und diesen Teil konnte auch Heinz nicht ersetzen.

Heinz, der sie gelegentlich gerne daran erinnerte, wie sehr sie unter »Oma Gerti« gelitten hatte, vor allem, wenn diese wieder einmal mit gnadenloser Direktheit in ihrer beider Leben eingebrochen war. Wenn sie ihr vorhielt, sich nicht genug um sie, die arme, alte, einsame Großmutter zu kümmern. Wenn sie sie beschuldigte, die geliebten Enkelkinder gegen sie aufzuhetzen, weil diese mit zunehmendem Alter immer weniger Lust zeigten, die etwas raunzige Oma zu besuchen.

»Ich bin frei«, sagt Ella laut zu Frau Liese und drückt der sich sträubenden Katze einen Schmatz auf die rosa Nase. Frau Liese pfaucht leise und springt auf den Couchtisch, der ihr eigentlich verboten ist. Aber was ist für eine Katze schon verboten …

»Na gut, und was mach ich jetzt mit der Freiheit?«

Heinz war eines Tages müde und ungeduldig geworden. Er hatte aufgehört zu lesen, war Stunden lang vor dem Radio gesessen und hatte sich Opern angehört.

»Der Wessely hält einen Vortrag über Paul Celan, gehen wir hin?«

»Keine Lust«, hatte Heinz geantwortet, obwohl Paul Celan sein ureigenstes Thema war, er selbst ein Buch über ihn veröffentlicht hatte und immer der Überzeugung gewesen war, sein Kollege Walter Wessely wolle ihn nur provozieren, indem er sich ebenfalls zum Celan-Experten aufspielte.

»Was? Dazu hast du keine Lust? Heinz, du bist krank!«, hatte Ella voller Schrecken gerufen und einen Termin beim Arzt vereinbart.

Sie war tatsächlich sicher gewesen, dass Heinz krank sein musste, wenn er sich die Gelegenheit entgehen ließ, den Wessely vor Publikum herunterzumachen. Und das wäre ihm durchaus gelungen, denn niemand wusste so viel über Celan wie er!

»Müdigkeit, Appetitlosigkeit, Schlafstörungen, Widerwillen gegen Fleisch, Interesselosigkeit an allem, was ihn früher brennend begeistert hat«, erklärte Ella dem Arzt, während dieser die Nadel in Heinz' Vene stieß und ihm Blut abnahm. Und Heinz ließ sie reden – ihr Heinz, der sonst immer das große Wort geführt hatte und ihr nie erlaubt hätte, dem Arzt von ihm zu erzählen.

Die Diagnose ließ Ella in tiefste Depressionen verfallen. Heinz aber nahm ihre Hand und sagte: »Lali, Liebes, sei nicht traurig, ich hab doch ein wunderbares Leben gehabt mit dir und den Kindern. Da kann ich jetzt auch leicht gehen, ohne traurig zu sein. Und du kannst dein Leben noch eine Weile länger genießen und es dir gut gehen lassen. Das ist für mich der schönste Trost, dass es dir auch ohne mich gut gehen wird.«

Da hatte Ella geweint. Lange und bitterlich und Heinz hatte sie im Arm gehalten und getröstet.

Noch am selben Abend hatte Ella Tommy und Lilli angerufen und ihnen gesagt, dass der Vater todkrank sei. Lilli, die gerade von einer Studienreise aus dem Jemen zurückgekommen war und schon die nächste vorbereitete, war am folgenden Tag gekommen und hatte der Mutter versichert, sie werde ihr und dem Vater beistehen. Tommy wiederum hatte die Eltern mit der Nachricht zu trösten versucht, er werde seine langjährige Freundin Silvia heiraten, sie erwarteten nämlich ein Kind.

Ella war hin und hergerissen gewesen zwischen ihrer Sorge um Heinz und der Freude über das erste Enkelkind. Heinz aber schien sich einfach nur zu freuen und blödelte mit Tommy über die möglichen Namen für Mädchen und Buben.

Doch unterdessen wurde Heinz immer schwächer. Immer öfter verbrachte er den ganzen Tag auf dem Sofa liegend. Frau Liese, die damals noch eine sehr junge Dame war, versuchte hie und da, ihn zu einem Spiel zu animieren, aber Heinz brachte die Kraft nicht auf.

Tommys Hochzeit allerdings ließ er sich nicht entgehen. Obwohl ihm sein bester Anzug schon so zu weit war, dass er aussah wie eine Vogelscheuche und Ella sich neben ihm wie ein Walross vorkam. Er hielt eine wunderbare Rede auf Tommy und Silvia und das kommende neue Menschlein und schien aufzuleben.

Nur Ella beunruhigten die roten Backen ihres abgemagerten Mannes, denn die verhießen gar nichts Gutes.

»Mama, schau nur, wie er sich freut, lass ihn einfach«, sagte Lilli und streichelte Ellas Hand. Lilli, die Textilkunde studiert hatte und jetzt in die entlegensten Ecken der Welt fuhr auf der Suche nach besonderen handgewebten Stoffen, hatte ihre Reisetätigkeit stark eingeschränkt, weil sie, wie sie sagte, weder die Mutter noch den Vater in dieser Lage allein lassen wollte.

Marianne, genannt Nanni, kam kurz vor Heinz' Tod auf die Welt. Und der Schwerkranke ließ es sich nicht nehmen, Mutter und Kind zu besuchen, sobald sie zu Hause angekommen waren.

»Sie schaut dir ähnlich, Lali, so ein Glück! Stell dir vor, sie wär so hässlich geworden wie ich …«, sagte er, als er das Baby in seiner Wiege betrachtete, und lächelte Ella zu. »Besser so schön wie ich und so gescheit wie du als umgekehrt«, hatte Ella lachend geantwortet.

Später, zu Hause, im Bett, sagte Heinz, er sei glücklicher, als er je zu träumen gewagt habe, und denke, dass er nun leichten Herzens gehen könne.

Ella schimpfte mit ihm und verbat ihm solche Gedanken.

Aber sein Zustand verschlechterte sich nun von Stunde zu Stunde. Ella kämpfte. Sie bekochte ihn, las ihm vor, erzählte von Nannis Fortschritten im Menschsein und tat so, als sei er noch ihr Heinz, der große Professor, ihr Vorbild in allen intellektuellen Fragen, ihr Mann, ihr Geliebter und ihr Fels in der Brandung.

Lilli kam jeden Tag und schickte die Mutter aus dem Haus.

»Geh einkaufen, du brauchst sicher wieder ein neues Sommerkleid, ich hab in der Stadt solche gesehen, wie du gerne hast, geh, spazier einmal über die Kärntner Strasse und tu dir was Gutes!«

Aber Ella, die Eitle, die nichts mehr liebte, als sich mit schönen Dingen – auch Kleidern – zu umgeben, hatte den Spaß am Einkaufen ganz plötzlich verloren.

Sie traf sich manchmal mit Maggie, wenn diese in Wien war. Hie und da ging sie mit ihrer Nachbarin Luise ins Kaffeehaus und hörte sich deren Ehetragödie an. Was sie von Heinz' Dahinsiechen ablenkte. Aber meistens rannte sie spätestens nach einer Stunde wieder nach Hause, getrieben von der unbestimmten Angst, Heinz könnte verschwunden sein, sich in Luft aufgelöst haben.

Lilli brachte eines Tages Valentin mit. Valentin war einen guten Kopf größer als sie, kräftig, aber nicht dick, und hatte ein verschmitztes Lächeln in den Augenwinkeln. Lilli, die Ella manchmal im Spaß »mein Quecksilber« nannte, tanzte förmlich um Valentin herum, und Ella bemerkte, dass dieser ihre Tochter so verliebt ansah, wie Heinz es damals mit ihr gemacht hatte. Damals, als sie Hand in Hand demonstrieren gegangen waren.

»Jetzt bin ich also alt«, hatte Ella bei sich gedacht und sich gleichzeitig gefreut, weil ihre Tochter noch nie so glücklich ausgesehen hatte. Valentin war Arzt und Lilli hatte ihn auf einer ihrer Reisen kennengelernt, weil er zur gleichen Zeit, als sie auf der Suche nach unbekannten Textilweberinnen war, auf einer Mission für Ärzte ohne Grenzen in Afrika unterwegs gewesen war. »Es war wie ein Blitz aus heiterem Himmel, Mama, wir waren uns in allen wichtigen Dingen einig, uns interessieren die gleichen Sachen, und wir lieben beide die weite Welt. Besser geht's gar nicht. Er ist wie ein Geschenk!«

Ein Geschenk, hatte Ella gedacht. War Heinz ein Geschenk gewesen? Oder doch nur das, was alle von ihr erwarteten? Allen voran Omi Gerti? Sie liebte Heinz und hatte Angst um ihn, aber ein Geschenk? So hätte sie das nie gesehen.

Tommy kam mit Silvia und Nanni zu Besuch, und Valentin fragte, ob er das Baby wohl halten dürfe. Silvia, eine etwas überängstliche Mutter, zögerte und blieb dann direkt neben ihm stehen, bereit, ihm ihr Kind beim ersten Anzeichen von Unmut zu entreißen. Aber Nanni patschte Valentin ihre dick gepolsterten Babyhändchen fröhlich ins Gesicht, zog ihn an den Haaren und biss ihn voller Liebe in die Wange. Silvia war sprachlos, Tommy lachte und Ella und ihre Tochter betrachteten diesen Valentin wie ein Wunder. Als er das Baby in die Luft warf und Nanni vor

Vergnügen jauchzte, hielt die versammelte Familie die Luft an. Nur Heinz klatschte ganz leise Beifall und streckte Nanni dann eine Hand entgegen. Valentin verstand die Geste und setzte das Baby Heinz, der auf dem Sofa saß, eine Decke über den abgemagerten Beinen, auf den Schoss. Heinz strich über die seidigen, dunklen Locken des Babys, während Nanni quietschte und Valentin die Ärmchen entgegenreckte.

»Also du hast die ganze Familie in die Tasche gesteckt«, sagte Lilli lachend und ein wenig stolz, und Valentin sagte genau das, was alle hören wollten: »Ihr seid ja auch eine Familie zum Verlieben!«

Von da an vergötterte Ella Valentin, und wenn Lilli sie ohne ihn besuchen kam, fürchtete sie sogleich, dass die Beziehung kaputt gegangen sein könnte, was sie als Katastrophe für Lilli, aber auch für sich und Heinz betrachtete. Wenn sie dann aber Lilli gegenüber derlei Andeutungen machte, wies die Tochter ihre Befürchtungen nicht nur entschieden zurück, sie warf der Mutter auch noch vor, sich allzu sehr einzumischen, so wie das Omi Gerti ja auch schon bei ihr und Heinz getan habe, und sie, Lilli, denke nicht daran, sich das bieten zu lassen.

Nachdem Valentin die Familie im Sturm erobert hatte, kam er jetzt manchmal auch alleine, um bei Heinz zu sitzen, mit ihm über alles Mögliche zu reden und hie und da auch Ella in medizinischen Fragen beizustehen.

In den letzten zehn Tagen ihres Mannes verließ Ella sein Zimmer nur noch, wenn es sich gar nicht verhindern ließ. Tommy kam jeden Nachmittag für ein paar Minuten vorbei, Lilli und Valentin aber nahmen sich frei, verköstigten die Mutter und versuchten auch dem Sterbenden Nahrung einzuflößen. Heinz starb, als Ella für kurze Zeit aus dem Zimmer gegangen war, um sich eine frische Bluse anzuziehen, weil sie sich bei dem Versuch, Heinz etwas Tee zu geben, ganz nass gemacht hatte.

Lilli saß beim Vater und hielt seine Hand. Und als Ella zurückkam, hatte er aufgehört zu atmen.

Beim Begräbnis hatte Ella zwischen Tommy und Lilli gesessen und war unfähig gewesen zu weinen. Heinz' Kollegen von der Universität hatten einen viel zu großen Kranz gespendet, Professor Wessely hatte eine viel zu kalte Rede gehalten. Professor Rudolf hatte geschluchzt, als sei sein bester Freund gestorben, was Ella dazu zwang, sich sehr zu beherrschen, um nicht schallend herauszulachen. Nelly hatte geweint und davon gesprochen, dass Heinz ihr mehr Vater gewesen war, als ihr eigener Vater. Dann war Valentin aufgestanden und hatte vorgelesen, was Lilli und Tommy ihm diktiert hatten. »Lilli und Tommy, deine Kinder, und Ella, deine große Liebe. Sie können heute nicht sprechen, weil sie keine Worte haben. Aber sie haben mich gebeten, der ich dich ja leider nur so wenig gekannt habe, auszusprechen, was ihnen in der Seele brennt, was sie selbst aber nicht herausbringen in diesem Moment«, hatte er gesagt und dann von Heinz als Vater und Ehemann gesprochen, als Mensch mit Ecken und Kanten, und Lilli und Tommy hatten die Mutter fest im Arm gehalten.

Als alles vorbei war, waren sie gemeinsam nach Hause zurückgegangen. In die große Wohnung, die Ella plötzlich schrecklich leer erschienen war. An diesem Abend hatte sich Lilli zu ihrer Mutter ins Bett gelegt und sie im Arm gehalten, bis sie eingeschlafen war.

In den folgenden Wochen waren die Kinder so rücksichtsvoll gewesen, wie Ella es gar nicht für möglich gehalten hatte, und hatten sich dabei abgewechselt, ihr Gesellschaft zu leisten, dafür zu sorgen, dass sie regelmäßig aß und spazieren ging. Nach und nach aber war der Alltag wieder eingekehrt. Lilli hatte ein neues Forschungsprojekt in Burkina Faso und verließ Wien für mehrere Monate, gefolgt von Valentin, der sich unbezahlten Urlaub nahm, um ebenfalls in Burkina Faso in einem Krankenhaus zu arbeiten, wo dringend Ärzte gesucht wurden. Tommy war mit seiner Arbeit als Ingenieur, mit Silvia und Nanni beschäftigt. Manchmal durfte Ella das Baby hüten, während die Eltern ins Kino gingen oder Freunde trafen.

»Sie fehlen mir, Frau Liese, sie fehlen mir. Aber nicht, weil ich einsam bin. Sondern weil es mit ihnen halt irgendwie anders war. Einsam bin ich ja nicht, war ich nie ...«

Sie war allein gewesen und sie hatte getrauert. Lange und bitter. Um ihren Mann, um ihre Mutter, um ihre Jugend. Aber sie hatte sich nicht einsam gefühlt. Nelly kam sie nach Heinz' Tod oft besuchen und sie redeten. Über Heinz und Oma Gerti und auch über Maggie. Die hatte sich in Rom niedergelassen, nachdem sich ihre und die Wege ihres Mannes Leo genau dort getrennt hatten. Nelly war der festen Überzeugung, dass die Mutter dort unglücklich war. Sie arbeitete als Dolmetscherin bei der FAO, verdiente auch viel Geld, war aber irgendwie nie so recht angekommen in der chaotischen italienischen Hauptstadt. »Und außerdem hat sie eine blöde Männergeschichte nach der anderen«, erzählte Nelly ihrer Tante an einem verregneten Samstag im November, drei Monate nach Heinz' Tod. »Oh je, wieso?«

»Na, weil sie sich dauernd irgendwelche italienischen Machos aufreißt, die sie dann gleich heiraten und am liebsten zu Hause einsperren wollen, so wie der Leo auch schon ...«

»Das ist dein Vater, ich mag das nicht, wenn du so über ihn sprichst«, wies Ella die Nichte zurecht, aber insgeheim gab sie ihr Recht. Leo hatte aus Maggie eine brave Diplomatengattin machen wollen, Maggie aber war eine lebenslustige, neugierige Frau, die die Welt sehen wollte und der der befohlene diplomatische Lebensstil gar nicht behagt hatte. Sie war nie eine großartige Hausfrau gewesen, hatte sich nicht dafür interessiert, wie man so wenig Geld wie möglich für den größtmöglichen Empfang ausgab, und sich bei den verschiedenen gesellschaftlichen Notwendigkeiten fürchterlich gelangweilt. Sie hatte überall Freundschaften geschlossen, die laut Leo alles andere als »standesgemäß« gewesen waren, und schließlich irgendwann begonnen, Leo zu betrügen. Nicht, weil sie ihn nicht geliebt hätte, sondern weil er ihr zunehmend auf die Nerven ging mit seinem gezwungenen Gehabe, als wäre er ein englischer Lord.

In Rom war es zum endgültigen Bruch gekommen, als Maggie Leo eröffnet hatte, sie habe eine Affäre mit einem seiner Kollegen an der Botschaft. Leo war damals Gesandter. Der Kollege war strafversetzt worden und Leo und Maggie hatten sich scheiden lassen. Leo war bald darauf Botschafter in London geworden, Maggie aber hatte bei der FAO angeheuert und die vierjährige Tochter ihrer Mutter und ihrer Schwester in Wien anvertraut.

Jetzt nahte die Zeit, in der Maggie bei der FAO in Pension gehen würde – und Nelly fand, die Mutter sollte nach Wien zurückkommen, wo sie Familie hatte und vielleicht auch noch ein paar Freunde aus ihrer Jugend. »Ihre einzige wirkliche Freundin in Rom ist ihre Friseurin, kannst du dir das vorstellen? So kann sie doch nicht leben!«

»Wieso nicht?«, fragte Ella vorsichtig.

»Na, bisher war sie die Karrierefrau von der FAO, aber wenn's damit vorbei ist, ist sie dort niemand mehr, und bei diesen internationalen Organisationen wechseln die Leute so rasch, da erinnert sich bald keiner mehr an sie, und dann bleibt? Giulia, ihre Friseurin ...«

Im Jänner kam Maggie zu Besuch nach Wien und fragte Ella, wie es ihr so gehe, jetzt, wo sie allein sei. »Frei«, antwortete Ella, »frei auch!«

»Ja, frei, schon, aber eben auch allein«, meinte Maggie, und Ella fragte sie geradeheraus, ob sie Angst davor habe, mit der Arbeit aufzuhören.

»Ja«, antwortete Maggie ebenso frei heraus.

»Dann komm zurück und zieh bei mir ein!«, sagte Ella plötzlich, ohne lange nachzudenken.

»Wirklich?«, fragte Maggie?

»Ja, klar«, wiederholte Ella, obwohl sie sich gar nicht sicher war. »Schau dir diese Wohnung an, die hat 250 Quadratmeter. So viele Zimmer kann ich allein gar nicht bewohnen. In dem kleinen wohnt die Rada. Du kannst das große Zimmer hinten haben, da siehst und hörst du mich gar nicht, wenn du nicht willst ...«

Maggie erbat sich Bedenkzeit und reiste wieder ab.

Als Nelly von Ellas Versuch erfuhr, Maggie zu sich zu nehmen, war sie begeistert.

»Ihr macht's eine Seniorinnen-Wohngemeinschaft, wie geil ...«, rief sie, was Ella zu der empörten Antwort veranlasste, weder fühle sie sich als Seniorin, noch habe sie vor, eine Wohngemeinschaft zu gründen. Davon habe sie in ihrer Jugend mehr als genug erlebt.

»Wirklich? Erzähl!«, forderte Nelly begeistert.

Bevor sie Heinz begegnet war, habe sie »sich herumgetrieben«, meinte Ella daraufhin. Bei Oma Gerti sei sie mit 18 ausgezogen, weil sie deren kleinbürgerlichen Lebensstil – »ihr verstaubtes Spießertum« – nicht mehr ertragen habe. Sie sei damals mit einem strammen jungen Maoisten zusammen gewesen – »also, ich hab mit ihm geschlafen und er hat mir was von freier Liebe erzählt und dass Heirat und Zweierbeziehung etwas für die alten Nazis aus der Generation unserer Eltern seien«, sagte Ella und erzählte Nelly dann auch, mit wie vielen anderen Frauen sie diesen Max in ihrem Bett in der Wohngemeinschaft erwischt habe, in der sie mit ihm und einem anderen Paar lebte. Max hatte zwar sein eigenes Zimmer, aber Ellas Bett war größer und bequemer gewesen, erwiderte sie auf Nellys empörte Frage, warum er die Frauen nicht wenigstens in sein eigenes Zimmer mitgenommen habe.

»Wenn ich ihm Vorwürfe gemacht hab, hat er mir erklärt, ich solle meine kleinbürgerliche Eifersucht ablegen«, sagte Ella und merkte, wie die Bitterkeit in ihr aufstieg, die sie damals Monate lang hinuntergeschluckt hatte, weil sie eben nicht kleinbürgerlich und eifersüchtig sein wollte.

»Und wie lang hast du das ausgehalten?«

»Drei Jahre!«

»So lang? Ich wär nach dem ersten Mal gegangen oder hätte ihn rausgeschmissen!«

»Na ja, ich wollte nicht zurück zur Oma Gerti, eine eigene Wohnung hab ich mir nicht leisten können, und dann haben dort ja auch die Ruth und der Jakob gewohnt, und die Ruth war damals meine beste Freundin und hat mich immer getröstet und gesagt, das geht vorbei, der Max muss sich selbst was beweisen, das hat gar nichts mit mir zu tun, mich liebt er wirklich, die anderen rennen ihm halt so nach, weil er ja so ein großes Tier in der Studentenbewegung ist, und da könne er halt oft nicht Nein sagen.«

Als aber eine der angeblich unwichtigen Bettgenossinnen von Max bei Ella um dessen Hand anhielt – »also besser gesagt, sie hat sich vor mir aufgebaut und gesagt, ich solle mich doch damit abfinden, dass Max sie liebe und ihrem Glück nicht länger im Weg stehen, er sei ja nur aus Mitleid noch bei mir«, habe sie, Ella, die Notbremse gezogen und Max aufgefordert, auszuziehen.

Kurz danach hatte Ella Heinz getroffen. Als sie zum ersten Mal Hand in Hand mit ihm zu einer Demonstration gekommen war, hatte Max ihr sehr zu ihrer Zufriedenheit eine Eifersuchtsszene gemacht und war sogar in Tränen ausgebrochen.

»Aber weißt du – ich kann immer nur mit einem Menschen zusammensein«, erklärte Ella ihrer Nichte. »Und nach allen Kränkungen ist mir die Liebe zu Max ganz und gar abhandengekommen. Ich hab ihn plötzlich in seiner ganzen Eitelkeit gesehen und mich gefragt, was ich denn an ihm gefunden hab. Und da war Heinz, der hat Max so von oben bis unten gemustert, mich dann um die Taille genommen, geküsst und weggezogen. Also eine bessere Revanche für all die Betrügereien hätte ich mir gar nicht wünschen können!«

Nelly sah nachdenklich in ihre Kaffeetasse und sagte dann:

»Ich wollte, ich würde so einen Heinz finden. Oder meinetwegen auch eine Heinzine.«

»Bist du lesbisch?«, fragte Ella und bemühte sich, Nelly ihre Verwirrung nicht spüren zu lassen.

»Bi«, sagte Nelly kühl. »Ist das ein Problem für dich?«

»Nein, es ist mir nur nie aufgefallen ... weiß das deine Mama?«

»Fragst du mich jetzt, ob die Mama weiß, dass ich heute schon drei Eis gegessen habe?«, erwiderte Nelly spitz.

»Nelly, meine Süße, jetzt sei doch nicht so beleidigt, ich frag ja nur ...«

»Du fragst wie die Leute, die glauben, lesbisch sein ist eine Krankheit ...«

»Aber nein, so hab ich das doch nicht gemeint, ich wollte es ja einfach nur wissen ...«

»Die Mama weiß das nicht, aber es interessiert sie ja auch nicht, wie ich leb …«, sagte Nelly bitter.

»Aber nein, Schatzi, das stimmt doch nicht, die Mama liebt dich und natürlich will sie alles über dich wissen …«

»Geh hör auf, ich weiß doch, wie sie ist, und du weißt das auch. Sie ist so mit sich selbst beschäftigt, dass es ihr gar nicht auffällt, wenn es mir schlecht geht. Du weißt tausend Mal mehr von mir als sie …«

Ella schwieg lange, bevor sie sich neuerlich in die Verteidigung ihrer kleinen Schwester stürzte. Allerdings ohne Erfolg. Nelly war unversöhnlich und wollte nichts hören über Maggies Probleme und Anstrengungen. Und Ella dachte, was sie damals schon gedacht hatte, dass das Kind – Nelly war für sie immer das Kind gewesen, das Kind, das ihr gebracht worden war, als Lilli und Tommy schon keine Babys mehr waren – dass das Kind also nicht ganz unrecht hatte.

Damals. »Es war alles so schwierig damals«, sagte Ella und dachte dabei an ihre Zeit mit Max, der ihr nicht aus dem Kopf gegangen war, als sie schon lange mit Heinz lebte. »Die Mama war frisch geschieden und der Papa hat sich überhaupt nicht um dich gekümmert, und die Maggie war allein und weit weg und hat irgendwie gar nicht gewusst, wie sie das mit dir machen soll, und ich war da in Wien mit Mann und Kindern, und die Oma Gerti war sowieso verwitwet, und wir haben dich alle so lieb gehabt – also ich lieb dich nach wie vor so – und haben gefunden, dass es für dich viel besser ist, wenn du bei uns bist. Für Lilli und Tommy warst du ja eh auch die kleine Schwester, und es ist dir doch gut gegangen bei uns, oder? Das hat doch nicht geheißen, dass sich die Mama nicht für dich interessiert hat, oder dass sie sich jetzt nicht um dich sorgt. Sie hat jeden Tag angerufen und du wolltest oft gar nicht mit ihr reden, weil du gerade was gespielt oder gelesen hast, und da hat sie sich sehr gekränkt. Und sie hat sich jedes Jahr vier Wochen Urlaub genommen und hat den mit dir verbracht, und wie du älter warst, hast du immer aussuchen dürfen, wohin ihr fahrt …«

Aber während Ella ihre Rede an Nelly hielt, dachte sie an Max. An die Demonstrationen gegen die Faschisten in Griechenland und den amerikanischen Feldzug in Vietnam. Sie erinnerte sich, wie sie mit Tränen in den Augen Mikis Theodorakis gehört hatten, oder auch Victor Jara oder die Inti-Illimani. Wie sie demonstriert hatten gegen die chilenischen Putschisten, und geweint um Salvador Allende. Sie erinnerte sich an Freunde von Max, die aus Chile nach Österreich gekommen waren und bei Wien in einer Siedlung gewohnt hatten, die sie Klein-Macondo nannten, und wie sie zum ersten Mal »Hundert Jahre Einsamkeit« gelesen hatte. Und wie Max ihr einmal mehr erklärt hatte, sie sei eine Tochter aus bürgerlichem Haus, die lieber Romane lese, als sich mit Marx auseinanderzusetzen. Und sie hatte Max trotzig geantwortet, dass sie aus einem Roman tausend Mal mehr erfahre als bei der Lektüre des »Kapitals«. Und wie sie eines Nachts geträumt hatte, dass sie als Krankenschwester nach Vietnam gehe und Max sie zum Flughafen bringe und bitterlich weine, weil sie weggehe und so mutig sei, auf der Seite des Vietcong zu kämpfen. Sie war damals schweißgebadet aufgewacht und hatte sich gewundert, dass sie sich selbst im Schlaf so mutig gemacht hatte, wo sie sich doch so oft und vor so vielem fürchtete.

Mit Heinz hatte sie nie darüber gestritten, was sie gerade lesen sollte oder nicht. Er hatte sie zwar manchmal dazu angehalten, »als Germanistin immer auf dem Laufenden zu sein, was die deutschsprachige Literatur betreffe«, aber auch das war halb im Scherz gesagt.

Als sie mit Lilli schwanger war, hatte sie trotzig ausschließlich Kriminalromane gelesen – vorwiegend die schwedischen von Sjöwall und Walöö –, was Heinz ihr auch deshalb zugestanden hatte, weil die damals unter den selbsternannten Revolutionären der 1968er durchaus modern waren. Weil Lilli aber ein unruhiges Kind war und Oma Gerti behauptete, das komme von der beunruhigenden Lektüre ihrer Mutter, hatte sie sich in der zweiten Schwangerschaft für Märchen aus aller Welt interessiert – wobei Lilli ihr kaum Zeit zum Lesen gelassen hatte.

»Ich weiß ja, dass die Mama es nicht so leicht gehabt hat«, sagte Nelly mürrisch, »aber ich hab sie ja schließlich nicht gebeten, mich auf die Welt zu bringen …«

»Nelly, meine Süße, was Besseres hätte der Mama gar nicht passieren können, als dich zu kriegen. Das weiß sie auch und sie sagt es auch immer …«

»Dir vielleicht, mir sagt sie das nie …«, murrte Nelly abschließend.

Ella dachte wieder an ihre Zeit in der Wohngemeinschaft. Und daran, wie sie mit Ruth und Jakob zum Standesamt gegangen waren. Ruth war damals im sechsten Monat schwanger, und Jakob hatte darauf bestanden, zu heiraten – »damit das Kind einen Namen hat. Meinen Namen hat …«, hatte er gesagt. Man heiratete damals nicht, oder jedenfalls nur, wenn eben ein Kind unterwegs war. Ruth trug ein weites, dunkelrotes, afghanisches Kleid und einen Blumenkranz im Haar, und Jakob hatte sich von seinem Großvater ein Sakko ausgeborgt, unter dem er ein weißes T-Shirt trug. Ella hatte das damals alles sehr revolutionär gefunden und war stolz gewesen, Ruths Trauzeugin sein zu dürfen.

Bald danach hatte sich die Wohngemeinschaft allerdings aufgelöst. Ruth und Jakob hatten beschlossen, nach Kärnten zu Jakobs Eltern zu ziehen. Jakob hatte dort einen Job in seiner ehemaligen Schule gefunden, und Ruth war froh, Hilfe mit dem Kind zu haben. Und Max war ohnehin schon nicht mehr da gewesen. Also war Ella kurzerhand bei Heinz eingezogen. In diese riesige Wohnung, in der damals auch noch Heinz' Vater lebte. Die Mutter war so früh gestorben, dass sich Heinz kaum noch an sie erinnerte. Heinz' Vater war ein zurückhaltender, ruhiger Mann gewesen, der das junge Paar sein Leben leben ließ und bald nach Lillis Geburt ganz leise starb.

Heinz hatte Karriere an der Universität gemacht, Ella in der Schule. Es hatte sie nicht gestört, dass Heinz in ihrem gesamten Freundeskreis als großer Intellektueller galt, aber dass man mit ihr nur über Kinder, Kochrezepte oder höchstens manchmal über den neuesten Roman sprach, das hatte sie natürlich schon geärgert. Wenn Maggie zu Besuch kam oder Ruth sich ein paar

Tage aus Kärnten loseisen konnte und zu ihr nach Wien flüchtete, hatte Ella sich bitterlich beschwert. Darüber, dass sie trotz all ihrer revolutionären Erfahrungen jetzt eben doch als »Frau« behandelt würde. Ruth verstand sie gut, Maggie aber warf ihr vor, dass sie diese Aufteilung ihres Lebens einfach so hinnehme. »Wehr dich halt!«, schrie sie die große Schwester an, die ihr vorwarf, keine Ahnung zu haben, was es heiße, mit zwei kleinen Kindern zu leben. Neben einem anstrengenden Job. Denn die Arbeit in der Schule sei sehr anspruchsvoll und vor allem wisse man ja, wie wichtig es sei, die Kinder schon im zartesten Alter zu prägen, damit sie später wertvolle Mitglieder der Gesellschaft würden.

»Du redest großartig daher, aber selber lebst du wie die ärgste Spießerin«, hatte Maggie gegiftet, und sich im Gegenzug von Ella anhören müssen, sie solle ganz ruhig sein, sie lebe ja wie eine Großaristokratin mit ihrem reichen Diplomatenmann und arbeite nicht einmal.

Die Schwestern waren dann immer wütend auseinandergegangen, hatten sich aber nach ein paar Tagen wieder versöhnt. Aber Maggies Vorwürfe hatten Ella immer schwer getroffen. Doch wenn sie versuchte, mit Heinz darüber zu sprechen, hatte der immer nur abgewunken und gemeint, Ella sei großartig, mache einen unglaublich wichtigen Job – in der Schule und zu Hause – und solle sich mit derlei Kleinigkeiten nicht weiter abgeben.

»Das sagst du so, aber wenn ich mich erinnere, was wir damals gedacht haben und wie wir damals leben wollten, dann frag ich mich jetzt schon, was aus all dem eigentlich geworden ist. Wo sind wir eigentlich so falsch abgebogen?«

Heinz lachte dann, nahm sie in die Arme und fragte sie, ob es ihr schlecht gehe, ob ihr etwas fehle, ob sie etwas vermisse.

»Nein«, antwortete Ella dann und strich ihm über sein dichtes Haar. »Aber ich hab ein schlechtes Gewissen …«

»Das ist ein Erbstück von der Oma Gerti, das hat nichts mit Politik zu tun«, meinte Heinz dann oft, und Ella musste lachen und war froh, nicht weiter über diese Fragen nachdenken zu müssen …

»Aber irgendwann sind wir eben doch falsch abgebogen!«, sagt sie jetzt zu Frau Liese, die von unter dem Couchtisch zu ihr aufblickt. »Wir waren so revolutionär und was ist draus geworden? Na ja, blöd waren wir wenigstens nicht. Also nicht so blöd, dass wir uns eine echte Revolution gewünscht hätten. Eigentlich wollten wir nur gegen das Unrecht in der Welt was tun … Viel haben wir aber nicht erreicht, wenn ich mich jetzt so umschaue …«

Frau Liese wendet gelangweilt den Blick ab und widmet sich ihrer Morgentoilette.

»Du hast's gut, Mausi, bei dir gibt's nur Fressen, schlafen und dich putzen. Ah ja, und mich sekkieren …«

Als sie das Telefon läuten hört und abnimmt, ist es ihre Schwester. »Ella? Bist du das?«

»Hallo Maggie, wie geht's dir, wann kommst mich endlich wieder einmal besuchen? Und überhaupt, hast du dir mein Angebot überlegt?«

»Alles der Reihe nach! Ich komm morgen für drei Tage nach Wien – und ja, ich hab's mir überlegt. Ich glaub, ich würde gern nach Wien zurückkommen, und wenigstens für den Anfang wär es fein, wenn ich bei dir wohnen könnte …«

»Na super, da freu ich mich, also ich erwarte dich morgen und dann besprechen wir alle Details, ja?«

»Welche Details? Ja, ja, alles klar, ich ruf an, wenn ich gelandet bin! So wie immer!«

So war das gewesen, vor drei Jahren. Maggie war gekommen, hatte das Zimmer vollkommen geleert – es war Tommys Zimmer gewesen und der hatte seine Bücher und CDs ohnehin längst abgeholt gehabt. Maggie warf die wenigen Möbel, die noch zurückgeblieben waren, einfach auf den Sperrmüll, machte einen Ausflug zu IKEA und richtete sich ein.

Sie hatte erstaunlich wenig aus Rom mitgebracht. Ein winziges verschnörkeltes Beistelltischchen, einen Schaukelstuhl und einen altmodischen kleinen Sekretär.

Drei große Koffer mit Kleidern sowie zahllose Kisten mit italienischen, französischen, englischen und auch ein paar deutschen Büchern und einige CDs. Mehr hatte sie nicht bei sich.

»Mehr besitz ich nicht. Wie ich mich vom Leo getrennt habe, hab ich nix mitgenommen, was ich nicht selbst tragen konnte. Ich wollte mich nicht belasten. Und jetzt bin ich froh. Ich hab alles, was ich nicht mehr brauch, der Giulia gelassen, du glaubst gar nicht, wie die sich gefreut hat mit meinem Klumpert. Und ich fühl mich total leicht, so ganz ohne Sachen, die mir gehören und um die ich mich kümmern muss. Na ja, und mit der Ausrede, dass ich bei dir ja nur ein Zimmer hab, hab ich eben gleich *piazza pulita* gemacht. Nur die Bücher hab ich mitgenommen, von denen könnte ich mich nie trennen.«

Ella hasste es, wenn Maggie italienische Ausdrücke in ihr Deutsch mischte, aber Maggie war leicht beleidigt, wenn sie ihr das sagte, deshalb hielt sie sich zurück.

»Nur weil du keine Fremdsprachen kannst und nie im Ausland gelebt hast, darf ich meine Sprachen nicht mehr verwenden?«, hatte sie Ella angefahren, als diese einmal erklärt hatte, nur primitive Angeber würden Teile einer fremden Sprache mit der eigenen vermischen und Deutsch sei wunderschön, wenn man es eben auch schön spreche, das bringe sie ihren Schülern Tag für Tag bei …

Das Zusammenleben gestaltete sich von Anfang an schwierig. Ella war an Heinz' grenzenlose Geduld gewöhnt und daran, einfach zu tun, was ihr gerade einfiel. Maggie aber schlug in ihr Leben ein wie eine Bombe. Das Licht durfte nicht im Gang und in den Zimmern gleichzeitig brennen, man habe so wenig Fleisch wie möglich zu essen, und überhaupt werde bei Ella viel zu viel gekocht, und wenn diese sich im Fernsehen einen Rosamunde-Pilcher-Film anschauen wollte, schrie Maggie empört, diese Art frauenfeindlichen Kitsch könne sie nicht ertragen.

»Sie macht mich wahnsinnig!«, sagte Ella zu Rada, der rumänischen Pflegerin und Putzfrau, die in ihr Leben gekommen war, als sie Heinz nicht mehr allein hatte pflegen können, und die einfach geblieben war, nachdem Heinz gestorben war.

»Sie macht mich wahnsinnig!«

»Aber ist doch Schwester. Schwester ist immer schwer. Aber ist eben Schwester. Muss man bissi Geduld sein. Wird sie schon sich ruhig werden …«

»Ach, du Liebe, du bist so ein guter Mensch, nicht so wie ich. Ich weiß gar nicht, was ich ohne dich machen würde«, hatte Ella geseufzt, Rada umarmt und geküsst.

Maggie, die gerade in die Küche gekommen war, hatte die Augen verdreht und Ella später vorgeworfen, sie verwöhne Rada und habe viel zu wenig »Abstand«.

»Ich brauch keinen Abstand, ich bin so froh, dass sie da ist, und du hast keine Ahnung, wie das war, als Heinz krank war. Ich hätte das alleine nie geschafft.«

»Aber sie ist schon auch eine Nervensäge, dauernd versteckt sie meine Sachen und dann bügelt sie so schlampig, dass alles ausschaut, wie einer Sau aus dem Maul gezogen ...«

»Dann bügle halt selbst«, hatte Ella wütend geantwortet, wohl wissend, dass ihr Rada natürlich manchmal auch auf die Nerven ging. Wenn sie beim Küchenfenster stand und hinausrauchte und glaubte, es würde in der Wohnung nicht nach Rauch stinken. Oder wenn sie heimlich das letzte Stück Brot aufaß und ganz unschuldig tat, wenn Ella sie danach fragte. Wenn sie Kleider zusammenlegte und zwischen die Pullover steckte, statt sie aufzuhängen, und dafür Ellas Pullover auf Kleiderhaken zog, so dass diese Ecken an den Schultern bekamen. Ja, dann ärgerte sich Ella. Aber sie wusste auch, dass sie mit Rada über Maggie und die Kinder reden konnte und dass diese sie wirklich gerne mochte. Und sie hatten Heinz gemeinsam monatelang bei seinem Sterben begleitet – und das verband sie für immer, so schien es Ella.

2. RADA

Sie war Eliza nachgereist. In Temeswar war Rada eigentlich Lehrerin gewesen, aber von dem Gehalt, das ihr der rumänische Staat zahlte, konnte sie sich kein unabhängiges Leben leisten. Sie wohnte bei den Eltern und fristete ihr Leben so recht und schlecht mit deren Hilfe.

Eine große Liebe hatte sie gehabt.

Andrei war Automechaniker. Im Rumänien des Nicolae Ceaușescu ein schwieriger Beruf. Rada hatte ihn im Autobus kennengelernt. Sie war nach einem anstrengenden Tag aus der Universität gekommen, er hatte noch seinen ölverschmierten Overall an, als er sich neben sie setzte. Sie fand das ungehörig.

»Sie machen mich ja ganz schmutzig«, hatte sie ihn angefahren.

Er hatte gelacht und ihr mit seinem Ölfinger auf die Nase getupft.

Sie hatte ihn angeschrien und war eine Haltestelle zu früh ausgestiegen.

Andrei war ihr gefolgt, hatte sie gefragt, wieso sie keinen Spaß verstehe, und dann gemeint, er biete ihr an, sie als Wiedergutmachung zu einem Eis einzuladen. In einem der wenigen Cafés, die es damals in Temeswar gab.

Sie hatte abgelehnt, ihn angefahren, dass sie mit einem wie ihm nichts zu tun haben wolle, und war stolz erhobenen Hauptes davongegangen. Und hatte erst zu Hause entdeckt, dass sie einen dicken, schwarzen Fleck auf ihrer Nase hatte. Da hatte sie trotz allem lachen müssen.

Danach passte er sie jeden Tag bei der Bushaltestelle ab und versuchte noch mehrmals, ihr schwarze Flecken ins Gesicht zu malen. Und von Mal zu Mal hatte sie das lustiger gefunden und war enttäuscht gewesen, wenn er nicht auf sie wartete. Zwischendurch hatte er ihr gestanden, dass er eigentlich Lajos hieß, sich aber lieber Andrei nannte, weil ungarische Namen in Rumänien nicht allzu beliebt waren.

Rada hatte sich gewundert, aber nichts gesagt. Sie kam aus einer armen rumänischen Familie, galt deshalb als förderwürdig und hatte sich nie für Politik interessiert. Die wenigen ungarisch-stämmigen Rumänen, denen sie in ihrem jungen Leben begegnet war, hatten alle gesprochen wie sie – Rumänisch mit dem unverwechselbaren Temeswarer Dialekt –, und sie hatte sich nicht weiter dafür interessiert, wie das Leben dieser kaum geduldeten Minderheit aussehen mochte.

Lajos erzählte ihr von den Ungerechtigkeiten, und davon, dass er lieber Medizin studiert hätte, man es ihm aber nicht zugestanden habe, und ihn stattdessen zu dieser Ausbildung gezwungen habe. Jetzt repariere er Autos, die man kaum noch reparieren könne und für die es keine Ersatzteile gebe, weil der Staat sich diese nicht leisten könne, weshalb er und seine Kollegen mit Geduld und viel Erfindungsgeist taten, was sie konnten. Wobei es im Land ohnehin so wenige Autos gab, dass sie weniger zu tun hatten als erwartet.

Im Lauf der Monate hatte Rada sich, ohne es zu bemerken, in ihn verliebt.

Doch eines Tages war er verschwunden.

Kurz darauf traf sie bei der üblichen Bushaltestelle Eliza.

Eliza war Lajos' Schwester. So stellte sie sich Rada vor und erklärte ihr, dass der Bruder wegen »antirumänischer Umtriebe« festgenommen worden war.

Rada traten Tränen in die Augen, wofür sie sich vor Eliza schämte. Aber die nahm sie in den Arm und weinte mit ihr. Dann dachten sie nach, was sie tun könnten, aber es fiel ihnen nichts ein. Sie waren hilflos.

Als aber die Menschen in Temeswar auf die Straße zu gehen begannen und bald furchtbare Geschichten darüber kursierten, was mit jenen geschah, die die Securitate verhaftet hatte, hielt es auch die beiden Mädchen nicht zu Hause und sie demonstrierten mit. Sie hatten Angst und rannten so viel wie nie zuvor in ihrem Leben. Wenige Wochen später war Ceaușescu Geschichte und noch ein paar Wochen später stand Andrei-Lajos an »ihrer« Bushaltestelle. Er gehe weg, sagte er, ob sie mit ihm kommen wolle. In diesem Land, sagte er, würde er keine Minute länger bleiben, nach allem, was man ihm hier angetan hatte.

Sie aber war gerade dabei, ihre Abschlussprüfung vorzubereiten, wollte Lehrerin werden in einem neuen, freien, besseren Rumänien und auch ihre Eltern nicht im Stich lassen, die ihr niemals ins Ausland gefolgt wären.

Lajos weinte, als sie ihm zu verstehen gab, dass sie nicht mit ihm gehen würde. Er habe sich in sie verliebt, sagte er, habe in der schlimmsten Zeit im Gefängnis immer nur an sie gedacht, sie habe ihn über die Qualen und Erniedrigungen hinweggetröstet, er sei sich sicher gewesen, dass auch sie ihn liebte und zu ihm stand.

Das sei ja auch richtig, sagte Rada und musste jetzt auch weinen, sie habe sich auch in ihn verliebt und um ihn gezittert, gemeinsam mit Eliza. Das heiße aber nicht, dass sie ihm irgendwohin in die Unsicherheit folgen würde.

Sie umarmten einander – und trennten sich.

Es vergingen viele Jahre, in denen Eliza Rada regelmäßig besuchte und ihr von Lajos erzählte. Der habe in Ungarn Arbeit gefunden, habe jetzt seine eigene Werkstatt und schicke immer wieder Geld für Eltern und Schwester. Irgendwann gestand Eliza ihr dann auch, dass Lajos geheiratet hatte und Vater von Drillingen geworden sei.

Rada weinte lange um diese ihre erste und einzige große Liebe. Dann stürzte sie sich noch verbissener in die Arbeit und die Pflege der Eltern. Diese waren kränklich und sie hatte kaum Zeit, Luft zu holen.

Sie stellte sich für die Eltern in der Poliklinik an, sie rannte durch die Stadt auf der Jagd nach Medikamenten und Lebensmitteln, und über der Sorge um die beiden alten Menschen vergaß sie nicht nur Lajos, sondern auch sich selbst.

Eliza nahm sie hie und da mit ins Kaffeehaus und erzählte von den Möglichkeiten im Westen.

Sie hörte nicht zu. Sie konnte ihre Eltern nicht zurücklassen und sie hätte sie auch niemals mitnehmen können.

Ihre Mutter starb als erste. Sie war Ingenieurin gewesen, hatte in einem großen Betrieb gearbeitet und war mit einer so winzigen Rente in Pension geschickt worden, dass sie davon alleine nicht überlebt hätte. Damals arbeitete Rada schon als Lehrerin, verdiente aber auch so wenig, dass beide ganz vom Gehalt des

Vaters abhingen, der es in einem anderen Betrieb bis zum Buchhalter gebracht hatte. Und der weit über das offizielle Pensionsalter hinaus arbeiten musste, um seine Familie irgendwie zu erhalten.

Als bei der Mutter Lungenkrebs diagnostiziert wurde, bekam Rada ein Magengeschwür, das sie ausheilte, indem sie Monate lang nur Erdäpfel und Karotten aß, wenn sie welche ergattern konnte, oder Reis, den sie in kleinen Portionen mit ganz wenig Salz zu sich nahm. Dazu trank sie dünnen Tee. Eliza sprach von der medizinischen Versorgung im Westen, aber wieder hörte Rada nicht zu. Die Mutter brauchte sie. Mehr denn je.

Sie verfiel von Tag zu Tag. Das Atmen fiel ihr immer schwerer, und Rada saß Nächte lang an ihrem Bett und hielt ihre Hand, während sie mühsam Atemzug für Atemzug erkämpfte.

Die Mutter verlor ihren Kampf an jenem Tag, an dem Rada es sich endlich einmal erlaubt hatte, sie für kurze Zeit in der Obhut der Nachbarin zurückzulassen, weil sie sich unbedingt die Haare schneiden lassen wollte.

Sie hatte mit sich und insgeheim auch mit jener höheren Macht, von der keiner wusste, ob es sie gab, eine Wette abgeschlossen. Ihr langes, schwarzes, gelocktes Haar war immer ihr ganzer Stolz gewesen. Rada war nie besonders hübsch oder attraktiv gewesen, aber ihre lange, schwarze Mähne hatte ihr etwas Apartes verliehen, das sie hütete wie ihren Augapfel. Jetzt aber wollte sie ihr Haar der Gesundheit der Mutter opfern. In ihrer stillen Wette mit jenem vielleicht ja doch vorhandenen höheren Wesen hatte sie versprochen, sich von ihren Locken zu trennen, um der Mutter das Leben zu retten. Als sie mit kurzem Schopf nach Hause zurückkam, stand der Vater in der Zimmertüre und weinte laut wie ein verlassenes Kind. Rada stürzte ans Bett der Mutter. Und sah, dass sich auf deren wächsernem Gesicht ein kleines, irgendwie spöttisches Lächeln breitgemacht hatte, als wollte sie sagen, siehst du, ich hab dich überlistet. Du wolltest mich nicht gehen lassen, also hab ich gewartet, bis du einen Augenblick nicht da warst. Endlich hab ich gehen können, weil du nicht da warst, um mich zurückzuhalten.

»Wo warst du?«, schrie sie ihren Vater an. »Wieso hast du das zugelassen?«

Die Nachbarin nahm Rada in den Arm und drückte sie so fest gegen ihre ausladende Brust, dass ihr der Atem wegblieb. »Was willst du denn von ihm? Er hätte ja doch nichts tun können! Es war ihre Zeit, es war der Augenblick gekommen, sie hätte nicht bleiben können. Und es war gut, dass du nicht da warst, sonst wäre ihr das Gehen noch viel schwerer gefallen. Schau nur, wie friedlich sie jetzt aussieht, nach all den Kämpfen!«

Rada haderte lange mit dem Schicksal und konnte ihrem Vater nicht verzeihen, obwohl sie natürlich wusste, dass dieser völlig unschuldig und selbst auch zerstört war durch diesen Verlust, den nichts und niemand erträglich machen konnte.

Erst als er nicht mehr die Kraft hatte, in der Früh aus dem Bett aufzustehen, verzieh sie ihm und übertrug ihre ganze pflegende Leidenschaft auf ihn. Sie ließ sich von der Schule beurlauben und widmete sich dem Vater, der von Tag zu Tag verfiel, wobei die Ärzte, zu denen sie ihn schleppte, nicht herausfanden, was an ihm nagte und ihn immer schwächer werden ließ. Rada verfluchte ihr Land und ihr Leben und wich nicht mehr von seiner Seite.

Ihr kurzer Schopf wuchs irgendwie nach, sie ließ es geschehen, ohne sich ihrem Haar zu widmen, wie sie das früher getan hatte.

Nach dem Begräbnis des Vaters ging sie nach Hause und sperrte sich in der engen, dunklen Zwei-Zimmer-Wohnung ein. Die Nachbarin rettete sie vor dem Hungertod. Sie hatte immer einen Schlüssel zur Wohnung gehabt, um nach dem Rechten zu sehen, wenn die drei bei der Arbeit waren. Als sie Rada mehrere Tage lang nicht gesehen hatte, ging sie kurz entschlossen in die Wohnung, wo sie die junge Frau abgemagert und völlig vernachlässigt auf ihrem Bett vorfand.

Damals war Eliza bereits nach Wien gegangen, um alte Menschen zu pflegen. Sie hatte Rada immer wieder geschrieben und sie angefleht, ihr zu folgen, sie verdiene gutes Geld, das Leben sei trotz allem nicht so übel, wie es Rada scheinen könnte, und sie könne neu beginnen hier, wo vieles doch sehr viel leichter sei als in Temeswar.

Rada hatte ihr nie geantwortet.

Jetzt nahm ihr die resolute Nachbarin die Entscheidung ab.

»Du hast nichts, was dich hier zurückhält«, sagte sie zu der apathisch vor einer Schale Tee sitzenden Rada. »Du bist zu jung, um auf das Leben zu verzichten! Schau nach vorne, du tust niemandem einen Gefallen, wenn du dich so gehen lässt. Glaubst du, das hätten deine Eltern gewollt?«

Sie zwang Rada, zu duschen, zum Friseur zu gehen und Eliza zu schreiben. Eliza nannte ihr die Agentur, über die sie selbst nach Wien gekommen war. Rada aber konnte sich nicht entscheiden. Doch die Nachbarin nahm sie an der Hand und ging mit ihr zu dem Büro im Zentrum. Wie Kinder am ersten Schultag, dachte Rada, als sie neben der dicken, resoluten Frau herging, auf dem Weg zu einem neuen Leben, das sie eigentlich gar nicht haben wollte.

»Sie können gleich Anfang September anfangen. Da haben Sie die Adresse, das ist in Wien. Das ist ein älterer Herr, der sich nicht mehr richtig bewegen kann. Sie sollen ihn betreuen und auch kochen und aufräumen. Die Tochter wohnt in der Nebenwohnung. Sie arbeitet aber. Das heißt, Sie müssen auch einkaufen und sich um die Wohnung der Tochter kümmern. Das Gehalt ist das übliche. Wie sind Ihre Deutschkenntnisse? Aha – na als Lehrerin werden Sie ja wohl ein bisschen Deutsch können, oder? Gut. Kennen Sie jemanden in Wien? Ja, eine Freundin? Hat die vielleicht eine eigene Wohnung? Gut, dann rate ich Ihnen, eine Woche früher hinzufahren, damit Sie sich eingewöhnen …«

Die Nachbarin half ihr zu packen und brachte sie zum Zug. Beim Abschied weinten sie beide bitterlich, und die Nachbarin versprach unter Tränen, sich um Radas kleine Wohnung zu kümmern.

»Und du kriegst ja auch Urlaub, da kommst du auf Besuch, nicht wahr? Und bringst lauter gute Sachen aus Österreich mit, ja?«

Rada versprach es.

Sie machte kein Auge zu im Bus, in dem sie mit einigen anderen einem ungewissen neuen Leben entgegenfuhr.

Da waren ein paar Frauen, die schon wussten, wie es war, dort in Wien als Altenpflegerin. Und die erzählten Geschichten, die

Rada lieber nicht gehört hätte. Von bösartigen Kranken und von Männern, die ihre Hände nicht bei sich behalten konnten, von Ärzten, die ihnen die Krankschreibung verweigerten, wenn sie selbst einmal erkältet waren, und von Menschen, die sie auf der Straße als Zigeunerinnen beschimpften.

Rada dachte an das Paradies, das Eliza ihr beschrieben hatte, und biss die Zähne zusammen. Sie hatte zu Hause in Temeswar keine Zukunft, also wollte sie sich die in Wien nicht schlechtmachen lassen. Sie würde kämpfen, so wie sie zu Hause gekämpft hatte. Und so wie Eliza würde auch sie sich zurechtfinden. Weil sie musste.

Eliza war auch über die Agentur nach Wien gekommen. Nach einer Weile hatte sie sich eine Art Kundenstamm erarbeitet. Familien, die stundenweise, manchmal auch wochenweise, Hilfe brauchten und gut dafür zahlten. Auf diese Art verdiente sie genug, um sich gemeinsam mit einer Freundin eine kleine Wohnung zu leisten, und musste nicht mehr als 24-Stunden-Hilfe bei einer betreuten Familie wohnen.

In diese Wohnung brachte sie die Erschöpfte nach der langen, unglücklichen Reise. Sie zog den Schlafdiwan auseinander, auf dem Rada die erste Woche schlafen würde, schickte sie duschen und stellte ihr ein rumänisches Frühstück hin: Maisbrei mit einem dicken Stück Butter und viel Zucker obendrauf und eine Schale dampfenden Tee. Rada aß die Hälfte, dann fielen ihr die Augen zu.

Als sie aufwachte, war es dunkel. Eliza hatte ihr gesagt, dass sie wohl spät von der Arbeit kommen würde, sie solle sich so gut einrichten, wie es eben ginge.

Aus dem Nebenzimmer hörte sie lautes Kichern, dann Stöhnen und Schreien. Die Geräusche ließen ihr das Blut ins Gesicht schießen.

Sie hatte sich selbst nie als besonders prüde empfunden, aber es war ihr peinlich, im Dunkeln zu sitzen und zuzuhören, wie die beiden sich im Nebenzimmer vergnügten.

Auf Zehenspitzen schlich sie aus dem Zimmer, griff sich ihre Jacke und verließ die Wohnung. Erst als sie die Türe hinter sich zugezogen hatte, fiel ihr ein, dass sie keinen Schlüssel besaß. Sie würde also draußen vor der Haustüre auf Eliza warten müssen. Sie wagte es nicht, einen Spaziergang zu machen, weil sie Angst hatte, sich zu verlaufen.

Als Eliza spät nachts nach Hause kam, fand sie Rada vor dem Haustor auf- und abgehend.

»Was machst du da? Ist was passiert?«

»Nein, nur deine Zimmernachbarin ...«

»Was ist mit Roza, ist sie krank, hat sie dich beleidigt? Na mit der werd ich ein Wörtchen reden ...«

»Aber nein, ich hab sie ja gar nicht gesehen, nur, sie hat einen Mann im Zimmer gehabt und ...«

Eliza begann schallend zu lachen, umarmte Rada und nannte sie eine naive Landpomeranze.

Rada schämte sich. Und schwor sich, dass sie sich nie mehr eine solche Blöße geben würde. Dann hatte Roza eben einen Mann bei sich im Zimmer – na und? Es ging sie nichts an. Nichts von dem, was Roza und Eliza taten, ging sie irgendetwas an. Sie war allein, ohne Freunde, ohne Menschen, um die sie sich sorgen musste. Eine naive Landpomeranze ohne Familie, dachte sie bitter, während Eliza sich bei ihr einhakte und sie ins Haus zog.

Bevor sie ihre neue Arbeit antrat, blieben ihr drei Tage. Sie strich durch die fremde Stadt auf der Suche nach etwas, das ihr Halt bieten könnte. Wenn sie stehen blieb und sich an einem Straßenstand ein Cola gönnte, versuchte sie, mit dem Verkäufer ins Gespräch zu kommen. Aber das Deutsch, das hier gesprochen wurde, klang ganz anders, als das, das man ihr in Temeswar beigebracht hatte, und oft sahen die Menschen sie nur verständnislos an, wenn sie versuchte, sich mit ihnen zu unterhalten.

Sie ging viel zu Fuß, denn Geld hatte sie kaum. Eliza hatte ihr eine Wochenkarte für die Straßenbahn geschenkt und ihr den Namen der Haltestelle in der Nähe der Wohnung eingebläut. Aber sie verstand nicht, wo sie hinfahren sollte, und zog es vor, zu Fuß herum zu laufen und zu versuchen, diese Stadt zu verstehen.

Abends kochte sie für Eliza und Roza und sich. Eliza hatte Roza wohl erklärt, dass ihre neu angekommene Freundin nicht nur schüchtern, sondern auch ein bisschen prüde war, und darüber hinaus ohnehin bald dorthin übersiedeln werde, wo sie arbeiten würde. Es gab also vorübergehend kein Kichern, Stöhnen und Schreien.

»Du wirst dich schon eingewöhnen«, tröstete Eliza sie am letzten Abend, den Rada bei ihr und Roza verbrachte. »Und wenn etwas ist, kommst du zu mir, und ich lass mir dann schon was einfallen.« Rada saß wie ein Häufchen Elend vor ihren gepackten Taschen und fragte sich, was sie hier eigentlich sollte, wieso sie sich dazu hatte überreden lassen. Ihr war zum Weinen und sie wollte einfach nur davonlaufen. Aber sie wusste auch, dass sie zu Hause nichts und niemand mehr erwartete.

»Beiß die Zähne zusammen und du wirst schon bald alles mit anderen Augen sehen – spätestens, wenn du dir von deinem ersten Geld hier ein schönes, neues Kleid kaufen kannst«, sagte Roza fröhlich und umarmte Rada. »Wir haben das alle durchgemacht, aber wenn du dich erst einmal eingelebt hast, wirst du sehen, dass man hier leben kann – nicht so wie zu Hause, wo alles einfach nur zum Heulen ist«!

»Roza hat recht«, sagte Eliza, »auch wenn sie kein Recht hat, mitzureden. Sie hat nämlich einen Liebsten hier – du hast ihn ja gehört!!«, sagte Eliza und lachte laut über Radas peinlich berührtes Gesicht. »Ja und der macht jetzt bald eine ehrbare Frau aus ihr, also er heiratet sie und dann zieht sie hier aus und ich muss die Wohnung alleine zahlen. Du siehst also, das gibt's hier auch. Und du kennst ja unser Motto: Die Hoffnung stirbt zuletzt!«

Aus Gründen, die Rada nicht verstand, löste diese Bemerkung bei Roza einen wahren Lachkrampf aus.

»Das ist unser eigener Witz«, erklärte sie, nachdem sie sich beruhigt hatte. »Ich bin nämlich schon über 30 – bei uns hätte mich keiner mehr genommen, aber dem Fritz ist das egal. So ist das mit der Hoffnung! Für dich und Eliza finden wir auch noch Männer, glaub mir!«

»Sie will doch keinen!«, sagte Eliza und zeigte mit dem Kinn auf Rada. »Mein Bruder hätte sie mit Handkuss genommen – und sogar mitgenommen. Aber die Rada hat abgelehnt – wegen ihrer Mama. Und Lajos ist jetzt reich und hat drei Fratzen und eine dicke Frau, die ihm die Haare vom Kopf fressen und ihm keine Zeit zum Atmen lassen. Und er fragt immer nach ihr, aber meinst du, sie will noch was von ihm wissen? Nicht einmal hat sie mich gefragt, wie es ihm geht und was er macht! Nicht ein einziges Mal!«

Der Vorwurf traf Rada, aber Eliza hatte recht. Sie wollte nicht wissen, was aus Andrej-Lajos geworden war, mit dem sie eigentlich am liebsten ans Ende der Welt gegangen wäre. Sie wollte nichts hören von den drei dicken Kindern und der dicken Frau, von seiner Villa und dem großen Auto und den Urlauben auf Gran Canaria. Sie wollte nicht wissen, was ihr Leben geworden wäre, wenn sie mit ihm gegangen wäre. Sie dachte, dass sie so gar nicht hätte leben wollen, aber dass auch sein Leben dann vielleicht ganz anders verlaufen wäre. Und dann fühlte sie sich schuldig. Auch deshalb fragte sie nie nach ihm.

Am nächsten Tag begleitete Eliza sie zu ihrer neuen Arbeitsstelle.

Das Haus sah herrschaftlich aus – fand Eliza. Die Wohnung lag im zweiten Stock, und während sie darauf warteten, dass ihnen geöffnet wurde, sah Rada, dass an der gegenüberliegenden Türe der gleiche Name stand. »Das ist wahrscheinlich die Tochter«, flüsterte Eliza. »Das ist doch ganz praktisch, sonst hättest du womöglich durch die halbe Stadt fahren müssen, wenn du bei ihr putzen sollst!«

In diesem Moment öffnete eine hochgewachsene, hagere Frau in einem eleganten, grauen Kostüm und mit offensichtlich frisch blondierten kurzen Haaren die Türe.

»Ah, da sind Sie ja«, sagte sie, »ich zeig Ihnen schnell alles und dann muss ich weg, wir können dann heute Abend alles weitere besprechen. Also hier wohnt mein Vater, er hat schweren Diabetes und außerdem ist er schon ein bisschen eigen, wenn Sie verstehen, was ich meine. Also jedenfalls, bitte keinen Zucker, kein Fett und überhaupt nichts Süßes – zur Sicherheit essen sie selber bitte auch Diät. Er ist nicht bettlägerig, aber sehr faul und jammert viel. Einmal am Tag führen sie ihn für eine Stunde in den Park gegenüber. Am Abend darf er Fernsehen, aber höchstens bis elf, er braucht seinen Schlaf. Die Medikamente sind hier in diesem Schrank mit einer Liste, bitte nicht vergessen, und wenn er Schwierigkeiten macht, dürfen sie ruhig energisch werden! Ich wohn gegenüber und komm jeden Tag in der Früh schauen, wie es ihm geht. Heute Abend geb ich ihnen dann das Einkaufsgeld, und Sie können mich dann alles fragen, was Sie wollen, aber jetzt muss ich gehen. Danke«, wandte sie sich an Eliza, »danke, dass Sie mir die Dame – ah ja, wie heißen sie eigentlich?« – »Rada« – »Sehr gut, Frau Rada, den Nachnamen brauchen Sie mir nicht zu sagen, den vergess ich eh gleich wieder! Also vielen Dank, dass sie mir die Rada gebracht haben. Ich werde mich auch erkenntlich zeigen!«

»Machst du das beruflich? Arbeitsvermittlung?«, flüsterte Rada, während die hagere Frau eine große Tasche nahm und die Wohnung verließ. »Aber nein, ich hab der einmal ausgeholfen und dann hat sie mich gefragt, ob ich wen weiß, und ich hab ihr die Agentur genannt und gesagt, dass ich für dich garantieren kann, und dann hat sie denen geschrieben und gesagt, dass sie genau dich haben will – so war das … Weil ich doch gewusst hab, dass du wegmusst und einen Job brauchst …«

Eliza umarmte Rada und ließ sie dann allein.

Der alte Mann hieß Erwin und war über die Maßen dick. Um ihn in den Park zu bewegen, musste Rada ihre ganze Kraft aufbringen, denn Erwin hatte keine Lust, spazieren zu gehen, und wehrte sich nach Kräften.

»Es ist, wie wenn ich ein Fass einen Berg hinaufrollen müsste«, erzählte sie Eliza an ihrem ersten freien Tag. »Oder einen Stein. Er hilft überhaupt nicht mit. Dafür ist er immer ganz schnell, wenn's ums Essen geht. Die Tochter, die Frau Therese, sperrt das Brot ein und gibt's nur scheibenweise heraus. Und ich hab Hunger!«, sagte Rada und biss genussvoll in die dick mit Butter bestrichene Brotscheibe, die Eliza ihr hergerichtet hatte. »Hast du vielleicht Schokolade? Ich darf ja dort nix Süßes essen, und jetzt bin ich schon ganz gierig danach. Wenn ich noch lang dort bleib, werd ich vor lauter Hunger noch süchtig auf Süßes!«

In der zweiten Woche wagte sie es, der Tochter, Frau Therese, zu sagen, dass sie hungrig war. Daraufhin erklärte ihr diese, dass sie nach dem Ende dieser Woche nicht mehr kommen solle, jemanden wie sie könne ihr Vater nicht brauchen.

Rada weinte, aber Eliza fand sofort wieder Arbeit für sie. Es gab einfach zu viele alte Menschen, die jemanden brauchten, der sich um sie kümmerte.

Und so kam Rada zu Edith.

Edith war 90 Jahre alt und ganz und gar dement. Sie hielt Rada für ihre Mutter oder für eine gewisse Irma und war freundlich zu ihr. Es gab keine Tochter, die sich eingemischt hätte, nur einen Sohn, der aber selten kam, um die Mutter zu besuchen, die ihn meistens für ihren Mann oder ihren Vater hielt.

Rada gewann die alte Dame lieb, die, wenn es ihr gut ging, alte Küchenlieder sang, die Rada kaum verstand, die sie aber zum Lachen brachten, weil Edith sie mit so viel Inbrunst sang.

Manchmal gingen sie spazieren und Edith erzählte verwirrende Geschichten von Prinzen und Räubern und davon, dass sie einmal längere Zeit in Mexiko bei Frida Kahlo gelebt habe, denn diese sei eine gute Freundin ihrer Familie gewesen.

»Nur den Diego, den hab ich nie leiden können, den Ganoven«, erzählte Edith, und Rada nickte nur, weil sie nicht wusste, was von all dem wahr war. Als sie Ediths Sohn fragte, seufzte der nur laut und sagte dann traurig, das sei eine alte Geschichte.

»Meine Mutter«, erzählte er, nachdem Rada Kaffee gemacht und sich zu ihm gesetzt hatte, während Edith ihren Mittagsschlaf hielt, »meine Mutter war früher einmal eine sehr bekannte Kunsthistorikerin. Und sehr begeistert von Frida Kahlo und Diego Rivera. Als mein Vater noch lebte, sind sie einmal auch wirklich nach Mexiko gereist, um sich das Haus anzuschauen, wo die beiden gelebt hatten. Da waren die zwar längst tot, aber diese Reise war für meine Mutter denkwürdig. Es war ein Geschenk zu ihrem siebzigsten Geburtstag, und mein Vater ist leider wenige Monate später ganz plötzlich und völlig unerwartet gestorben. Und da haben die Probleme angefangen. Es ist dann sehr schnell bergab gegangen mit ihr und jetzt ist sie eben so, wie sie ist. Sag einfach zu allem ja, was sie sagt, es hilft ja nichts, wenn man ihr widerspricht.«

Rada sah später im Internet nach, wer Frida Kahlo und Diego Rivera waren. Und war beeindruckt, dass die alte Frau so weit gereist war, wo ihr doch schon die Fahrt von Temeswar nach Wien wie eine Weltreise vorgekommen war.

Sie fühlte sich wohl bei Edith, und als deren Sohn sie bat, nicht nur die vereinbarten zwei Wochen im Monat, sondern dauerhaft zu bleiben, und ihr auch mehr Geld bot, sagte sie sofort Ja.

Zum ersten Mal in ihrem Leben fühlte sie sich irgendwie frei.

Die alte Frau sagte abwechselnd Mama und Irma zu ihr. Irma, so erklärte ihr der Sohn, sei die beste Freundin der Mutter gewesen und ihr Tod hatte den Prozess, der in Ediths Hirn schon begonnen hatte, sehr beschleunigt.

Rada kochte und wusch, putzte die Wohnung und nachmittags ging sie mit Edith spazieren oder sie saßen vor dem Fernseher und sahen sich Quizsendungen an, und Edith wusste – obwohl sie sich zusehends aus dieser Welt zurückzog – erstaunlich viele Antworten. Mehr jedenfalls als Rada.

»Weißt du, ich lern von ihr«, sagte sie zu Eliza, als diese sie einmal besuchen kam. »In diesem wunderschönen, alten Köpfchen ist noch so viel drin, auch wenn man das nicht glauben würde«, erklärte sie und strich über das dichte, schneeweiße Haar der alten Dame, die freundlich lächelte und Radas Hand hielt.

»Ist sie nicht schön, meine Irma?«, sagte Edith, und Eliza sah Rada erschrocken an.

»Ja, ja, der Diego war ja ganz verrückt nach ihr, aber da hab ich schön dazwischengehaut, wo die Frida doch so eifersüchtig war. Aber so schön ist sie halt, da kann man schon verstehen, dass sie der Schlawiner gern näher kennengelernt hätte, gelt?«, flüsterte Edith und streichelte zärtlich Radas Hand. Und obwohl die genau wusste, dass die alte Frau sie für eine andere hielt, wurde ihr warm ums Herz und sie lachte die erschrockene Eliza an und gab Edith einen Kuss auf die Wange.

Fünf Jahre lang lebte sie fast ununterbrochen bei Edith, denn die Demenz schritt fort, und wenn Ablöse für Rada kam, weinte Edith und klammerte sich an die jüngere Frau und schrie, dass diese sie nicht verlassen dürfe. Da einigte sie sich mit Ediths Sohn und blieb immer bei ihr.

Eliza machte ihr Vorwürfe. Sie dürfe sich nicht so an die alte Frau binden, irgendwann werde die sterben und dann werde es ihr schwerfallen, sich an einen neuen Pflegefall zu gewöhnen. Aber Rada wollte das nicht hören. Sie pflegte Edith wie ihre eigenen Eltern, hörte ihren immer wirrer werdenden Erzählungen zu und sorgte für sie, so gut sie konnte.

Sie hielt Ediths Hand, während diese mühsam ihre letzten Atemzüge tat.

Dann weinte sie lange und bitter.

Ediths Sohn machte ihr einen Heiratsantrag, kaum dass die Mutter unter der Erde war, aber Rada wollte nichts davon wissen. Sie nahm das Geld, das er ihr zahlte, hob ihre Ersparnisse von dem Sparbuch ab, das sie auf Elizas Rat hin angelegt hatte, packte ihre wenigen Besitztümer in die beiden alten Taschen, mit denen sie gekommen war, und kehrte zurück nach Temeswar.

Die Nachbarin empfing sie voller Freude, zumal Rada natürlich einen Berg Geschenke mitbrachte, zum Dank dafür, dass sie sich um ihre Wohnung gekümmert hatte. Als sie in ihre ehemalige Schule ging, um zu fragen, ob sie dort wohl wieder anfangen könne, bedeutete man ihr, dass man solche wie sie nicht brauchen könne.

Rada nahm es nicht weiter schwer. Sie hatte genug Geld gespart, um eine Weile bescheiden leben zu können, und dachte, sie werde sich mit Nachhilfestunden für die Kinder der neuen Reichen, die es auch in Rumänien gab, gut über Wasser halten können. Sie schrieb Zettel, auf denen sie ihre Dienste als Lernhelferin anbot, und hängte sie in den neuen Supermärkten in den Stadtvierteln aus, wo die neuen Reichen lebten. Und bald schon fand sie mehr Schüler, als sie unterrichten konnte.

Eines Abends stand er an der Bushaltestelle. Zuerst erkannte sie ihn nicht. Er war dick geworden und kahl. Und sah unglücklich aus.

Er habe sie so unendlich vermisst, sagte er. Er liebe sie immer noch. Er habe immer nur sie geliebt. Dann weinte er und Rada weinte mit und ließ zu, dass er sie nach Hause begleitete. Ganz selbstverständlich bis in ihre kleine Wohnung, wo er sie auszog, ins Schlafzimmer drängte und mit ihr schlief, bevor sie wusste, ob sie das wollte oder nicht. Sie ließ es geschehen. Sie kam gar nicht auf die Idee, sich zu wehren. Sie dachte, sie sei es ihm schuldig.

Er blieb bei ihr, ohne sie zu fragen. Irgendwann erzählte er von seiner gescheiterten Ehe, den drei unerträglichen Buben, der Werkstatt, die in Konkurs gegangen war, und seiner traurigen Rückkehr nach Temeswar, wo er sein Leben mit Gelegenheitsjobs fristete. Sie bemitleidete ihn so sehr, dass sie sich nie die Frage stellte, ob sie ihn eigentlich noch liebte. Er war jetzt da und brauchte sie, das war genug. Natürlich kam sie für alles auf, er hatte ja kaum etwas und musste davon auch noch Geld für die Kinder hergeben. Zum Glück, sagte er, zum Glück war die Mutter eine reiche Erbin, so dass er sich keine Sorgen machen musste. Sie war mit den Kindern in Ungarn geblieben und wieder zu ihren Eltern zurückgegangen, als sein Unternehmen gescheitert war, bestand aber trotzdem darauf, dass er sie unterstützte – was Rada ganz gut verstehen konnte.

Wenn sie zu ihren Privatschülern ging, holte er sie manchmal ab, und dann spazierten sie Arm in Arm durch den Park, aßen ein Eis, das sie bezahlte, und sie war fast ganz zufrieden. Nicht glücklich, aber zufrieden. Die Nachbarin rümpfte die Nase und meinte, er sei ein Tunichtgut und sie solle sich von ihm nicht ausnützen lassen, aber Rada fühlte sich nicht ausgenützt. Es schien ihr irgendwie, als zahle sie ihm jetzt die Ehe mit der anderen, die Kinder, die Villa und die Ferien auf Gran Canaria heim, indem sie für ihn sorgte. Sie, die nicht mit ihm hatte gehen wollen. Sie, die er verraten und verkauft hatte, als er in Ungarn die Andere geheiratet hatte.

Sie dachte immer wieder daran und konnte nicht genug bekommen von dem Gefühl der Überlegenheit. So lange war sie sich klein und unfähig vorgekommen, jetzt aber war sie diejenige, die sagte, wie das Leben sein sollte, das sie miteinander lebten, und er fügte sich widerspruchslos. Eliza gratulierte und riet zur Heirat, Rada aber hatte darauf irgendwie keine Lust. Er war nicht mehr ihr Andrei-Lajos. Er war dick und kahl und in seinen Augen war die Lust am Abenteuer und an der Herausforderung verloschen. Er saß brav abends mit ihr vor dem Fernseher, und wenn sie ihn bat, ging er in die Küche und holte ihr ein Bier aus dem Eiskasten.

Sie lebten seit einem Jahr zusammen, als er plötzlich erklärte, er habe eine großartige Idee, mit der sie beide reich werden könnten. Rada war misstrauisch, hörte ihm aber zu.

Ein Freund habe eine alte Autowerkstatt gekauft und sei dabei, sie zu modernisieren und auf den neuesten Stand zu bringen. Der Erfolg sei praktisch vorprogrammiert. Der Freund habe ihm angeboten, sein Teilhaber zu werden, er sei ja schließlich Mechaniker und kenne sich nach seiner Zeit in Ungarn gut aus. Rada fand die Idee gut und freute sich mit ihm.

Natürlich werde er sehr viel arbeiten müssen, sagte er, aber dann werde es ihnen gut gehen und Rada werde die Privatschüler aufgeben können.

Sie fragte sich, ob sie ihre Arbeit aufgeben wollte. Und sie fragte sich, ob es mit dem großen Erfolg etwas werden würde. Doch Lajos war fröhlich und zuversichtlich, und sie wollte ihm glauben, dass alles gut werden würde. Aber tief drinnen spürte sie, dass das nicht das Leben war, das sie wollte.

Sie telefonierte mit Eliza, die eine neue Wohnungspartnerin gefunden hatte und auch einen Verehrer. Er gefiel ihr nicht besonders, aber er war ein wohlsituierter Büroangestellter und Eliza meinte, sie werde ihn wohl heiraten, auch wenn er zwei halbwüchsige Töchter habe, die nicht sehr sympathisch seien.

»Aber die sind eh schon 15 und 17, also werden sie nicht mehr lang da sein, und dann hab ich meine Ruhe und ein bequemes Leben«, erklärte Eliza, und Rada erschrak darüber, wie abgebrüht ihre Freundin in den Jahren in Wien geworden war. Sie erzählte ihr von Lajos' neuer Arbeit. Eliza freute sich, mahnte aber zur Vorsicht.

»Weißt du, wenn er so enthusiastisch ist und sich hineinschmeißt, kann's passieren, dass er furchtbar auf die Nase fällt. Ich kenne meinen Bruder. Lass dich also auf keinen Fall irgendwie hineinziehen, versprich es mir!«

Sie versprach es und vergaß es. Lajos war plötzlich die Begeisterung in Person und sie dachte, dass alles gut gehen würde und sie sich keine Sorgen machen müsste. Aber sie dachte auch, dass sie nicht wusste, was er ihr noch bedeutete. Die große Liebe war vergangen, er war ihr fremd geworden, und auch seine Beteuerungen, dass es für ihn immer nur sie gegeben habe und geben werde, berührten ihr Herz nicht mehr.

An einem Abend saßen sie in der Küche und er erzählte voller Begeisterung von den Fortschritten in der Werkstatt und davon, dass sich schon viele reiche Leute für ihre Arbeit interessierten und versprochen hätten, ihre Autos bei ihnen warten zu lassen. Es brauche nur noch etwas Geld und Zeit, dann könnten sie so richtig loslegen.

Rada dachte sich nichts dabei, hörte ihm aufmerksam zu und sagte, dass sie sich sehr freue und ihm und seinem Partner alles Gute wünsche. Dabei blieb es an diesem Abend.

Er war zärtlich und liebevoll, brachte ihr Blumen und winzige Kätzchenfiguren, die sie schon als Kind zu sammeln begonnen hatte und die man jetzt für ein paar Groschen auf den vielen Straßenmärkten zu kaufen bekam, und sie begann sich an den Gedanken zu gewöhnen, dass er sie wirklich noch liebte und mit ihr zusammen sein wollte. Seine Aufmerksamkeiten rührten sie, auch wenn sie irgendwann festgestellt hatte, dass er ihr eigentlich nur mehr wenig bedeutete.

Dann kam der fatale Anruf. Lajos war kreidebleich, als er ihn entgegennahm, und als er aufgelegt hatte, musste er sich niedersetzen. Sie sah ihn an, ging in die Küche und holte die Flasche Schnaps, die ihr die Nachbarin einmal für Notfälle geschenkt hatte.

Der Partner habe einen schweren Unfall gehabt, Schuld hätten die, von denen er sich Geld ausgeborgt hatte, um die Werkstatt zu eröffnen, sagte er.

»Geh zur Polizei!«, meinte Rada.

»Bist du verrückt? Die hängt doch mit drin, diese Geldverleiher sind fast alle Polizisten. Ich muss das Geld irgendwie zusammenkratzen, sonst bringen sie mich um. Istvan kann ja die Schulden nicht mehr begleichen. Er liegt auf der Intensivstation im Koma. Und ich bin sein Partner!«

Irgendetwas störte sie an der Geschichte.

Aber als sie sein weißes Gesicht sah, auf dem sich jetzt dicke Schweißtropfen zu bilden begannen, nahm sie sich ein Herz.

»Ein bisschen was kann ich euch borgen, wenn du mir versprichst, es mir in Monatsraten zurückzuzahlen«, sagte sie.

»Wie viel?«, fragte er.

Sie nannte die Hälfte ihrer Ersparnisse.

Er schüttelte den Kopf und sagte dann: »Das ist nicht genug, aber es hilft mir sehr. Ich schwöre dir, dass du jeden Cent zurückbekommst!«

Sie wagte es nicht, der Nachbarin oder Eliza von der Sache zu erzählen. Sie wollte ihm glauben und sorgte sich um ihn, also schwieg sie und wartete. Darauf, dass er ihr vom Zustand seines Partners erzähle, darauf, was die Geldverleiher gesagt hatten, darauf, wie die Arbeit in der Werkstatt voran ging, und wann er endlich anfangen würde, Autos zu reparieren.

Er war weiterhin freundlich und bemüht. Und machte Pläne. Dass er mit ihr nach Wien fahren werde, um dort Motorräder billig einzukaufen, die hier in Temeswar ein Renner werden würden. Dass sie heiraten sollten und dass er ihr einen wunderschönen Verlobungsring schenken wollte.

Und wieder war da dieses Gefühl.

Sein Heiratsantrag rührte sie und trotzdem lehnte sie ihn ab.

Sie wolle keinen Verlobungsring, sagte sie etwas unromantisch, es genüge ihr, wenn er ihr das Geld zurückzahle, mit dem sie ihm ausgeholfen habe.

Er wurde wütend und warf ihr vor, ihm zu misstrauen.

Und er hatte Recht.

Sie verstand nicht, wie er dieses Geld je zurückzahlen wollte, und sie verstand nicht, was eigentlich los war.

Eines Tages traf Rada ihre Nachbarin auf der Stiege. Die sagte ihr unverblümt, dass sie auf sie gewartet habe, sie müsse mit ihr reden. Radas Magen zog sich zu einer harten, kleinen Kugel zusammen. Die Nachbarin zog sie in ihre Wohnung und machte die Türe fest hinter sich zu.

»Dein Freund ist ein Ganove!«, sagte sie hart und bestimmt.

»Was sagst du da? Woher willst du das wissen?«

»Das weiß hier in der Stadt jeder außer dir!«, setzte die Nachbarin erbarmungslos nach.

»Und er betrügt dich nach Strich und Faden! Erst heute Vormittag hab ich ihn im Cafe Morgenrot mit Julia aus dem Nachbarhaus gesehen. Sie haben Händchen gehalten und geschmust. Ganz offen! Wach auf, Rada, der Lajos ist ein Gauner und er nützt dich aus! Wahrscheinlich hast du ihm auch noch Geld gegeben, das er jetzt mit anderen Frauen durchbringt. Und was seine angebliche Arbeit betrifft: Dieser Istvan hat Bankrott gemacht und sitzt wegen fahrlässiger Krida im Gefängnis, und Lajos borgt sich rechts und links Geld aus!«

Als Rada zu sich kam, saß die Nachbarin neben ihr, hatte ihr die Beine hochgelegt, ein feuchtes, kaltes Tuch auf die Stirn gelegt und hielt ihre Hand.

»Ach Mädchen, es tut mir so leid. Wärst du doch in Wien geblieben. Dann wäre das alles nicht passiert. Ich fühle mich ja auch schuldig, ich hätte besser aufpassen müssen, du bist ja wie eine Tochter für mich. Verzeih mir!«

Da weinte Rada bitterlich und die Nachbarin weinte mit.

Und dann machten sie einen Plan.

Als Lajos an jenem Abend nach Hause kam, war Rada nicht mehr da. Die Nachbarin hatte all ihre Sachen zusammengepackt und in ihre eigene Wohnung gebracht. Als sie sicher waren, dass Lajos in der Wohnung war und feststellte, dass diese doch sehr leer wirkte, rief Rada an.

Sie brauchte ihre Stimme gar nicht verstellen, um aufgeregt und gehetzt zu klingen. Sie sagt ihm, dass die Geldeintreiber sie bei einem ihrer Schüler abgepasst hätten, er habe ihnen wohl verraten, wo sie arbeite, sie hätten sie bedroht und ihr befohlen, am nächsten Tag die überfällige Summe auf einer Bank im kleinen Park an der Straßenecke zu deponieren, andernfalls würden sie ihr selbst und auch Lajos das Licht ausblasen! Sie habe sich versteckt, weil sie solche Angst habe, und bitte ihn, doch das Geld herauszurücken, sie habe es ihm ja schließlich zu diesem Zweck gegeben. Wenn er es aber nicht mehr haben sollte, dann möge er es sich eben ausborgen – das müsse ihre und vor allem ja auch seine eigene Sicherheit ihm wohl wert sein.

Am Ende weinte sie laut und heftig. Und Lajos glaubte ihr jedes Wort. Sie aber weinte um eine Illusion, die nie etwas mit ihrem wirklichen Leben zu tun gehabt hatte, und um jenen jungen Mann, den sie damals für immer verloren hatte. Die Nachbarin nahm sie, als sie den Anruf beendet hatte, in den Arm und lobte sie, dass sie sich nichts habe anmerken lassen.

Dann setzten sie sich ans Fenster und warteten. Denn die Bank im Park war vom Küchenfenster der Nachbarin aus gut einsehbar.

Natürlich kam er nicht. Nicht am selben und auch nicht am nächsten Tag.

Stattdessen sahen sie Julia aus dem Nachbarhaus mit einer Reisetasche aus einem Taxi steigen, das danach vor dem Haus wartete. Wenig später kam sie gefolgt von Lajos wieder heraus. Er trug einen Koffer, der Radas Vater gehört hatte und alt und zerschunden, aber groß war. Als das Taxi um die Ecke gebogen war, gingen sie in Radas Wohnung.

Was man irgendwie mitnehmen konnte, hatte er eingepackt. Sogar die alte Kuckucksuhr, die der Vater einst der Mutter von einer kurzen Dienstreise nach Österreich mitgebracht hatte. Zurückgelassen hatte er nur Radas Bücher. Die nackten Möbel vor den nackten Wänden wirkten traurig, und Rada lief schnell zurück in die Wohnung der Nachbarin.

Die aber hatte einen Verdacht und ging auf Erkundung.

Als sie zurückkam, trug sie einen grimmigen Gesichtsausdruck und unter dem Arm die Kuckucksuhr. Aus der Handtasche zog sie ein Kuvert, in dem sich ungefähr die Hälfte jener Summe befand, die Rada Lajos geliehen hatte.

»Wie hast du das gemacht?«, fragte diese mehr irritiert als erfreut.

»Ich hab mir da so was gedacht. Also bin ich zu meiner Cousine gegangen, die die Mutter von Julia gut kennt und außerdem weiß, dass die Familie eine Datscha nicht weit außerhalb der Stadt hat. Der Mann meiner Cousine ist ungefähr zwei Meter groß und Hobbyboxer. Der hat mich mit seinem Auto zu der Datscha gefahren. Na und, was glaubst du? Dort hab ich die beiden Turteltäubchen beim Geldzählen angetroffen. Die Sachen, die er dir gestohlen hat, bringt der Mann meiner Cousine nachher vorbei, alle konnte ich nicht tragen. Von dem Geld ist leider nicht mehr alles da, da haben sie schon einiges verludert. Na ich bin jedenfalls mit dem Riesenlackel hinter mir hinein wie eine Wilde, da ist deinem Lajos aber das Gesicht eingefroren und das Miststück, die Julia, hat sich gleich im Klo verschanzt. Und dann hab ich gesagt – her mit dem Geld und allem, was Rada gehört, und wenn du auch nur einen Pieps machst, schlägt dich mein Cousin erst zusammen und dann hol ich die Polizei. Das hat gewirkt!«

Rada wusste nicht, ob sie lachen oder weinen sollte, entschied sich dann aber doch fürs Lachen, als sie sich das Gesicht von Lajos vorstellte und den Schrecken, den ihre Nachbarin den beiden eingejagt hatte. Zurück aber blieb die Art von tiefer Traurigkeit, für die es keinen Trost geben kann. Die Trauer darüber, zu welchen Schlechtigkeiten auch Menschen in der Lage sind, die man geliebt und denen man vertraut hat.

Sie wagte es nicht, Eliza zu erzählen, was ihr Bruder ihr angetan hatte. Ihre Freundin, so erklärte sie der Nachbarin, die selbst dafür gewesen war, allen Bekannten und Verwandten ausführlich über Lajos' Gemeinheit Bericht zu erstatten, die Freundin konnte ja nichts für ihren missratenen Bruder, würde sich aber kränken oder – noch schlimmer – vor lauter Scham nichts mehr mit ihr, Rada, zu tun haben wollen.

»Na und? Wer weiß, ob die nicht auch so ist?«, sagte die Nachbarin böse.

Da wurde Rada zornig und verbat ihr, so von der Freundin zu reden, die sie in Wien aufgenommen, ihr aus einer schwierigen Lage geholfen und sie niemals betrogen oder angelogen hatte.

»Na, aber vor ihrem missratenen Bruder hat sie dich nicht gewarnt. Sie wollte sogar, dass du ihn heiratest, also ich trau der auch nicht über den Weg!«, lästerte die Nachbarin weiter.

»Jetzt ist's aber genug! Du hast mir sehr geholfen und ich danke dir dafür, aber es reicht. Eliza ist ein anständiger Mensch, versuch nicht, sie mir schlecht zu reden!«

Die Nachbarin drehte sich beleidigt um, Rada nahm ihre beiden Taschen und schleppte sie zurück in die Wohnung, in der sie aufgewachsen war. Die Jahre mit Lajos dort war gar nicht so schlecht gewesen, dachte sie. Warum hatte er sie nur so betrogen?

Sie dachte lange nach und kam zu dem unangenehmen Schluss, dass es wohl auch ihre eigene Schuld gewesen war. Sie hatte ihm alles geglaubt, wie eine naive Fünfzehnjährige, hatte ihn nichts gefragt. Wie seine Ehe auseinandergegangen war, warum er gescheitert war dort in Ungarn, wieso er seine Kinder nie sehen wollte und auch nie über sie sprach. Sie hatte ihn einfach hingenommen und sich selbst auch nicht eingestanden, dass er ihr in den Jahren ihrer Trennung gleichgültig geworden war. Also, dachte sie, war es auch eine gerechte Strafe, dass er sich mit einer anderen eingelassen und sie bestohlen hatte.

Am nächsten Tag kaufte sie Blumen, Sekt und eine Packung Schokolade und läutete bei ihrer Nachbarin, um sich zu entschuldigen.

Als diese Rada mit hängendem Kopf und Geschenken in der Hand vor ihrer Türe stehen sah, umarmte sie sie, zog sie ins Zimmer und entschuldigte sich ihrerseits für ihre allzu aufbrausende Art.

Sie tranken den Sekt und aßen die Schokolade und als sie schon beide ziemlich lustig waren, sagte die Nachbarin:

»Am besten gehst du einfach zurück nach Wien. Eliza findet schon wieder eine Arbeit für dich und hier ist's eben doch nicht gut für dich! Ich werde deine Wohnung vermieten, dann hast du einen kleinen Polster für Notfälle. Aber bitte versprich mir, dass du mit Männern in Zukunft vorsichtiger bist!«

Und so kam Rada zu Ella und Heinz. Und blieb.

3. MAGGIE

Eigentlich hieß sie Margarete.

Aber Ella, die fünf war, als die kleine Schwester geboren wurde, hatte sie nach zwei Tagen in Maggie umbenannt, weil sie das lange »Margarete« nicht so recht aussprechen konnte.

Ihre Mutter Gerti war nicht einverstanden und versuchte lange Zeit, ihren eigentlichen Namen – den »Taufnamen« – durchzusetzen.

Aber es half nichts.

Sie blieb für die gesamte Familie – Gerti ausgenommen, die auf »Margarete« auch noch bestand, als alle anderen schon vergessen hatten, dass sie eigentlich so hieß – Maggie. Und Ellas kleine Schwester war zufrieden mit diesem Namen.

»Klingt doch irgendwie aristokratisch, findest du nicht?«, sagte sie später – so mit 15 oder 16 – oft zur Mutter, die dann irritiert den Kopf schüttelte. »Überleg doch, als ob ich ein Kind der britischen Königsfamilie wäre! Ich grüße Euch meine Lieben, wir sind heute ganz gut gelaunt und bereit, uns mit Euch zu unterhalten!«, sagte Maggie von oben herab, warf den Kopf mit den kurzen blonden Locken in den Nacken, winkte mit der linken Hand huldvoll und stolzierte vor Ella im Wohnzimmer auf und ab, während diese sich vor Lachen am Boden wälzte. Der Vater klatschte Beifall.

Nur die Mutter der beiden fand das nicht lustig.

»Mama, du hast überhaupt keinen Humor«, sagte Ella dann oft, deren Name niemand hatte abkürzen müssen.

Die Mutter war dann meistens einen Abend lang beleidigt, ging ins Bett, ohne den Mädchen gute Nacht zu wünschen, und tat am nächsten Tag so, als sei nichts gewesen.

Ella und Maggie liebten und hassten sich. Wie das unter Schwestern eben so ist.

Wenn die Mutter Ella die Oberaufsicht über die jüngere Schwester und den Haushalt übertrug, gab es Krach. Wenn

Maggie aber mit einer dicken Brandwunde am rechten Fuß nach Hause kam, weil sie mit einem Freund, in den sie ein bisschen verliebt war, auf dem Motorrad mitgefahren war, was die Eltern keinesfalls wissen durften, half Ella, die Wunde zu versorgen und so zu verstecken, dass Maggies verbotenes Abenteuer nicht ruchbar wurde. Und wenn Ella länger ausblieb, als die strenge Mama erlaubte, deckte Maggie sie treu. Der Vater starb, als Ella schon mit Heinz lebte und Maggie gerade Leo geheiratet hatte. Mama Gerti nahm es ihm übel, dass er sie, die erst 55 war, alleine ließ. Mit zwei Töchtern, die ihr aus dem Weg gingen. Mit zwei Töchtern, die unterschiedlicher nicht hätten sein können.

Ella hatte schon vor dem Tod des Vaters jenes Verantwortungsgefühl entwickelt, das es ihr fortan verwehrte, ihre ureigensten kindlichen Wünsche auszuleben. Maggie aber war Kind geblieben.

Gerti war stets überarbeitet und unwirsch, wann immer Maggies überbordende Lebensfreude sie in ihrer Überzeugung störte, dass sie für »Dummheiten« keinen »Kopf« habe.

»Die Mama hat gesagt, dass ich für dich verantwortlich bin!«

Diesen Satz hörte Maggie immer, wenn sie versuchte, sich der schwesterlichen Autorität zu entziehen.

»Gegessen wird, was auf den Tisch kommt!«, war ein anderer von Ellas Lieblingssätzen – ebenfalls von der Mutter erlernt und vor allem dann eingesetzt, wenn Maggie das angebrannte, weil zu lange wieder aufgewärmte Essen verweigerte, das die Mutter vorbereitet und Ella mit dem Ernst der älteren Schwester auf den Tisch gebracht hatte.

Maggie aber weigerte sich, die schwesterliche Autorität anzuerkennen, was oft mit Ellas Drohung endete: »Das sag ich der Mama!«, und mit der von Maggie begeistert vorgezeigten langen Nase. Dann ging die kleine Schwester einfach zur Brotlade, schnitt sich eine dicke Scheibe Schwarzbrot ab, schmierte Butter und Honig darauf und verzog sich damit ins Kinderzimmer, wo sie sich, unter dem großen Tisch liegend, der die beiden Betten trennte, eine eigene Welt zusammenfantasierte.

Eine Welt, in der ein Pferd gab und mindestens einen Affen, wie bei Pippi Langstrumpf, und einen Koffer mit Goldstücken, mit denen sie sich die rote Schultasche und den großen, weißen Hund kaufen wollte. Die rote Schultasche hatte ihre beste Freundin zum achten Geburtstag bekommen und Maggie beneidete sie glühend darum. Aber die Mama hatte erklärt, dass sei doch nur eine Marotte, eine Schultasche müsse braun oder schwarz sein, damit man sie so lange wie möglich benützen konnte. Auch später noch, schließlich werde sie als großes Mädchen doch nicht mit einer Kinderschultasche ins Gymnasium gehen wollen, oder? Ella hatte zustimmend genickt, aber Maggie hatte nicht verstanden, warum ihr die rote Tasche mit den goldenen Schnallen mit fünfzehn nicht mehr gefallen sollte?

Der weiße Hund wiederum gehörte den Nachbarn. Er war fast so groß wie das kleine Pony, das Maggie einmal bei einem Ausflug auf einem Bauernhof entdeckt hatte, und sah aus wie ein großer, weicher Plüschbär. Maggie liebte ihn und er liebte sie, aber Gerti hatte Angst vor Hunden, weshalb sie der Tochter verbat, diesen zu streicheln oder gar zu umarmen. Maggie allerdings war von Natur aus nicht geneigt, den Anweisungen ihrer Mutter zu folgen, vor allem, wenn diese nicht da war. So dass sie dem großen, freundlichen Hund jedes Mal um den Hals fiel, wenn sie ihm auf der Straße begegnete, und sich von ihm das Gesicht abschlecken ließ, was unweigerlich zu Ellas Drohung »das sag ich der Mama« führte. Dem Vater hatte sie es nicht sagen müssen, der verstand Maggies Liebe zu dem Tier, ließ sich aber auf keinen Streit mit seiner Frau ein. Ella war Maggies Vorbild und gleichzeitig wollte sie ganz anders sein.

Ella kochte und wusch ab, ordnete die gewaschene Wäsche in die Kästen und lief gerne mit einer viel zu großen Schürze umher, die sie von der Mutter geerbt hatte. Alles, was Maggie verabscheute.

Wenn sie an der Reihe war, das Geschirr abzuwaschen oder den Mist hinunter in den Hof zu tragen, versteckte sie sich gerne hinter einem Buch, bis Ella entnervt selbst das Geschirrtuch oder den Abfallkübel in die Hand nahm.

Manchmal »vertratschte« sie Maggie dann am Abend bei der Mama, die, ausgelaugt von ihrem Arbeitstag, keine Lust mehr hatte, sich dem Haushalt zu widmen. Die drohte Maggie dann mit Liebes- und manchmal auch Essensentzug. Aber es half nichts. Maggie hasste alles, was Haushalt war, und sollte diese Abneigung beibehalten. Bis ins reife Alter.

»Wie hast du denn gelebt mit deinem Diplomaten?«, würde Ella sie später, als Maggie schon geschieden war und immer noch lieber ein Buch zur Hand nahm als einen Besen, fragen.

»Mit viel Hilfe, mit viel Hilfe«, lachte Maggie dann und fügte hinzu, nicht ihre Abneigung gegen Haushalt in jeder Form sei der Grund für das Scheitern ihrer Ehe gewesen, sondern die unendliche Langeweile, die sie mit ihrem so geschmeidigen und erfolgreichen Leo empfunden habe.

Ella verstand sie nicht.

»Aber du hast doch ein Kind mit ihm gemacht!«

»Du weißt schon, dass das ganz schnell und leicht geht?«, antwortete Maggie dann mit einem kleinen Lachen, und Ella wechselte schnell das Thema.

Als Ella schon studierte und Maggie in der letzten Schulklasse viel Unsinn trieb, der ihrer Mutter die Schamesröte ins Gesicht steigen und sie zugleich an der jüngeren Tochter schier verzweifeln ließ, brachte der Vater eines Tages seinen Freund Hans mit, den er zufällig nach vielen Jahren wiedergetroffen hatte.

Onkel Hans war ein Freund des Vaters, der gerade Witwer geworden war. Er und seine kleine, sehr energische Frau Herta hatten keine Kinder. Jetzt begann er Gerti einen sehr dezenten, freundlichen Hof zu machen und versuchte darüber hinaus, zwischen ihr und der Jüngeren zu vermitteln. Maggie mochte ihn. Er war irgendwie gemütlich. Nicht besonders groß, mit einem kleinen Bäuchlein und einer meist blankpolierten Glatze, die ein dichter, graumelierter Haarkranz umgab. Er trug im Winter dicke Flanellhemden und im Sommer Leinenhosen.

Gerti blühte in Onkel Hans' Gegenwart auf. Maggie fand, sie sei »peinlich«. Und sie ärgerte sich für den Vater, der nur lächelte und Hans immer wieder einlud.

Sie kaufte sich plötzlich buntere Kleider, trug roten Lippenstift auf und ließ sich den grauen Haaransatz wegfärben. Wenn Onkel Hans ihre Hand nahm und einen Kuss darauf drückte, wurde sie rot vor Vergnügen und lächelte, wie Maggie sie noch nie hatte lächeln sehen.

»Glaubst du, sie tun es miteinander?«, fragte sie Ella eines Abends, als die Mutter der großen Schwester aufgetragen hatte, bei Maggie zu Hause zu bleiben, damit die keinen Unsinn anstellte, während sie mit Onkel Hans ins Konzert ging. Der Vater war da schon krank und lag gerade wieder einmal im Spital.

»Was tun?«, stellte sich Ella dumm.

»Du weißt schon …«, sagte Maggie und lief rot an.

»Du bist so blöd«, sagte Ella. »Und wenn ja, was ist schon dabei? Die Mama hat ja nichts mehr vom Papa, da trocknet man ja ganz ein …«

Maggie wusste nicht so ganz genau, was Ella damit meinte. Die Mutter hatte es immer vermieden, mit ihr über die Dinge zwischen Mann und Frau zu sprechen, und was Ella so hie und da verlauten ließ, machte ihr eher Angst.

Maggie hatte ihre eigene Vorstellung von dem, was zwischen Männern und Frauen vor sich ging. Sie lag immer noch gern unter dem Tisch in ihrem und Ellas Zimmer und träumte sich weit weg. In ein Leben voller Aufregung und bunter Farben, in dem sie die umschwärmte Prinzessin inmitten vieler »fescher« junger Männer war und unendliche Abenteuer erlebte. Sie war die Heldin, die schwierige Situationen meisterte. Und sie war von klein auf verliebt.

»Du bist so kokett«, rügte die Mutter Maggie schon, als diese noch nicht einmal zehn Jahre alt war.

Sie interessierte sich für schöne Kleider und für Schmuck und sie interessierte sich für das andere Geschlecht.

»Sie stolziert vor den Buben herum wie eine Weihnachtsgans«, beschwerte sich Ella bei der Mutter.

»Weihnachtsgänse sind dick und man isst sie«, antwortete Maggie spitz. »Ich lass mich nicht essen!«

Maggies beste Freundin war klein, dünn und gar nicht eitel. Sie hieß Mona und war die Tochter einer ehemaligen Schulkollegin von Gerti, deren Mann jung gestorben war.

»Die Mona ist viel gescheiter als du«, warf die Mutter Maggie vor.

Mona war es egal, was sie anzog, sie interessierte sich nicht für Burschen und dachte gar nicht daran, sich zu schminken.

Monas Mutter war eine dünne, asketische Person mit Männerhaarschnitt und einem bitteren Zug um den Mund. Maggies wilde Art behagte ihr gar nicht und auch nicht Maggies Interesse für ihr Aussehen. Sie bläute Mona ein, dass es im Leben wichtiger war, »sich mit ernsthaften Dingen« zu befassen als Modezeitschriften zu lesen, Beatles zu hören und – als die beiden Mädchen fünfzehn geworden waren – ihre Samstagabende in Diskotheken zu verbringen. Allerdings hatte Mona viel früher als Maggie ihren ersten Freund. Thomas war ein wohlerzogener Bub »aus guter Familie«, wohlgelitten von Monas Mutter, der er ernsthaft und genau richtig für ihre Tochter erschien.

Maggie mochte ihn nicht.

Sie war wohl auch ein klein wenig eifersüchtig.

»Magst du ihn lieber als mich?«, bohrte sie bei Mona nach.

Die lachte sie aus und erinnerte sie daran, wie oft sie selbst schon verliebt gewesen war und Mona dann links hatte liegen lassen. Denn Maggie verliebte sich oft und gerne.

Ein großer Schwarm war Ernst, der entfernte Ähnlichkeiten mit Peter Kraus hatte – jenem Schlagersänger, an dessen Lippen sie damals alle hingen. Ernst war drei Jahre älter, und als er der hübschen Maggie seine Aufmerksamkeit schenkte, war diese so überwältigt, dass sie fast in Ohnmacht gefallen wäre.

»Der ist doch eine hohle Nuss«, sagte die vernünftige Mona.

»Aber er ist soooo fesch …«, seufzte Maggie und ließ sich von Ernst küssen.

Einen Abend lang schmuste er mit ihr in der Disko, dann war sein Interesse erloschen, und Maggie fühlte sich klein und hässlich.

»Hab dir doch gesagt, dass der eine hohle Nuss ist«, meinte Mona, und Maggie ärgerte sich, dass die Freundin wieder einmal recht behalten hatte. Sie fühlte sich klein, dumm und uninteressant. Und sie beneidete Mona und Ella, die genau zu wissen schienen, was das Leben ihnen zu bieten hatte und was sie wollten.

Maggie wollte vieles. Schön und klug sein, von allen geliebt und begehrt, im Mittelpunkt stehen. Doch sie hatte nicht das Gefühl, als würde ihr das gelingen. Wenn sie mit Mona unterwegs war, fühlte sie sich gut, denn Mona verschwand neben ihr. Auch wenn sie einen »festen« Freund hatte.

Den sie übrigens später verlassen sollte, weil sie entdeckte, dass ihr Frauen in jeder Beziehung mehr zu geben hatten als dieser wohlerzogene Thomas aus guter Familie. Als Monas Mutter völlig entsetzt fragte, was sie sich dabei denke, schlug sie ihr vor, Thomas doch selbst zu heiraten, sie habe kein Interesse an ihm.

Sie liebe Susanne, die ihr Leben erst so richtig vollmache, und sie werde sie auch der Mutter zu Liebe nicht aufgeben. Monas Mutter klagte Gerti ihr Leid.

»Sie lebt mit einer Verrückten zusammen. Wo der Thomas sie so liebt und sie sofort heiraten würde. Wie kann sie mir das nur antun?«

Susanne war Künstlerin und halbwegs anerkannt. Maggie neidete Mona diese Beziehung, auch wenn sie auf Susanne erstaunlicherweise weniger eifersüchtig war als auf Thomas. Aber da waren sie alle schon erwachsen – oder dachten, dass sie erwachsen wären – und Maggie hatte gerade Leo getroffen. Aber mit fünfzehn oder sechzehn Jahren zweifelte Maggie noch an sich selbst und brauchte Mona als »Fels in der Brandung«. So sollte sie sie später immer bezeichnen, bis sie einander in den Mäandern ihrer schwierigen und sehr unterschiedlichen Lebensläufe verloren.

In ihrer Jugend war Mona eine wesentlich bessere Schülerin als Maggie und half dieser über so manche schulische Hürde hinweg. Nicht immer mit erlaubten Mitteln. Mathematik war Maggies größte Schwachstelle. Bei den Schularbeiten schob Mona ihr die gelösten Aufgaben unter der Bank zu. Maggie wiederum schrieb die Deutschaufsätze für Mona, die es nicht so hatte mit Sprachen.

Die beiden waren ein eingeschworenes Paar. Aber insgeheim fühlte Maggie sich Mona zutiefst unterlegen. Vor allem, weil ihre Beziehungen irgendwie nicht so recht gelingen wollten.

Maggie gefiel den Burschen und auch sie verliebte sich immer wieder, aber irgendwie »kam sie nicht vom Fleck«. Später sollte Ella spöttisch anmerken, »die halbe Schule ist vor ihr auf dem Bauch gelegen«. Maggie wunderte sich dann, denn sie hatte das nie so empfunden. Maggie bewunderte Ella und fragte sich, wieso der Schwester alles so viel leichter zu fallen schien als ihr. Sogar die Politik.

Ella wusste genau, wofür und wogegen man zu sein hatte. Sie ging mit Heinz demonstrieren, als Maggie noch versuchte, zu begreifen, weshalb sie das taten. Und sie hielt Maggie Vorträge darüber, was man als moderne Frau und politisch interessierter Mensch zu tun habe und was sie, Ella und eben auch Maggie, ihrem mutigen Vater schuldig seien, der den Nazis ein Schnippchen geschlagen hatte und desertiert war, was ihm sehr zur Ehre gereichte – und ihnen als seinen Töchtern auch.

»Weißt du, ich habe auf der Uni Freunde, wo die Eltern emigriert sind und die Großeltern hat man umgebracht. Und wir können wirklich stolz sein auf den Papa, dass der nicht mitgemacht hat und sich nicht schuldig gemacht hat. Sonst könnte ich denen ja auch nicht in die Augen schauen«, dozierte Ella und Maggie war sprachlos vor Ehrfurcht. Würde sie je so gescheit sein wie die Schwester und die Welt so gut verstehen wie sie?

Wenn sie der Mutter entwischen konnte, lief sie Ella nach zu den Demonstrationen. Und natürlich verliebte sie sich wieder einmal. In einen Freund von Max, Ellas damaligen Freund, der Gitarre spielte und immer in der ersten Reihe marschierte. Und der sie überhaupt nicht zur Kenntnis nahm.

Als Ella aus dem »Kinderzimmer« in Richtung Wohngemeinschaft ausgezogen war, nahm Gerti das missbilligend zur Kenntnis und schärfte Maggie immer wieder ein, dass sie der Schwester nicht alles nachmachen müsse. Als Maggie mit der Schule fertig war, beschloss sie, sich der Mutter zu entziehen, indem sie als Au-pair-Mädchen für ein Jahr nach Frankreich ging.

Französisch war ihr Lieblingsfach in der Schule gewesen. Die Sprache faszinierte sie und es schien ihr, als werde sie zu einem anderen Menschen, wenn sie die französischen Worte mehr oder weniger richtig über die Lippen brachte. Die Mutter war begeistert. Maggie würde in einer Familie und somit »unter Kontrolle« leben und gleichzeitig die Sprache erlernen, die auch schon der Mutter als das höchste an Raffinesse und Feinheit erschienen war.

Ella versprach, auf Besuch zu kommen.

Dass Maggie mitten in die französischen Studentenunruhen hineingeriet und daher kaum »unter Kontrolle« war, konnte die Mutter nicht ahnen. Maggie kam 1968 in Paris an, zwei Tage, bevor die großen Demonstrationen begannen. In der Familie, in der sie lebte, gab es einen etwa gleichaltrigen Sohn und zwei kleine Mädchen, die Maggie betreuen sollte. Lucie und Hélène waren sechs und sieben Jahre alt und Maggie fand sie entzückend. Es war für sie überraschend, mit welcher Selbstverständlichkeit die beiden Kleinen Französisch sprachen und sie ausbesserten, wenn sie mit ihrem unbeholfenen Schulfranzösisch in so manche sprachliche Falle tappte. Jean-François war 19 und studierte Deutsch, was zu einem sprachlichen Mischmasch zwischen ihnen beiden führte, der ihnen viel Spaß machte. Jean-François verliebte sich auf der Stelle in Maggie und diese sonnte sich in seinem Interesse und ließ sich von ihm zu den Studentenprotesten mitnehmen, bei denen sie kaum verstand, worum es eigentlich ging. Aber sie war mitten drin, sie liebte es und fühlte sich so wichtig, wie ihr Ella und Max immer vorgekommen waren.

Ihre Aufgaben gegenüber Lucie und Hélène erfüllte sie fast nebenbei, und die Eltern ließen sie gewähren. Jean-Francois war der Sohn aus der ersten Ehe des Vaters, seine Mutter war gestorben, als er noch nicht fünf war, und seine Stiefmutter nahm das zum Anlass, ihm gegenüber vorsichtiger zu sein, als dem Jungen guttat. Wenn er erklärte, Maggie müsse mit ihm mitkommen, wagte Ernestine, seine Stiefmutter, nicht zu widersprechen, sondern engagierte ein weiteres Kindermädchen für die Betreuung der beiden Kleinen. Maggie genoss Paris. Und sie machte ihre ersten sexuellen Erfahrungen mit Jean-François, der mehr Erfahrung mitbrachte als sie. Als Ella sie mit Max besuchen kam, spielte sie die welterfahrene, abgebrühte junge Frau, führte sie im aufbegehrenden Paris herum und erklärte ihnen die Welt, die sie selbst kaum verstand. Ella überspielte ihre Bewunderung mit Ironie, Max war ungewohnt kleinlaut, weil er, so wie Ella, kein Französisch sprach und, wie die meisten selbsternannten Revolutionäre des Jahres 1968, die französische Studentenbewegung als den Gipfel des Aufständischen grenzenlos bewunderte.

Ella fand die beiden kleinen Mädchen reizend, die Eltern freundlich und Jean-François einen wunderbaren »Fang«. Genauso sagte sie es. »Da hast du aber einen tollen Fang gemacht!« Und Maggie ärgerte sich über diese Ausdrucksweise und bestand darauf, festzuhalten, dass nicht sie Jean-François »gefangen« habe. Vielmehr habe sich dieser ihr an den Hals geschmissen, sagte sie herablassend und lächelte den »Fang« gnädig an, der nicht so recht verstand, was da zwischen den Schwestern vor sich ging.

Ella berichtete der Mutter in Wien später, dass es Maggie prächtig gehe in jenem aufgewühlten Paris, dass sie sich keine Sorgen machen müsse und dass ihre jüngere Tochter im übrigen bereits rede wie eine echte Pariserin. Gerti war gebührend stolz auf ihre welterfahrene Tochter, auch wenn sie die Nachrichten aus Frankreich beunruhigend fand.

Inzwischen streifte Maggie mit Jean-François durch die besetzte Universität, verteilte Flugblätter vor Fabriken und fühlte sich revolutionär. Marx zu lesen fiel ihr allerdings schwer, und wenn die »Genossen« rund um Jean-François ihre theoretischen Diskussionen über den Kapitalismus und dessen Verbrechen abhielten, schlief sie oft auf einem der Sofas in den verrauchten Studentenbuden ein. Aber keiner nahm ihr das übel – schließlich war sie eine Art Vorzeigeausländerin und deshalb immer wohlgelitten. Im Übrigen las auch sie, wie die ältere Schwester, lieber Romane als theoretische Schriften und ließ sich von Jean-François erklären, wie sie die politische Lage jenes Jahres in Frankreich richtig zu verstehen habe.

Als das Jahr von Maggies revolutionärem Au-pair-Dasein langsam zu Ende ging, erklärte sie Jean-François, dass sie nach Wien zurückmüsse. Sie könne doch bleiben, sagte er leichthin und lachte, wer zwinge sie denn, wegzufahren? Aber sie könne doch nicht weiterhin seiner Familie zur Last fallen, antwortete Maggie, die wusste, dass Jean-François' Stiefmutter sich bereits nach einem neuen, »echten« Kindermädchen umgesehen hatte, weil Maggie eben doch allzuoft der Revolution mehr Zeit gewidmet hatte als ihren Kindern. Jean-François zuckte die Schultern und meinte, wenn sie ihn liebe, werde sie schon eine Möglichkeit finden.

Das aber brachte Maggies Temperament zum Überschäumen. »Wenn sie ihn liebe?«, schrie sie ihren ersten richtigen Liebhaber empört an. Und er, liebe er sie denn genug, um auch eine Distanz wie jene zwischen Paris und Wien zu überwinden? Er könnte ja schließlich auch mit ihr nach Wien kommen, wenn er sie liebe …

Der Streit dauerte drei Tage, dann packte Maggie ihre Koffer und kehrte zurück zu ihrer Mutter nach Wien. Sie weinte die ganze lange Zugfahrt. Aber als sie in Wien ausstieg, hatte sie sich Jean-François aus dem Herz geweint. Sie war nicht gerade strahlend glücklich, aber sie sah neue Möglichkeiten vor sich und fand, dass sie in ihrem Wien freier war als im Paris von Jean-François. Der schrieb und rief hie und da an. Aber nach und nach verloren sich beide immer mehr in ihrem jeweiligen Alltag, bis Maggies große Liebe nur noch als eine Art Schatten in ihren inneren Räumen schwebte.

Maggie aber schrieb sich in Wien am Romanistik-Institut ein und machte dort mit ihrem im revolutionären Paris erworbenen Französisch eine wunderbare Figur. Sie wurde innerhalb kürzester Zeit zu einer bekannten Persönlichkeit in den Räumen des Instituts, und die jüngeren Studenten hingen an ihren Lippen, wenn sie von ihrem Pariser Jahr erzählte. Sie kam sich sehr erwachsen vor und erklärte bald nach ihrer Rückkehr aus Frankreich, dass sie nicht länger wie ein Kleinkind von der Mutter kontrolliert werden wolle und sich eine kleine Wohnung gesucht habe.

Gerti war empört und nannte es Geldverschwendung, Ella gab Maggie recht und sagte, es sei an der Zeit, dass sie sich »emanzipiere«, und die jungen Studienkollegen halfen ihr begeistert, ihre wenigen Habseligkeiten in die dunkle Einzimmerwohnung im Erdgeschoss eines alten Hauses in Zentrumsnähe zu transportieren. Am ersten Abend allein in ihrer neuen Bleibe kam die erste Panikattacke.

Maggie glaubte, nicht mehr atmen zu können. Sie maß mit der Hand ihren Puls und versuchte verzweifelt, so tief wie möglich zu atmen.

Als die Panik wie eine rote Welle über ihrem Kopf zusammenzuschlagen begann, lief sie aus dem Haus und bis zum nahe gelegenen Krankenhaus. Sie musste lange warten, bevor man sie zu dieser Nachtzeit, zu der sich Betrunkene und Opfer von Raufhändeln in der Ambulanz drängten, aufrief. Sie schilderte ihre Symptome und der junge, übernächtige Arzt gab ihr ein

Rezept für Beruhigungsmittel und eine Überweisung an die Psychiatrie. Maggie warf das Rezept und die Überweisung in den nächsten Abfallkübel und lief so lange durch die Stadt, bis sie vor Ellas Haustüre stand.

Die Schwester nahm sie an der Hand, machte ihr ein Bett auf dem Sofa in ihrem Zimmer in der Wohngemeinschaft und sagte, sie solle sich schlafen legen und leise sein, sie wolle Max nicht wecken, der am nächsten Tag zeitig in der Früh Flugzettel verteilen müsse.

Maggie lag im Dunkeln auf dem Sofa, hörte Ella und Max flüstern und kichern, maß ihren Puls und betete, obwohl sie nicht wusste, zu wem, dass die Nacht schnell vorbei gehen möge. Am nächsten Tag machte Ella Frühstück und fragte die Schwester aus.

»Was ist los mit dir?«

»Ich weiß auch nicht, plötzlich hat mich die Panik gepackt. Dabei mag ich die Wohnung. Kannst du nicht heute bei mir dort schlafen? Danach geht's dann sicher wieder …«

Ella schüttelte den Kopf und versprach dann, der Schwester beizustehen. Aber Maggies Panikattacken kamen immer wieder. Ella war es inzwischen gewohnt, spät nachts von der Schwester aus dem Bett geholt zu werden und dieser dann so lange die Hand zu halten, bis sie eingeschlafen war. Aber Maggie selbst war klar, dass es so nicht weitergehen konnte.

Als Ella im Sommer für zwei Monate nach Nicaragua fahren wollte – eine Idee von Max, der das revolutionär bedeutend fand –, brach Maggie der kalte Schweiß aus. Sie würde allein und auf sich selbst gestellt in der Stadt bleiben, und die Einzige, an die sie sich wenden konnte, wäre ihre Mutter. Zu der sie nicht gehen wollte.

»Lass sie in Ruhe, sie versteht das eh nicht und kann dir nicht helfen. Such dir einen Therapeuten, anders wirst du da nicht herauskommen«, sagte Ella, während sie ihren Rucksack für die Reise packte. Maggie hasste sie für ihre Ratschläge, wusste aber, dass sie irgendwo Hilfe suchen musste. Die erste Psychotherapeutin, an die sie sich wandte, war eine Frau, die ihr erklärte, sie habe sexuelle Probleme, die sie nur lösen könne, wenn sie »sie auslebe«. Maggie dachte an ihr Jahr mit Jean-François und gestand der Therapeutin, dass ihr der Sex mit diesem fehlte. Das aber schien die Frau nicht zu interessieren und sie stellte verschiedene Vermutungen über Maggies Verklemmtheit in Sachen Geschlechtsverkehr an.

Am selben Abend schlief Maggie zum ersten Mal allein und völlig ohne Panik in ihrer kleinen, dunklen Wohnung. Am nächsten Tag suchte sie sich einen anderen Therapeuten, denn kaum aufgewacht, kam die Panik wieder.

Der zweite Therapeut sagte gar nichts, ließ sie reden, und als sie nicht mehr wusste, was sie sagen sollte, erklärte er ihr, dies sei eines ihrer Probleme – dass sie nämlich nicht wisse, was sie sagen wolle.

Die dritte Therapeutin war eine ältere Frau. Maggie fand sie auf Anhieb sympathisch. Franziska Bauer hatte als jüdisches Kind aus Österreich fliehen müssen und als einzige ihrer Familie überlebt. Sie hörte sich die Schilderung der Panikattacken an und tat dann, was ihre beiden Vorgänger verabsäumt hatten. Sie schickte Maggie zum Arzt und verlangte, dass dieser alles abkläre, was an körperlichen Ursachen möglich sei. Als Maggie mit ihren blütenreinen Befunden zur Besprechung zu Franziska kam, sagte diese, jetzt könne die Arbeit beginnen. Sie fragte nach Maggies Familie und ihrer Kindheit. Und Maggie erzählte von der herrischen Mutter, der großen Schwester und dem abwesenden Vater.

»Abwesend?«, fragte Franziska.

»Ja, er ist irgendwie nie da«, sagte Maggie und kam sich sehr klug vor. »Also wenn es um einen Streit mit der Mama oder der Ella geht. Er hält sich immer raus, als ob er gar nicht da wäre …«

Franziska rieb sich nachdenklich die Nase und fragte Maggie dann, ob sie oft an den Vater denke.

Sie sprachen noch oft über Vater und Mutter und einmal erzählte Franziska Maggie, die an diesem Tag besonders über die Eltern hergezogen war, ihren »Lieblingswitz«:

»Sitzen drei jüdische Mütter zusammen und prahlen mit ihren Söhnen. Meiner, sagt die erste, ruft mich jeden Tag an! Meiner, sagt die zweite, kommt mich jeden Tag besuchen! Das ist alles gar nichts, sagt die dritte. Meiner geht vier Mal in der Woche zum Psychoanalytiker. Na und?, sagen die zwei anderen, was ist daran so besonders? Na dort redet er nur über mich, sagt die dritte!«

Franziska zerkugelte sich, als sie den Witz erzählte und Maggies etwas ratloses Gesicht sah.

»Maggie, mein Kind – ich sag dir was. Lass die Eltern sein und versuch, ein eigenes Leben zu haben«, meinte sie freundlich. »Du hast keine besonders großen Probleme, du bist nur noch ein bisschen in deiner Eierschale gefangen. Mach, was du machen möchtest, und nicht, was die anderen von dir erwarten. Du musst niemandem etwas beweisen, weder Ella noch deiner Mama noch deinen Studentenfreunden …«

Maggie ging zornig weg und dachte, dass sie Franziska dazu wirklich nicht gebraucht habe. Aber ohne dass sie es bemerkt hatte, waren die Panikattacken danach verschwunden. Ella – die braungebrannt und revolutionär aufmunitioniert aus Nicaragua zurückgekehrt war – warf ihr vor, sich zu wenig für Politik zu interessieren.

»Du denkst nur an dich. Nur an schöne Fetzen und Vergnügungen. Nie seh ich dich bei einer Demonstration oder einem Vortrag auf der Uni. Ist es dir egal, wie es in der Welt ausschaut?«

Maggie antwortete, indem sie sich über Ella und Max lustig machte und ihnen vorwarf, Salonrevolutionäre zu sein. »Nur weil ihr einmal zwei Monate in Nicaragua Revolution gespielt habt, heißt das noch lange nicht, dass es einen Sinn hat, was ihr da tut«, warf sie der Schwester hin und diese reagierte entsprechend empört. Dieselbe Diskussion sollte sie später noch oft mit Heinz führen.

Gerti sah das Zerwürfnis zwischen den Schwestern mit Sorge, gab aber im Großen und Ganzen Maggie recht, denn sie konnte Ellas heftiges gesellschaftliches Aufbegehren in keiner Weise nachvollziehen.

Und dann begegnete Maggie Leo. Leo war Gertis Wunschschwiegersohn. Er kam aus einer Ärztefamilie, war höflich und immer ordentlich angezogen. Nicht so wie Ellas Freunde, die in ausgeleierten Jeans und Pullovern daherkamen und viel zu lange Haare trugen.

Leo hatte glatt zurück gekämmtes, kurzes, blondes Haar, trug stets Hemd und Krawatte, auch unter dem ärmellosen Pullover, den ihm seine Mutter gestrickt hatte, und war zu Gerti unglaublich zuvorkommend. Maggie hatte ihn an der Universität kennengelernt, bei einem Seminar für Englisch-Studenten, an dem Leo zufällig teilgenommen hatte. Leo studierte eigentlich Jus, hatte aber längst beschlossen, Diplomat zu werden und deshalb seine Sprachkenntnisse aufzubessern. Maggie wiederum studierte Dolmetsch, weil sie dachte, dass sie mit diesem Beruf in der Welt herumkommen werde.

Maggie war ausnehmend schön, hielt sich selbst aber für hässlich, und fühlte sich vor allem Ella sehr unterlegen, auch wenn sie das nie zugegeben hätte. Leo jedoch sah Maggie und entschied, sie wäre die richtige Frau für ihn, wenn er denn einmal als Diplomat auf dem internationalen Parkett gute Figur machen sollte. Er sprach sie nach dem Seminar an.

Maggie fand ihn langweilig und fertigte ihn kurz ab. In der folgenden Woche erschien Leo wieder im Seminar und fragte Maggie, ob er sie wohl auf einen Kaffee einladen dürfe. Maggie lachte ihn aus und lief davon.

Sie war damals hoffnungslos in den Professor verliebt, in dessen Seminar sie auch Leo kennengelernt hatte. Professor Rudolf Arnold war der Schwarm aller Mädchen und ganz besonders auch Maggies. Dennoch fühlte er sich geschmeichelt von der Aufmerksamkeit der brillanten Studentin und erhörte sie, nachdem das Seminar zu Ende war. Maggie war so glücklich, dass sie kaum reden konnte.

Nach dem ersten Nachmittag, den sie mit ihm im Bett verbracht hatte, kam sie zum gemeinsamen Abendessen nach Hause, fiel Ella und der Mutter um den Hals, lachte grundlos und legte sich, als sie danach vor dem Fernseher saßen, einfach auf den Teppich. Ella und Gerti sahen sich verwundert an und machten besorgte Gesichter, was bei Maggie einen neuerlichen Lachanfall auslöste.

»Was ist los?«, fragte ihre Mutter streng.

»Blöd ist sie halt, du kennst sie doch«, sagte Ella.

»Blöd, blöder, am blödeltsten …«, sang Maggie vor sich hin.

Sie wusste nicht wohin mit ihrer Seligkeit. Und sie wusste natürlich auch, dass es da vermutlich keine Zukunft geben würde. Aber sie wollte den Augenblick auskosten, sich an seine Zärtlichkeiten erinnern und daran, wie er ihre Schönheit so wunderbar beschrieben und gelobt hatte.

Sie war verliebt wie mit zehn Jahren in einen vier Jahre älteren Schulkollegen und wollte das Gefühl genießen, so lange es dauern würde. Was nicht sehr lange war. Nach wenigen Wochen verrücktester Treffen in vernachlässigten Studentenwohngemeinschaften und kleinen Hotels in der Umgebung von Wien erklärte Professor Arnold Maggie, dass er sie liebe, seine Frau und seine drei Kinder aber nicht verlassen könne. Er entschuldigte sich dafür, dass er sie in diese Lage gebracht habe, er sei einfach seinen Gefühlen erlegen und hätte natürlich nachdenken müssen, bevor er sich in diese verrückte Geschichte mit ihr gestürzt hätte. Er habe ihr einfach nicht widerstehen können, sie sei die wunderbarste Frau, der er jemals begegnet war, aber er könne es nicht verantworten, diese Beziehung weiter zu führen, die vor allem für Maggie nur in der Katastrophe enden könne.

Maggie warf ihm ihre Seminararbeit vor die Füße und ließ ihn stehen.

Sie fuhr zu ihrer Mutter, legte sich ins Bett, drehte das Gesicht zur Wand und weigerte sich drei Tage lang, mit irgendjemandem zu sprechen.

Am vierten Tag kam Gerti ins Zimmer.

»Du wirst am Telefon verlangt!«

…

»Eine Frau Arnold!«

Maggie sprang auf und rannte zum Telefon im Vorzimmer.

»Hier spricht Irene Arnold! Ich weiß, dass mein Mann sich schon wieder unmöglich benommen hat und mich als Vorwand benützt. Ich wollte Ihnen nur sagen, dass wir seit Jahren nur mehr unter demselben Dach wohnen, damit die Kinder ein Familienleben haben. Wir lieben uns schon lange nicht mehr, und wenn er wirklich hätte mit Ihnen leben wollen, wäre ich ihm nicht im Weg gestanden. Ich wünsche Ihnen einen guten Tag!«

Maggie stand da, als habe sie der Blitz mitten in den Kopf getroffen.

»Wer war das denn?«, fragte ihre Mutter scheinheilig.

»Ich bin so eine blöde Gans, Mama, ich bin ja so blöd. Alle

haben mir das Gleiche gesagt, und ich hab geglaubt, ich bin was Besonderes. Ein Schmarrn. Dieses miese, feige Arschloch …«

»Wie redest du denn? Und wer ist so mies und feig?«

»Na, der Arnold. Du weißt doch eh, was los ist.«

Danach ging Maggie ins Bad, duschte fast eine halbe Stunde lang und verließ dann, nachdem sie sich angezogen hatte, das Haus.

Am Abend kam sie mit tiefschwarz gefärbtem, kurz geschnittenem Haar nach Hause und teilte der Mutter mit, dass sie vorhabe, ein Jahr als Au-pair-Mädchen nach Amerika zu gehen.

Ihrer Mutter blieben zunächst die Worte im Hals stecken, als sie die kurze, schwarze Stachelfrisur ihrer jüngeren Tochter sah. Als sie sich gefasst hatte, teilte sie Maggie mit, sie solle sich gefälligst zusammenreißen und erst ihr Studium fertigmachen, bevor sie an irgendwelche Reisen nach Amerika denken konnte.

Zwei Tage später saß Maggie in einem anderen Englisch-Seminar, und weitere zwei Tage später passte Leo sie vor dem Hörsaal ab. Er hätte sie allerdings fast vorbeigehen lassen, weil er sie mit ihrer neuen Frisur nicht erkannte. Maggie allerdings erkannte ihn sofort und ging, wohl auch aus lauter Kränkung, direkt und demonstrativ auf ihn zu.

»Servus, Leo, so eine Freude, wie kommst denn du da her?«

Bei sich dachte sie, dass sie jeden, der sie so blöd angesprochen hätte, sofort zum Teufel gejagt hätte. Aber Leo blieb stumm. Nach einer langen, etwas peinlichen Pause stammelte er: »Was hast du mit deinen Haaren gemacht?«

»Gefällt's dir? Ist doch fesch, oder? Total in grad!«

»Hmmmm – sehr ungewöhnlich!«

»Also hässlich?«

»Aber nein, außergewöhnlich, wollt ich sagen, so wie du eben auch …«, rettete sich Leo schnell in ein etwas fragwürdiges Kompliment, das Maggie unendlich gut tat.

Sie hängte sich bei Leo ein und zog ihn zur Cafeteria. Angesichts dieser völlig ungewohnten Freundlichkeit blieb Leo erstaunlich gelassen. Er ging mit stolzgeblähter Brust neben Maggie her und fühlte sich als Sieger. Maggie aber schluckte ihr Unglück hinunter und tat, als interessierten sie die Geschichten, die Leo aus dem Juridicum zu erzählen hatte.

»So ein netter Kerl, der Leo«, sagte Gerti schnell in der Küche zu ihren Töchtern, als Maggie ihn zum ersten Mal zum Sonntagsessen nach Hause brachte.

»Bissi fad is er«, murmelte Ella, die damals noch mit Max in der Wohngemeinschaft lebte, den sie sich hütete, zum Sonntagsessen mit nach Hause zu bringen.

»Eh«, antwortete Maggie und lächelte Leo süß an, als sie wieder gemeinsam am Tisch saßen.

»Was willst du mit dem?«, fragte Ella später, als die Mädchen gemeinsam das Geschirr abwuschen, während Leo im Wohnzimmer Gertis Geplauder andächtig zuhörte.

»Weiss ich nicht …«, sagte Maggie und zuckte die Schultern.

»Wieso bringst du ihn dann nach Haus?«

»Na so halt, er ist nett zu mir, und ich brauch gerade wen, der nett zu mir ist …«, sagte Maggie und sah heimlich durch die Glastüre hinüber zu Leo.

Er sah gut aus, das musste sie zugeben. Und er schien blendend mit ihrer Mutter auszukommen. Und er war wirklich ausnehmend wohlerzogen und las Maggie fast jeden Wunsch von den Augen ab. Er holte sie von den Vorlesungen ab, nahm ihr den Rucksack vom Arm und hängte ihn sich um. Er bezahlte immer, wenn sie miteinander ausgingen, und er ging oft mit ihr aus. Er führte sie in die Oper, ins Theater und ins Ballett. Er schleppte sie in Ausstellungen und Museen, und als sie im Sommer einen Sprachkurs in Edinburgh machen wollte, organisierte er nicht nur alles, sondern bezahlte auch den Kurs für sie beide.

In diesem Sommer in Schottland ging es Maggie gut mit Leo. Er gestand ihr neidlos zu, dass ihr Englisch wesentlich besser war als seines, und brachte sie hie und da sogar zum Lachen. Und nach und nach gewöhnte Maggie sich an Leo. Er war immer da. Wie ein liebgewonnenes altes Möbelstück.

»Er ist immer da, wenn ich ihn brauche, und er geht mir nicht auf die Nerven, das ist doch schon viel«, sagte sie zu Ella, als diese wieder einmal erklärte, wie »spießig« Leo doch sei.

»Wie kann er dir nicht auf die Nerven gehen? Er ist doch so wahnsinnig langweilig und kleingeistig«, sagte Ella, die gerade erst Heinz entdeckt hatte, den sie für wahnsinnig spannend hielt, was sie Maggie auch ausführlich erklärte.

»Lass mich doch in Ruh, ich hab schon einmal einen wahnsinnig Spannenden gehabt, und was war das? Ein einziger Reinfall… Da ist mir der fade Leo schon lieber, und die große Leidenschaft hat mir der Arsch, der Arnold, gründlich ausgetrieben…«

Aber natürlich belog sich Maggie.

Alle paar Monate verliebte sie sich stürmisch und wild in einen Studienkollegen, einen Kellner, einen DJ, den sie in einem Club kennenlernte, in dem sie mit Ella und zwei weiteren Freundinnen ging, und einmal sogar in den neuen Friseur, der in der Nebenstraße ein Geschäft aufgemacht hatte.

Leo litt, ließ sich von Maggies Ausritten aber nicht abschrecken. Er blieb konstant an ihrer Seite und tröstete sie, wenn die Leidenschaft abgeflaut und die Liebschaft wieder einmal zerbrochen war.

»Wie hältst du mich nur aus?«, fragte sie Leo, nachdem sie festgestellt hatte, dass ihre jüngste Affäre mit dem Friseur sie unendlich langweilte.

»Ich liebe dich eben«, sagte Leo ungerührt und strich ihr übers Haar, als wäre er ihr Vater.

»Aber ich behandle dich doch so schlecht, ich hab ein richtig schlechtes Gewissen…«

»Na, vielleicht hörst du dann auf mit den Kindereien und begreifst, dass ich der Richtige für dich bin…«

Aber sie konnte sich nicht vorstellen, den Rest ihres Lebens mit Leo zu verbringen, was dieser offensichtlich vorhatte. Leo war Leo, aber er war nicht ihre große Liebe, er erweckte keine Leidenschaft in ihr und sie bekam Atemnot, wenn sie daran dachte, mit ihm irgendwo in Wien in einem Haus zu sitzen und irgendwelche Texte zu übersetzen. Womöglich umgeben von drei oder vier Kindern.

Sie verliebte sich weiter regelmäßig vor allem in irgendwelche Männer, die ihr entweder das Herz brachen oder sich als dümmer herausstellten, als ihre sexuellen Fähigkeiten aufwiegen konnten.

Leo litt und schwieg.

Und dann machte er die Aufnahmsprüfung in die Diplomatische Akademie und danach ins Außenministerium.

Maggie hatte ihr Studium mit guten Noten abgeschlossen und war nun auf Arbeitssuche. Aber sie machte sich keine großen Sorgen. Sie hatte schon während des Studiums immer wieder gedolmetscht und sich in der Zwischenzeit einen gewissen Namen gemacht, ihre Sprachkenntnisse in Englisch, Spanisch und Französisch waren herausragend, und man begann sie zu schätzen.

Sie fuhr herum, hatte jede Menge kurze Affären mit Kollegen oder interessanten Kongressteilnehmern und fühlte sich rundherum wohl. Inzwischen war der Vater gestorben und Ella und Maggie hatten ihn gebührend betrauert, während sich Mama Gerti jetzt ganz offen mit Onkel Hans tröstete. Maggie hatte nach seinem Tod ihre kleine Wohnung aufgegeben und war wieder zu Mama Gerti gezogen.

Eines Sonntags aber stand Leo mit einem Blumenstrauß bei Gerti vor der Türe.

»Ist deine Mama zu Hause?«, fragte er die verblüffte Maggie, die ihm geöffnet hatte.

»Ja, was willst du von ihr?«

»Ich werde sie um deine Hand bitten!«, sagte Leo mit einer wilden Entschlossenheit in der Stimme, die Maggie völlig verstörte. So hatte sie ihn noch nie erlebt.

Leo ging ins Wohnzimmer und setzte sich neben Gerti. Er streckte ihr den Blumenstrauß entgegen und sagte: »Liebe Gerti, ich bin jetzt fertiger Diplomat und werde bald meine erste Auslandsstelle in Peru antreten. Ich möchte aber nicht alleine so weit weggehen. Und deshalb frage ich dich jetzt, ob es dir recht wäre, wenn ich Maggie einen Heiratsantrag mache« …

Gerti war ebenso verblüfft wie Maggie, aber sie war auch begeistert. So romantisch hatte sie sich das in ihren wildesten Träumen nicht auszumalen gewagt, angesichts ihrer so gar nicht wohlgeratenen Töchter.

Ella hatte gerade hochschwanger Heinz geheiratet, auf dem Standesamt, ohne Fest, nur mit einem Essen mit den Trauzeugen. Und jetzt saß Leo da vor ihr und bat sie doch tatsächlich um die Hand ihrer Tochter, die sich in aller Welt herumtrieb und nur noch nach Wien kam, um die Wäsche zu wechseln und den Koffer umzupacken.

»Was sagt denn die Maggie dazu?«, fragte sie Leo.

»Hab sie noch nicht gefragt, aber sie wird schon Ja sagen!«, sagte Leo ungewohnt fest und selbstbewusst.

»Na, dann frag sie halt. Meinen Segen habt ihr«, sagte Gerti großspurig, woraufhin Leo ihr die Hand küsste und aufstand. Maggie hatte sich zurückgezogen und las einen neuen spanischen Roman, als Leo ins Zimmer kam.

»Steh auf«, sagte er forsch.

Maggie sah ihn erstaunt an und tat, wie er verlangte.

»Ich bin jetzt fertiger Diplomat und werde demnächst zu meiner ersten Stelle nach Peru versetzt. Du reist gerne und brauchst jemanden, der auf dich aufpasst. Ich verspreche dir, dass ich dir die ganze Welt zeigen werde – bitte heirate mich, damit du mit mir mitkommen kannst!«

»Mit einem Wort, du brauchst eine Ehefrau«, sagte Maggie wenig romantisch.

»Das auch, aber du weißt doch, dass ich dich schon mein halbes Leben lang liebe!«, sagte Leo und fiel plötzlich vor Maggie auf die Knie.

Er griff in die Sakkotasche und zog ein Schächtelchen hervor, das er Maggie geöffnet hinhielt.

Maggie sah den knieenden Leo an und dann das Schächtelchen.

»Der Ring ist echt scheußlich«, sagte sie später zu Ella, als sie diese besuchte, um ihr mitzuteilen, dass sie Leo heiraten werde.

Ella gab ihr recht. Es war ein verschnörkelter, viel zu großer Ring mit einem großen Achat in der Mitte.

Maggie liebte Schmuck, aber sie trug nur sehr modernen, einfachen Silberschmuck ohne Steine und Schnörkel.

»Aber das werd ich ihm schon noch beibringen …«, sagte Maggie.

»Bist du sicher, dass du das machen willst?«, fragte Ella.

»Warum nicht«, antwortete Maggie. »Wenigstens werde ich im Geld schwimmen und herumkommen, ohne zu arbeiten. Und außerdem entkomme ich so den Klauen unserer lieben Mutter … Und er ist ja doch nett …«

»Nett?«, sagte Ella? »Ist das nicht das Gegenteil von wirklich aufregend?«

»Ach, lass mich doch zufrieden! Ich will weg und raus aus dem Wiener Mief, und wenn's gar nicht geht, kann ich mich immer noch scheiden lassen.«

So verließ Maggie Wien, um erst Jahrzehnte später wiederzukehren – und mit ihrem spärlichen Hab und Gut in Ellas Wohngemeinschaft einzuziehen.

4. LUISE

Luise lauscht auf die Geräusche rund um sie.

Seit Wochen geht das jetzt so.

Jeden Abend sitzt sie auf dem Sofa vor dem Fernseher, dessen Ton sie abgeschaltet hat, damit ihr kein Laut entgeht. Sie lauscht auf die Geräusche vor der Wohnungstüre.

Wenn sie Schritte hört, schleicht sie auf Zehenspitzen zum Bett, legt sich hinein und tut, als schliefe sie. Wenn die Schritte vor der Wohnungstüre anhalten, wenn sie den Schlüssel im Schloss hört, atmet sie innerlich auf.

Er ist zurück. Er hat sie nicht ganz verlassen. Er wird hier schlafen und in der Früh mit ihr am Tisch sitzen, den sie jeden Tag aufs Neue liebevoll für ihn deckt.

Nicht dass er viel sagen würde. Höchstens: »Guten Morgen. Was hast du heute vor, bei mir wird es wieder spät …«

Sie weiß gut, warum es bei ihm »wieder spät wird …«. Aber so lange er in der Nacht nach Hause kommt und sich neben sie ins Ehebett legt, ist alles in Ordnung. Denkt Luise.

An dem Tag, als Luise aufhört, auf ihn zu warten, und ihm sein Bettzeug auf das Sofa im Wohnzimmer legt, verlässt er sie. Er ist kalt und höflich, erklärt ihr, wie er gedenkt, die finanziellen Angelegenheiten zu regeln, und fordert sie auf, sich nach einer kleineren Wohnung umzusehen, da er sich außer Stande sehe, zwei große Wohnungen zu finanzieren. Mit Rudi und Lotte habe er schon gesprochen.

Luise ist starr. Sie hat keine Antwort bereit. Sie fragt sich, wieso er eine große Wohnung braucht, sie sich aber mit einer kleinen zufriedengeben soll, wagt es aber nicht, diese Frage laut zu stellen. Sie fragt sich auch, was er wohl den Kindern erzählt hat.

Rudi ruft sie regelmäßig an und kommt sie einmal in der Woche besuchen. Luise ist sich nicht sicher, ob er das aus Liebe oder aus Pflichtbewusstsein tut. Über das Verhalten des Vaters äußert er sich nicht. Insgeheim denkt Luise, dass er Helmut bewundert und ihm nacheifert, weshalb er auch mit der Mutter nicht darüber sprechen will.

Lotte hingegen hasst den Vater und wirft der Mutter vor, dass sie ihn nicht längst verlassen hat. Luise sei zu passiv, zu wenig interessiert, ein langweiliges Hausmütterchen, und viel zu unterwürfig gegenüber dem übermächtigen Vater. Und sie habe sie, die Kinder, nie gegen dessen Machtgehabe verteidigt. Sagt Lotte, und Luise denkt, dass die Tochter nicht so ganz Unrecht hat, dass sie aber nicht gewusst hätte, wie sie ihm etwas hätte entgegensetzen können. Luise fühlt sich schuldig und zieht sich noch ein Stückchen weiter in sich selbst zurück. Jegliches Aufbegehren ist ihr so früh abgewöhnt worden, dass sie sich gar nicht erinnern kann, es je überhaupt auch nur einmal versucht zu haben.

In der Familie war sie die Dumme. Die zuletzt Gekommene, die die älteren Geschwister herumgestoßen haben mit Zustimmung der Eltern, die zu alt waren für dieses letzte, fünfte Kind, das sie nicht haben wollten und doch bekommen hatten, weil es ihnen gar nicht in den Sinn gekommen wäre, zu verhüten oder gar abzutreiben.

Diese Familie. Der Vater ein kleiner Postbeamter, die Mutter Hausmeisterin – »nach der Hochzeit bleibt man zu Hause und kümmert sich um Mann, Haushalt und Kinder!«, hatte sie ihren zwei Töchtern von klein auf eingebläut. Sie waren streng katholisch, kamen aus einem Dorf in Oberösterreich und waren stolz darauf gewesen, es in eine Hausmeisterwohnung im neunten Bezirk in Wien geschafft zu haben. Um die Ecke war die Hauptschule, in die die Kinder geschickt wurden. Ein Gymnasium zu besuchen, war etwas, woran sie nie auch nur gedacht hätten.

Luises ältester Bruder machte eine Mechanikerlehre und nahm Luise manchmal auf seiner »Maschin«, einem auffrisierten alten Motorrad, mit, weil sie klein war und zu ihm aufsah wie zu einem Halbgott.

Der zweite Sohn wurde Tischler und verließ die elterliche Wohnung an seinem 18. Geburtstag, obwohl er offiziell erst mit 21 volljährig werden würde. Er halte es nicht mehr aus in der muffigen Atmosphäre der Familie und lebe lieber in einem kleinen Untermietzimmer als mit Eltern und Geschwistern in den dunklen Räumen unter dem Stiegenaufgang.

Luises ältere Schwester heiratete, kaum dass sie siebzehn geworden war, einen um zwanzig Jahre älteren Witwer, der in Wirklichkeit eine Haushälterin und Erzieherin für seine drei Kinder suchte. Die Ehe war erstaunlich glücklich, die Kinder mochten ihre Stiefmutter Marianne, und auch sie sagte Luise später, sie sei einfach froh gewesen, den Eltern zu entkommen, und hätte es gut getroffen. Über Details ihrer Ehe, die Luise wohl interessiert hätten, hatte Marianne nie geredet. Dass man über Intimes nicht sprach, war ihnen beiden mit der Muttermilch mitgegeben worden.

Luises jüngster Bruder Ludwig, der fünf Jahre älter war als sie, war ihr Beschützer und Unterdrücker zugleich. Er verteidigte sie gegen die älteren Geschwister, manchmal auch gegen die sehr diktatorische Mutter und den aufbrausenden Vater, aber er zwang sie auch, ihm widerspruchlos zu gehorchen und jeden seiner Wünsche zu erfüllen. Sie hatte keine Chance. Es gab niemanden, der ihr erklärt hätte, dass sie auch einen eigenen Willen, eigene Wünsche und Träume haben durfte.

Luise litt nicht. Sie dachte, ihr Leben sei gut, so wie es war, anderes kannte sie ja nicht. Wenn sie ihre Brüder oder ihre Schwester ansah, glaubte sie, diese seien zufrieden in ihrem Dasein, so wie sie selbst, und sie dankte heimlich den Eltern, die ihr eine ungestörte Kindheit ermöglichten.

Sie träumte viel.

Vor allem wollte sie zeichnen. Mode. Das begeisterte sie. Als kleines Kind zog sie heimlich das Ausgehkleid der Mutter an und drehte sich vor dem Spiegel. Wenn sie dabei erwischt wurde, setzte es Schläge. Später füllte sie Heft um Heft mit Fantasiekleidern und träumte sich in ein Modeatelier, wo sie als vielgefragte Schneiderin Erfolg haben würde.

Die Eltern aber dachten nicht daran, ihr diesen Traum zu erfüllen.

Als sie schüchtern sagte, sie würde gerne auf die Modeschule nach Hetzendorf gehen, schüttelte der Vater den Kopf und die Mutter fragte sie spitz, wo denn wohl das Geld für so eine Schule herkommen solle. Luise senkte den Kopf und sagte nichts.

Die Eltern brachten sie beim Greißler an der Ecke als Lehrmädchen unter. Dort füllte sie Zucker und Mehl ab, wog Kaffee und verkaufte Hefe in kleinen Paketen.

Man schickte sie in die Berufsschule für kaufmännische Berufe und sie fand sich auch damit ab.

Als sie ausgelernt war, drückte ihr der Greißler einen Fünfhundert-Schilling-Schein in die Hand und sagte, sie müsse sich eine andere Arbeit suchen, er könne sich keine ausgelernte Kraft leisten. Luise ging nach Hause, legte sich ins Bett und schlief ein. Ludwig weckte sie.

Was denn los sei. Wieso sie am helllichten Tag im Bett liege? Ob sie nicht arbeiten müsse?

»Er hat mich rausgeschmissen«, sagte Luise gleichmütig.

»Na dann finden wir dir halt was anderes!«, sagte Ludwig.

Ihr Bruder war der Einzige in der Familie, der ein Gymnasium besucht hatte. Er hatte sich gegen die Eltern durchsetzen können, weil er von Beginn an Klassenbester gewesen war und die Lehrer den Eltern ins Gewissen geredet hatten. Die hatten daraufhin zugestimmt, Ludwig in die Handelsakademie zu schicken. Das hatte ihm geholfen, Arbeit als Rechtsanwaltsgehilfe zu finden, und da sein Chef ihn zu schätzen gelernt hatte, half er ihm dabei, das Studium der Rechtswissenschaften neben der Arbeit zu beginnen. Inzwischen war er bereits im zweiten Studienabschnitt und entsprechend stolz und selbstbewusst.

Er brachte die Schwester als Sekretärin in einer Firma unter, die sein Chef in Rechtssachen vertrat. Luise war froh, eine Arbeit zu haben. Es war ihr egal, wo sie Rechnungen schrieb und Akten sortierte, auch der Lebensmittelhandel hatte sie in keiner Weise interessiert. Ihr Herz hing immer noch am Entwerfen und Nähen. Von ihren Gehältern legte sie so viel sie konnte auf die Seite, bis sie sich eine Nähmaschine leisten konnte. Und immer, wenn sie Zeit hatte, zeichnete sie Modelle, schlenderte durch die Stoffgeschäfte und nähte sich Kleider und Blusen nach ihrem Geschmack. Die Mutter fand, sie solle ihr Geld gescheiter anlegen.

Ihre Schwester bat sie um Kinderkleider.

Ludwig belächelte sie.

Kurz bevor er sein Studium abschließen konnte, kam er eines Abends nicht nach Hause.

Luise war beunruhigt, die Eltern fanden, er hätte etwas sagen können.

Am nächsten Tag stand ein Polizist vor der Türe.

Ludwig war mit seinem Moped, das ihm der älteste Bruder zur Matura geschenkt hatte, gegen einen Baum gefahren. Er lag schwerverletzt im Spital.

Die Eltern fuhren los, Luise wurde bedeutet, sie möge zur Arbeit gehen, man werde ihr schon sagen, wie es um Ludwig stehe.

Ihr Bruder starb nach drei Tagen.

Als Luise weinend zusammenbrach, warfen ihr Geschwister und Eltern vor, hysterisch zu sein.

Ludwigs Tod ließ Luise am Leben verzweifeln. Sie ging zwar weiterhin brav zur Arbeit und tat auch sonst, was man von ihr erwartete. Die Nähmaschine aber verstaubte unter ihrem Bett und die Stoffe türmten sich in der Kommode. Die Lust an der Mode war ihr vergangen, weil sie das Träumen verlernt hatte.

Luise war nicht sehr groß, und eine Zeit lang war sie »mollig« gewesen, wie ihr Vater freundlich gesagt hatte. Die Geschwister und die Mutter waren weniger nett und hatten sie einfach nur »das Dickerl« oder »Dicki« genannt. Nach Ludwigs Tod hörte sie so lange zu essen auf, bis sie nur noch Haut und Knochen war. Die Familie bemerkte es erst, als die Kleider um sie zu schlottern begannen.

»Dicki, was ist mit dir?«, fragte sie die Schwester bei einem Abendessen.

»Was soll sein?«, gab Luise zurück.

»Du isst ja gar nichts …«

Luise stocherte in ihrem Gulasch herum und legte dann die Gabel weg.

»Hab keine Lust.«

»Na, aber jetzt übertreibst du's wirklich. Du schaust ja aus wie eine Vogelscheuche! Näh dir wenigstens was Ordentliches, was dir passt …«

Luise nähte ihre Hosen und Röcke enger und aß weiterhin weniger als ein Vögelchen.

Dann lernte sie Helmut kennen. Sie war von einer Bürokollegin, die sie ein wenig unter ihre Fittiche genommen hatte, zu einem Ausflug in den Wienerwald eingeladen worden. Eigentlich hatte sie nach einer Ausrede gesucht, um nicht mitgehen zu müssen. Aber Renate, die Kollegin, hatte wohl verstanden, dass Luise einer Ablenkung bedurfte, und solange darauf bestanden, dass Luise mitkam, bis diese ziemlich entnervt nachgegeben hatte.

Zum Treffpunkt kam Luise mit einem zu weiten Anorak, unter dem sie einen viel zu weiten Pullover trug, mit hängenden Hosen und einer dicken Mütze, die sie sich tief ins Gesicht gezogen hatte. Dort wartete Renate mit Mann und Sohn auf sie. Und Helmut.

Er war ein »stattlicher« Mann, wie Luises Mutter bei der Hochzeit sagen würde. Und die in ihren viel zu großen Kleidern verloren aussehende Luise weckte in ihm einen bisher unbekannten Beschützerinstinkt. Er nahm ihr den Rucksack ab, in den sie nur ein paar Äpfel gepackt hatte, und ging dann mit Renates Mann voraus. Luise nahm es hin. Renate erzählte ihr, Helmut sei ein angehender Rechtsanwalt und komme aus sehr gut situierter Familie. Er habe schon einige Affären hinter sich, aber bisher noch nicht die Frau fürs Leben gefunden. Er sei nett zu ihrem, Renates, Sohn, wolle also wohl auch selbst Kinder, er sei lustig und wisse viel. Alles Gründe, ihn zu mögen und sich mit ihm anzufreunden. Genauso sagte es Renate: »Freunde dich doch mit ihm an!«

Luise fand ihn weder anziehend noch abstoßend. Sie hatte bisher kaum an Männer gedacht. Ihr bisheriges Leben hatte ihr das Gefühl vermittelt, dass sie weniger wert sei als alle anderen, weshalb sie gar nicht daran dachte, dass sich ein Mann tatsächlich für sie interessieren könnte. Helmut allerdings interessierte sich für sie. Er sah in ihr eine Art Projekt. Ein kleines graues Mäuschen, das man »erwecken« sollte. Er fand Luise in ihren zu weiten Kleidern und unter ihrer dicken Mütze durchaus »ausbaufähig«, wie er zu Renates Mann Julius sagte.

So begann ihre Beziehung.

Zwei Jahre später war Luise mit Rudi schwanger und Helmut erklärte, er würde sie selbstverständlich heiraten. Luise widersprach nicht. Ganz tief in ihrem Inneren fragte sie sich kurz, ob sie fähig sein würde, ein Kind großzuziehen, und auch, ob es ihr gefallen würde, mit Helmut zu leben. Aber sie schob diese Fragen ganz schnell in eine tiefe Schublade in ihrem Herzen, schloss diese ab und warf den Schlüssel fort.

»Was für ein Glück du hast«, sagte ihre Mutter, als sie mit Luise und dem Vater zum Standesamt fuhr. »So einen distinguierten und anständigen Mann kriegst du, dabei bist du doch gar nicht so was Besonderes …«

Die Brüder und die Schwester erwarteten sie beim Standesamt und johlten ihr zu, als sie in dem etwas zu engen weißen Kostüm, das ihr die Mutter eingeredet hatte, aus dem Taxi stieg. Helmuts Familie blieb der Hochzeit fern. Sie hatten sich eine andere Frau für den einzigen Sohn und Enkel vorgestellt und wollten daher nichts mit der ganzen Sache zu tun haben. Erst nachdem Rudi schon auf der Welt war, lernte Luise Helmuts Eltern kennen und fand sich mit ihnen zurecht, weil sie sie ähnlich abschätzig behandelten, wie sie das von ihrer eigenen Mutter gewohnt war.

Zwei Jahre nach Rudi kam Lotte zur Welt. Lotte störte das familiäre Gleichgewicht vom Tag ihrer Geburt an. Sie schrie Tag und Nacht. Rudi war ein erstaunlich pflegeleichtes Kind gewesen, Lotte dagegen zeigte von Beginn an, was sie einmal sein würde – eine Rebellin.

Luise erschrak vor dem offensichtlichen Starrsinn dieser Tochter, die sie nicht verstehen konnte. Sie sorgte für ihr leibliches Wohl, wie sie auch für Rudi und Helmut sorgte, aber das Baby gab sich damit nicht zufrieden. Lotte wollte mehr Zuwendung, als der Rest der Familie zu geben bereit war.

Luises Mutter fand, sie solle Lotte schreien lassen, die werde sich »das schon abgewöhnen«. Helmut war der gleichen Meinung. Rudi begann zu quengeln, weil die Mutter sich plötzlich weniger mit ihm beschäftigte.

Luise verzweifelte.

Sie fragte ihre Schwester um Rat und auch die fand, man müsse Kindern gegenüber eine gewisse Strenge an den Tag legen, andernfalls würden diese »einem auf der Nase herumtanzen«. Luise wusste nicht, wie sie diesen Machtkampf mit ihrer neugeborenen Tochter austragen sollte. Helmut war ungehalten, wenn er abends nach Hause kam, während Lotte weinte und schluchzte, Luise nervös in der Küche hantierte und Rudi in einer Ecke des Diwans vor sich hin schmollte.

»Du hast doch den ganzen Tag nichts anderes zu tun, als das bisschen Haushalt und die Kinder«, warf er Luise vor. Luise schämte sich. Vor Helmut, vor ihrer Schwester, die ihre drei Adoptivkinder »fest in der Hand« zu haben behauptete, vor ihrer Mutter, die erklärte, »bei mir hat's das nicht gegeben, ihr habt's gefolgt ...« Sie schämte sich auch vor Helmuts Kollegen, die dieser hie und da mit nach Hause brachte, wobei er ihr vorher genaue Instruktionen gab, was sie herzurichten und wie sie sich zu verhalten habe.

Nach zwei Jahren begann Lotte ihren Sturkopf auf andere Weise zu zeigen. Vor Helmut fürchtete sie sich, aber Luise gegenüber wusste sie ihre Wünsche energisch durchzusetzen. Luise staunte über dieses Kind, dass aus ihr herausgekrochen war und doch ihr genaues Gegenteil zu sein schien. Wo sie mit Lotte auch hinkam, zog ihre Tochter die gesamte Aufmerksamkeit auf sich. Als sie einmal mit beiden Kindern zum Arzt musste, hatte Lotte bald das gesamte Wartezimmer in ihren Bann gezogen, während Rudi still neben der Mutter saß und die Schwester neidisch beobachtete, ohne es zu wagen, sich ihrem Spiel anzuschließen.

Die Ehe war da längst nur mehr eine vage Erinnerung. Der Sex war nie besonders erfüllend gewesen, auch weil Helmut Forderungen stellte, die Luise nicht erfüllen konnte, sich aber nie dafür interessiert hatte, was Luise sich wünschte. Luise selbst war wohl auch nicht fähig, irgendwelche Wünsche zu äußern.

Als die schreiende Lotte in ihr Leben trat, zog Helmut mit der Begründung, er verdiene schließlich das Geld für die Familie und brauche seinen Schlaf, aus dem gemeinsamen Schlafzimmer aus, und Luise musste sich eingestehen, dass sie darüber froh war.

Von da an hatte Helmut Geliebte.

Er leugnete sein Fremdgehen gar nicht, sprach im Gegenteil gerne offen darüber, dass seine Frau die Mutter seiner Kinder sei, ihn aber schon lange sexuell nicht mehr interessiere. Luise bat ihn mehrmals, sie nicht solcherart vor gemeinsamen Bekannten bloßzustellen, aber Helmut sah sie dann nur erstaunt an und erklärte, er habe doch gesagt, dass sie die Mutter seiner

Kinder und somit seine rechtmäßige Ehefrau sei mit allen Rechten, die dies beinhalte. Was er aber nachts tue, gehe sie nichts an. Luise litt, sagte sich aber, dass es so wohl am besten sei. Sie hatte sich selbst nie als besonders liebens- oder gar begehrenswert betrachtet, dass Helmut sich für sie interessiert hatte, war fast wie ein Wunder gewesen, und sie hatte wohl nicht mehr als die paar Jahre verdient, in denen er sich ihr auch körperlich zugewandt hatte.

Sie lebte für die Kinder.

Rudi wurde mit zunehmendem Alter seinem Vater immer ähnlicher. Er begann, die Mutter mit offensichtlicher Verachtung zu betrachten und zu behandeln. Was ihm häufig Schläge seiner aufbrausenden kleinen Schwester einbrachte. Lotte war stämmig und kräftig und ließ sich nichts gefallen. Auch nicht vom Vater und vom Bruder. Die beiden bildeten jetzt häufig eine Art Koalition gegen die weiblichen Familienmitglieder.

Luise gab es bald auf zu vermitteln. Helmuts Haltung wurde ihr immer gleichgültiger, über Rudis Verhalten allerdings kränkte sie sich, was Lotte wiederum zur Weißglut brachte. Als Rudi nach der Matura erklärte, er werde wie der Vater Rechtsanwalt werden, um später dessen inzwischen gutgehende Kanzlei zu übernehmen – »wo es einen unglaublichen Nachschub an feschen Weibern gibt«, fügte er mit schmierigem Lächeln hinzu –, holte Helmut eine Flasche Sekt aus seinem Zimmer und stieß mit dem Sohn an. Luise freute sich für den Sohn, auch wenn sie die Bemerkung über die »feschen Weiber« zutiefst störte.

Sie hatte gehofft, Rudi werde doch auch ein wenig von ihr mitbekommen und weniger großspurig auftreten als sein Vater. Aber ihr Sohn kopierte seinen Vater in allen Bereichen, und Helmut förderte Rudis Ambitionen in jeder Weise. Zu seinem 18. Geburtstag hatte er Rudi sogar einen Besuch in einem Bordell geschenkt. Was er Luise allerdings nicht erzählte. Die kam erst drauf, als Rudi sich gegenüber der Schwester verplapperte. Plötzlich fiel jede Angst von ihr ab. Sie war auf einmal so wütend, dass sie kurz dachte, ihr Kopf würde zerspringen. Sie ging in Helmuts Arbeitszimmer, baute sich vor ihm auf und schrie ihn lange und ausführlich an. Sie nannte ihn ein gefühlloses

Schwein, das den Sohn zu korrumpieren versuche, und drohte ihm damit, auszuziehen, sich scheiden zu lassen und ihn in aller Öffentlichkeit bloßzustellen.

»Der Herr Rechtsanwalt, der seinen gerade einmal 18jährigen Sohn ins Puff führt, was glaubst du, wie deine Klienten das finden werden …«

Helmut sagte kein Wort. Als sie endlich fertig geschrien hatte, bemerkte er sachlich, sie könne nicht ausziehen und sich auch nicht scheiden lassen, er bezahle schließlich ihr Leben. Sie möge sich also beruhigen und ihn künftig nie mehr auf diese Art belästigen, sie solle froh sein, dass er sie nicht hinauswerfe und aller Welt erzähle, dass sie eine frigide, langweilige Frau sei, mit der zu leben man wirklich gute Nerven brauche. Luise schlug die Türe hinter sich zu und warf sich aufs Bett.

Kurz darauf saß Lotte bei ihr und sagte: »Mama, was lässt du dir da nur gefallen? Du hast ganz recht, er ist ein Schwein, und wir zwei werden ihm schon zeigen, was es heißt, uns so zu behandeln!«

Die Sechzehnjährige war rot im Gesicht und hatte verweinte Augen, und Luise begriff, dass Lotte alles gehört hatte und sich schämte. Und zwar nicht nur für Vater und Bruder, sondern auch für die so offensichtlich erniedrigte Mutter, die nicht wusste, wie sie sich wehren sollte.

Luises Familie hatte sich kaum noch um sie gekümmert. Sie fanden, die kleine Schwester sei doch gut untergebracht als Frau eines erfolgreichen Rechtsanwalts, und brauche ihre Unterstützung nicht mehr. Luise war allein.

Lotte aber ließ das nicht gelten. Die Sechzehnjährige gab der Mutter Unterricht in Selbstbewusstsein – oder versuchte es zumindest. Sie selbst wusste genau, wie sie leben wollte. Als sie der Mutter eröffnete, dass sie Frauen liebe und Malerin werden wolle, sah Luise sie entsetzt an und fragte sie, von was sie einmal leben wollte, wenn der Vater sie nicht mehr finanzieren würde.

»Von meiner Kunst«, sagte Lotte selbstsicher.

Kaum war sie mit der Schule fertig, ging sie nach Berlin, wo sie sich in Magda verliebte, die als Sozialarbeiterin mit Flüchtlingen arbeitete. Der Vater hatte ihr mitgeteilt, dass er ihren »unnatürlichen« Lebenswandel nicht finanzieren werde. Also arbeitete Lotte als Kellnerin und besuchte Kunstkurse. Als sie ihre erste Ausstellung hatte, lud sie die Mutter nach Berlin ein. Helmut verbat ihr, zur Tochter nach Berlin zu fahren. Lotte schickte der Mutter das Ticket für den Zug und sagte, sie solle den Vater hinauswerfen.

Luise aber wagte es nicht, der Einladung der Tochter Folge zu leisten.

Was hätte sie ohne Helmut tun sollen? Wie hätte sie leben können, ganz allein, ohne eigenes Geld, in einer Welt, in der Frauen ihren Männern voll und ganz ausgeliefert waren?

Lotte wurde sehr wütend, als die Mutter ihr zu erklären versuchte, warum sie sie nicht in Berlin besuchen kommen könne.

»Er muss dir sowieso Unterhalt zahlen, wenn ihr euch scheiden lasst«, sagte Lotte am Telefon und lachte hämisch. »Du musst dich doch nicht vor ihm fürchten!«

Aber Luise konnte es nicht.

Nicht, dass sie Helmut noch liebte. Ja, sie wusste eigentlich nicht einmal, ob sie ihn jemals geliebt hatte. Aber er hatte ihr Leben in den vergangenen Jahrzehnten voll und ganz bestimmt, und sie fühlte sich, als sollte sie plötzlich Eistanzen, obwohl sie nie Eislaufen gelernt hatte.

»Ich kann nicht plötzlich alleine leben, wie soll ich das denn machen?«, fragte sie ihre Tochter. Rudi zu fragen, kam ihr gar nicht in den Sinn.

»Mama, du bist eine erwachsene Frau. Du brauchst den Papa nicht, und du musst dir von niemandem vorschreiben lassen, wie du leben sollst. Aber versuch erst einmal, herauszubekommen, was du selbst eigentlich willst!«

»Ich will, dass alles so bleibt, wie es immer war!«, sagte Luise trotzig und legte den Hörer auf.

Helmut erklärte ihr, dass ihre Tochter auf die schiefe Bahn geraten sei, und man sie nicht noch in ihren absurden Ansichten unterstützen dürfe, indem man sie in Berlin besuche.

Als Lotte ihr Zeitungsartikel schickte, in denen ihre Malerei hoch gelobt wurde, versteckte Luise sie vor Helmut, weil sie fürchtete, ihn damit wütend zu machen. Aber Lotte rief an und erzählte auch dem Vater von ihren Erfolgen. Das beeindruckte

Helmut dann doch, und so willigte er ein, sie zusammen mit Luise zu besuchen. Die Reise nach Berlin war von allem Anfang an eine Katastrophe.

Sie fuhren im Liegewagen – Helmut fand, für einen Besuch bei der missratenen Tochter müsse man nicht auch noch viel Geld ausgeben. Im Viererabteil fand sich auch ein junger Afrikaner mit seiner österreichischen Begleiterin. Helmut fand das außerordentlich unangenehm und beschwerte sich beim Schaffner. Natürlich wurde es daraufhin laut. Der junge Mann erklärte Helmut im schönsten Schönbrunner Deutsch, dass auch er es als äußerst unangenehm empfinde, mit einem offensichtlichen Rassisten ein Abteil teilen zu müssen, zumal seine Ehefrau – er betonte das Wort Ehefrau nachdrücklich – zumal seine Ehefrau also schwanger sei und derlei Aufregungen ihr und dem Kind schadeten.

Der Schaffner versuchte zu beschwichtigen, der junge Mann aber war viel zu empört, um sich beruhigen zu lassen. Erst als der hilflose Schaffner ihm ein Zweierabteil für ihn und seine Frau anbot, beruhigte er sich. Als die beiden das Abteil verließen, drehte sich die Frau, die bis dahin kein Wort gesprochen hatte, zu Luise um, die die ganze Szene ebenfalls schweigend vorbeiziehen hatte lassen.

»Sie Arme, wie können sie es nur mit so einem Mann aushalten?«, fragte sie freundlich und ging dann hinter ihrem Mann den Korridor entlang in die erste Klasse.

»So eine Frechheit«, alterierte sich Helmut, der nach dem Streit immer noch ganz rot im Gesicht war. »Immer frecher wird dieses Pack. Rausschmeißen sollte man sie alle, einfach rausschmeißen …«

Luise schwieg, so wie sie meistens schwieg, wenn Helmut sich über Politik aufregte und vor sich hin schimpfte. Und ausgerechnet hier im Zug zu Lotte wollte sie schon gar nicht mit Helmut in Streit geraten.

Diese holte sie gemeinsam mit Magda vom Bahnhof ab. Helmut weigerte sich, Magda die Hand zu geben, und erklärte, er denke gar nicht daran »bei den beiden Lesben« – genau so sagte er es – er denke also gar nicht daran, »bei den beiden Lesben« zu übernachten.

»Dann geh halt ins Hotel. Die Mama kommt sicher gern auch ohne dich zu uns«, sagte Lotte, die nicht weniger aufbrausend war als Helmut.

»Die Mama kommt mit mir ins Hotel!«, sagte Helmut forsch.

Und Luise gehorchte.

Am nächsten Tag aber rief sie Lotte an und ließ sich deren Adresse diktieren. Sie nahm ein Taxi, weil ihr Berlin irgendwie Angst machte. Helmut war beleidigt und hatte sich geweigert, mitzukommen.

Magda und Lotte wohnten am Prenzlauer Berg in einer weitläufigen Altbauwohnung, in der Lotte sich auch ihr Atelier eingerichtet hatte. Magda umarmte sie zur Begrüßung und drückte ihr einen Kuss auf die Wange. Luise fand Magda nett. Die beiden führten sie durch die Wohnung, die anheimelnd schlampig, bunt und warm wirkte. Luise fühlte sich sofort wohl dort.

Als sie die Arbeiten ihrer Tochter sah, kamen ihr die Tränen. Lotte malte großflächig in bunten Farben und mit kräftigen Strichen. Und sie hatte sich wohl ihre Wut von der Seele gemalt. Manche der Bilder machten Luise Angst, viele rührten sie und erinnerten sie an ihre eigenen Wünsche und Träume. Plötzlich wünschte sie, sie hätte gemeinsam mit Lotte genäht und Kleider entworfen. Und sie begriff, dass sie über dieses ihr »Hobby« nie mit der Tochter gesprochen hatte.

»So, jetzt essen wir einmal in Ruhe zu Mittag, dann können wir in die Galerie fahren, wenn du magst«, sagte Lotte.

»Und der Papa?«

»Ich ruf ihn an und sag ihm, wo die Galerie ist, er kann ja hinkommen, wenn er will«, sagte Lotte mit einem Schulterzucken.

Magda hatte gekocht und Luise stellte fest, dass es ihr schon lange nicht mehr so gut geschmeckt hatte. Magda gefiel ihr. Sie war eine kleine, zarte Frau mit brünettem, kurzem Haar und ausgeprägten Lachfalten um die Augen. Luise fühlte sich wohl in ihrer Gegenwart. Ohne Minderwertigkeit und ohne Schuldgefühle.

»Weißt du eigentlich, dass ich gern Mode gemacht hätte, in deinem Alter?«, fragte sie ihre Tochter nach dem Essen.

»Was? Nein, wieso hast du mir das nie erzählt?«

»Na ja, alle haben sich immer über mich lustig gemacht, da hab ich's bleiben lassen. Der Papa hat gefunden, er verdient genug, ich brauch nicht selbst nähen, und so richtig begabt war ich ja eh nicht …«

»Aber Mama«, stöhnte Lotte. »Du könntest doch jetzt wieder anfangen. Der Alte soll doch sagen, was er will, lass dir doch nicht alles wegnehmen dauernd …«

Magda strich Lotte beruhigend über den Arm und sagte:

»Es wäre aber fantastisch, wenn du was für Lotte und mich entwerfen würdest. Vielleicht wenn wir heiraten …«

»Heiraten?«, fragte Luise atemlos. »Das geht doch nicht. Der Papa kriegt einen Schlaganfall. Das kannst du nicht machen, Lotte …«

»Grad zu Fleiß …«, erwiderte Lotte.

»Nein, wenn, dann weil wir uns wirklich lieben …«, sagte Magda.

»Das tun wir auch ohne Trauschein«, sagte Lotte und umarmte Magda.

Luise war sprachlos. Als sie Helmut nicht erreichte, schlenderte sie mit Lotte und Magda zur Galerie und bewunderte dort noch mehr großflächig leuchtende Bilder, die meisten waren bereits verkauft. Und sie bewunderte die Tochter nicht nur für ihre Kunst, sie fand sie auch sehr mutig. Als sie abends ins Hotel zurückkam, schrie Helmut sie an. Wo sie gewesen sei, wieso sie ihn so hintergehe, er habe doch deutlich gemacht, dass man nicht zu »den zwei Lesben« nach Hause gehen werde.

Er habe den ganzen Tag alleine in Berlin herumwandern müssen. Wie sie sich erlaube, ihn so zu brüskieren. Luise schwieg und bürstete sich das Haar.

Helmut schimpfte weiter, bis Luise sich ins Bett legte und das Licht abdrehte. Dann ging er brummend auch schlafen. Am nächsten Tag fuhren sie nach Wien zurück, ohne dass Helmut die Ausstellung seiner Tochter gesehen hätte.

In Wien angekommen, holte Luise ihre alte Nähmaschine aus dem Keller. Sie nahm ihre Streifzüge durch die Stoffgeschäfte wieder auf und überlegte sich Kleider für Lotte und Magda. Hochzeitskleider kamen ihr nicht in den Sinn, aber sie nähte den beiden Zwillingssommerkleider in unterschiedlichen Farben und schickte sie ihnen mit der Post. Magda war die, die ihr antwortete und sich überschwänglich bedankte. Lotte schwieg.

Nach zwei Tagen rief sie die Mutter an, bedankte sich höflich für das Geschenk und schwieg weiter.

»Was ist los?«, fragte Luise.

»Warum hast du nie was gesagt? Warum hast du mir keine solchen Kleider genäht, als ich noch klein war? Die hätte ich geliebt …«, sagte Lotte leise.

»Na, jetzt näh ich sie dir ja. Willst du noch so eins?«

»Nein danke!«, sagte Lotte, verabschiedete sich artig wie eine 13jährige und legte den Hörer auf.

Luise war ratlos.

Als Helmut sie an der Nähmaschine sitzend antraf, fragte er hämisch, ob sie jetzt eine Karriere als Schneiderin ins Auge fasse. Luise antwortete nicht. Helmut lachte höhnisch und ging aus dem Zimmer. An diesem Abend hörte Luise auf, auf Helmut zu warten.

Sie nahm seine Decke und seinen Polster und legte sie auf das Sofa im Wohnzimmer.

Als Helmut nach Hause kam, war es still in der Wohnung. Luise war schlafen gegangen. Als er versuchte, ins Schlafzimmer zu gelangen, stellte er fest, dass Luise die Türe abgeschlossen hatte. Helmut trommelte wütend gegen die Türe und schrie, was Luise einfalle, dies sei immer noch seine Wohnung. Am nächsten Morgen konfrontierte er sie dann damit, dass sie sich eine andere Bleibe suchen müsse.

Bereits seit einigen Monaten waren sich Luise und Ella, die wegen Heinz' Krankheit viel zu Hause war, öfter im Stiegenhaus begegnet. Ella hatte bald gesehen, dass Luise unglücklich war. Eines Tages fragte sie die Nachbarin, ob sie wohl Lust habe, sie einmal ins Kaffeehaus an der Ecke zu begleiten. Sie, Ella, brauche etwas Abstand von ihrem kranken Heinz, wolle aber nicht alleine sein.

Luise nahm dankend an.

Von da an trafen sie sich regelmäßig und schütteten einander ihr Herz aus. Ella weinte manchmal, wenn sie darüber sprach, wie Heinz sich veränderte.

»Er war immer so liebevoll und zuvorkommend. Und plötzlich weiß er manchmal nicht, wer ich bin, und schreit mich an, weil er glaubt, ich bin seine Tante Trude, die ihn als Kind immer gehänselt hat. Weißt du, wie mir das weh tut? Wo er mich doch so geliebt hat …«

Luise hörte zu und wunderte sich.

Helmut war nie liebevoll und zuvorkommend gewesen. Er hatte sie immer nur als eine Art «Projekt« betrachtet. Jetzt – nach 25 Jahren Ehe – stellte Luise fest, dass sie nicht wusste, was es hieß, sich zu verlieben. Was es hieß, mit jemandem zu leben, mit dem man etwas teilte, mit dem man auf Augenhöhe reden konnte, vor dem man sich nicht fürchten musste. Vorsichtig erzählte sie Ella, wie sie lebte. Ella war entsetzt.

»Schmeiß ihn raus«, sagte sie, als sie und Luise sich bereits besser kannten. »Wieso lässt du dir das schon so lange gefallen?«

»Ich weiß nicht wohin«, sagte Luise. »Ich hab niemanden. Der Rudi ist ganz sein Vater und macht mir immer nur Vorwürfe. Und die Lotte, die ist auf meiner Seite, aber die lebt in Berlin, und ich will nicht weg aus Wien. Und ich hab ja nichts und bin ja nichts und weiß nicht, wie man alleine lebt.«

»Na, dann bleib halt bei ihm, aber versuch doch das zu machen, was dich freut«, sagte Ella, die sich nicht vorstellen konnte, mit einem Mann wie Helmut zusammenzuleben.

»Ja«, flüsterte Luise und schwieg.

Sie nähte jetzt viel. Für Lotte und Magda und manchmal für Rudis neueste Freundin, Lisa, mit der sie sich gut verstand, obwohl sie nicht viel von ihr wusste und auch nicht viel mit ihr zu reden hatte. Lisa war ein bildschönes Model, und Luise wagte es zunächst nicht, ihr ihre Nähkünste anzubieten. Aber eines Tages, als die beiden sie unerwartet besuchten – eine unglaubliche Seltenheit in Luises und Rudis Beziehung –, hatte Luise gerade genäht und es nicht geschafft, die Maschine und den Stoff rechtzeitig wegzuräumen. Lisa strich versonnen über den rosafarbenen Stoff mit den zartgelben und zartblauen winzigen Blümchen und gestand Luise dann, dass sie sich immer schon so einen Rock gewünscht hatte. »Einen richtigen Blumenrock«, sagte Lisa und drehte sich kokett im Kreis, als wollte sie Luise und Rudi klar machen, wie dieser Rock beschaffen sein sollte.

Am nächsten Tag setzte sich Luise an die Maschine und nähte einen bunten Glockenrock im Stil der 60er Jahre für Lisa, auch wenn sie bis dahin kaum mehr als zwei Worte mit ihr gewechselt hatte. Lisa brach fast in Tränen aus, als Rudi ihr nach seinem nächsten Besuch das fertige Stück überreichte.

»Ist das was Festes?«, fragte sie ihren Sohn, nachdem der ihr von Lisas begeisterter Reaktion erzählt hatte.

»Weiss nicht«, sagte Rudi. »Gescheit ist sie nicht, aber sie schaut wirklich sehr gut aus und sie hängt an mir. Warum also nicht ...«

»Du und dein Vater ...«, sagte Luise, wagte es aber nicht, deutlicher zu werden.

Bald nachdem Luise für Lisa den Rock genäht hatte, teilte ihr Rudi mit, dass Lisa schwanger sei und sie heiraten würden.

»Heiratest du sie wegen dem Kind oder liebst du sie auch?«, fragte Luise, und ihr Sohn lachte sie aus und sagte, sie sei altmodisch und bigott, solche Fragen stelle man heute nicht mehr.

»Aber Zusammenleben hat doch auch was mit Liebe zu tun«, versuchte es Luise noch einmal, aber Rudi antwortete nicht.

Luise wagte es nicht, Lisa anzubieten, ihr Brautkleid zu nähen. Als sie das elegante, schlanke Mädchen dann in ihrem perfekten Kostüm sah, dachte sie, dass sie wohl nie gut genug sein würde. Doch sie freute sich auf das Baby. Ihr erstes Enkelkind. Sie erzählte Ella davon und die beglückwünschte sie und sagte, sie werde viel Freude mit dem neuen Menschlein haben.

Als Lisa im fünften Monat war, erlitt sie eine Fehlgeburt. Kurze Zeit später verließ Rudi sie und zog zu seiner Sekretärin, einer vollbusigen Schönheit, mit der er schon lange ein Verhältnis hatte. Lisa kam zu Luise und weinte an ihrer Schulter. Als sie lange genug geweint hatte, fragte Luise sie, ob sie um das Kind oder um Rudi weine.

Lisa hörte ganz plötzlich auf zu weinen. »Um das Kind«, antwortete sie dann sehr bestimmt.

»Das ist gut«, sagte Luise. Mein Sohn, so dachte sie, wollte es aber nicht sagen, mein Sohn ist es ja leider nicht wert, dass man um ihn weint. Lisa kam Luise danach häufig besuchen und erzählte ihr von ihrem Leben. Sie hatte wieder begonnen, als Model zu arbeiten, und die ersten internationalen Erfolge stellten sich ein. Sie war schlank wie eine Gerte, und wenn sie Luise besuchte, aß sie kaum etwas. Aber sie redete mit ihr über Mode und Kleider, und Luise freute sich und dachte, dass sie zum ersten Mal so etwas wie eine Freundin gefunden hatte.

Lisa trauerte ein Jahr um das tote Kind. Dann verliebte sie sich Hals über Kopf in einen bekannten Fotografen, der sie für ein Magazin fotografiert hatte. Als sich zeigte, dass dieser Ernst ihre Gefühle erwiderte, brachte sie ihn zu Luise.

»Sie ist wie eine Mama für mich«, erklärte sie ihrem Liebsten und gab Luise einen Kuss auf die Wange. »Wenn sie dich nicht mag, muss ich dich leider verlassen«, sagte sie auch und lachte dabei verschmitzt.

Ernst gefiel Luise. Er war alles, was ihr Rudi nicht war. Eher still, freundlich, aber auch ganz offensichtlich sicher in dem, was er wollte und was er nicht wollte.

Als die beiden Jahre später nach New York zogen, erhielt Luise zu Weihnachten regelmäßig Post von Lisa mit Fotos der Kinder, die sie mit Ernst bekam, und mit der Aufforderung, sie doch besuchen zu kommen, das Haus sei groß genug, um sie zu beherbergen. Aber Luise hätte es nie gewagt, alleine in die USA zu fliegen.

In den Monaten, als Ellas Mann im Sterben lag, begann Luise sich selbst plötzlich anders zu sehen. Sie ging jetzt immer öfter mit Ella spazieren, wenn diese ein bisschen Ruhe und frische Luft brauchte. Und wenn sie über das Leben, das Sterben und das Altwerden reden wollte. Luise hatte sich bis dahin nie mit diesen Themen auseinandersetzen wollen, aber mit Ella fiel es ihr erstaunlich leicht, darüber zu reden.

»Weißt du, der Heinz ist so fantastisch. In seinen klaren Momenten sagt er mir immer, ich solle mich nicht fürchten, er fürchtet sich auch nicht. Er sagt, er hat so ein tolles Leben gehabt mit mir, er kann ruhig gehen.«

»Aber macht dir das nicht Angst«, fragte Luise, »die Idee, ganz alleine zu bleiben?«

»Doch«, sagte Ella traurig. »Aber ich hab ja noch die Kinder. Und Freunde. Und es wird schon irgendwie weitergehen. Außerdem denk ich jetzt einfach nicht daran, was sein wird, wenn der Heinz nicht mehr da ist. Jetzt hab ich ihn ja noch. Er ist zwar schwach, aber wir können miteinander reden und wir machen sogar blöde Witze. Du glaubst nicht, wie mir das hilft!«

Luise hörte Ella zu und dachte an Helmut, dem sie nie nahe genug gekommen war, um mit ihm Spaß zu haben. Sie hatte ihn bewundert, sich auch vor ihm gefürchtet, aber nie wäre es ihr in den Sinn gekommen, dass sie miteinander Witze machen könnten. Wenn sie versuchte, Ella das zu erklären, sah diese sie verständnislos an und meinte, so hätte sie nie leben können.

»Na ja, jetzt hat sich das eh erledigt. Er ist die ganze Zeit bei seiner neuen Freundin. Zum Schlafen kommt er noch nach Hause. Aber eigentlich ist er nicht mehr da. Und der Rudi sowieso auch nicht. Der verachtet mich genauso, wie mich der Helmut verachtet. Und die Lotte ist in Berlin ...«

Als sie ihre Tochter erwähnte, begann Luises Gesicht zu leuchten.

»Das hab ich dir noch gar nicht erzählt, stell dir vor, die Lotte und die Magda heiraten. So richtig mit Ring und allem. In Deutschland geht das. Und stell dir vor, sie haben mich gefragt, ob ich ihre Hochzeitskleider nähen möchte. Die Lotte hat mir verziehen, dass ich das früher nicht für sie gemacht habe – sie kennt den Helmut ja auch... Ist das nicht wunderbar?«

Ella umarmte sie und gratulierte ihr. Dann kauften sie gemeinsam viele Modezeitschriften und begannen über die Ausstattung der beiden Bräute zu diskutieren.

Dass Helmut von der Hochzeit nichts wissen wollte, sondern wütend wurde, als er begriff, dass Luise den beiden ihre Hochzeitsausstattung nähen würde, verschwieg Luise Ella. Sie schämte sich für diesen Vater, der der Tochter nicht gestatten wollte, glücklich zu sein. Als der Hochzeitstermin vor der Tür stand, war Helmut gerade ausgezogen, und so fuhr Luise allein nach Berlin – und ließ sich bei Lotte und Magda nieder.

Sie kaufte wunderbaren, schweren Seidentaft und feinsten Tüll. Sie schneiderte einen weichen Hosenrock mit seidenem Oberteil und eine schwere Seidenhose mit luftigem Oberteil. Sie stickte bunte Blumen auf den Tüll und nähte fliegende Ärmel aus mehreren Tüllschichten, die sie mit bunt glitzernden Steinchen verzierte. Sie war fast zwei Wochen lang beschäftigt und fühlte sich, trotz des Endes ihrer Ehe, zum ersten Mal in ihrem Leben nicht nur geliebt, sondern auch geschätzt. Lotte und Magda veranstalteten richtige Besuchernachmittage, in denen sie ihren vielen Freunden und Freundinnen die nähende Brautmutter und Schwiegermutter stolz vorführten. Die Freunde waren gebührend beeindruckt und Lotte schlug der Mutter vor, zu bleiben und einen »Designer-Laden« aufzumachen. Aber Luise wollte davon nichts hören.

»Stell dir vor, ich brauch doch für eure Kleider schon zwei Wochen, so kann man doch kein Geschäft aufmachen. Und außerdem krieg ich jetzt langsam Heimweh. Ich will wieder nach Wien zurück, wenn das Spektakel vorbei ist!«

Das Spektakel war die Hochzeit. So nannten auch Lotte und Magda es und lachten. Aber Luise sah, wie wichtig es ihnen war und wie sehr sie sich darauf freuten. Und sie überlegte, wie traurig dagegen ihre eigene Hochzeit gewesen war und wie selten sie sich in ihrem Leben wirklich auf etwas gefreut hatte.

Sie schaffte es nicht mehr, auch für sich selbst etwas für die Hochzeit zu nähen. Lotte ging mit ihr in eine Boutique in der Nähe, und Luise suchte sich ein schwarzes Kleid aus.

»Du gehst doch nicht zu einem Begräbnis, Mama! Das kommt überhaupt nicht in Frage. Schau, das rosa Kostüm da, das passt dir sicher ausgezeichnet, das musst du jetzt probieren. Oder das hellblaue Kleid mit der Jacke, das wäre perfekt, das passt gut zu meinem Brautkleid, und du musst mich ja zum Altar führen«, sagte Lotte und lachte, bis ihr die Tränen kamen.

Luise ließ sich schließlich zu einem silbergrauen Kleid überreden, das ihr am unauffälligsten schien.

Die Hochzeit war bunt und laut und fröhlich und zu ihrer eigenen Verwunderung unterhielt sich Luise blendend. Sie tanzte sogar mit Lottes bestem Freund und Galeristen und lachte ausgelassen, als ihr dieser Komplimente über ihr Aussehen und natürlich für die wundervolle Ausstattung der beiden Bräute machte. Sie schliefen danach bis in den Vormittag und beim späten Frühstück nahmen Lotte und Magda sie in die Mitte, küssten sie lange und ausgiebig und sagten, ohne sie wäre ihre Hochzeit lange nicht so wunderbar gewesen.

In den Tagen danach begann Luise wieder an Helmut, Rudi und Wien zu denken, und es wurde ihr klar, dass sie ihr Leben neu organisieren musste. Helmut hatte die Wohnung in ihrer Abwesenheit fast zur Gänze ausgeräumt. Als sie nach Hause kam, fand sie noch eine Matratze in einer Ecke des Schlafzimmers vor mit einem Polster und einer Decke. Im Einbauschrank hingen die Kleider, die sie nicht nach Berlin mitgenommen hatte. In der Küche stand ein Tisch, auf dem ein Brief lag, der an sie adressiert war.

Da er das Geld für die Einrichtung der Wohnung verdient habe, habe er diese auch mitgenommen, schrieb Helmut. Sie könne noch bis zum Ende des Monats in der Wohnung bleiben, dann müsse sie ausziehen. Er werde ihr Unterhalt zahlen, so viel ihr seiner Meinung nach für die Geburt und die Aufzucht der Kinder zustehe. Viel werde das nicht sein.

»Die Aufzucht?«, fragte sich Luise leise und zerriss den Brief voller Zorn in kleine Stücke, die sie in der gesamten Wohnung verstreute. Auf dem Boden neben ihrer Matratze im Schlafzimmer lagen die Fotoalben, die sie früher für Lotte gemacht hatte. Sie hatte natürlich auch für Rudi Alben geklebt, die aber hatte Helmut offenbar mitgenommen. Sie rief Rudi an.

»Ja, Mama, ich weiß alles. Aber du musst den Papa auch verstehen, das war doch kein Leben mehr so. Und dass du den Blödheiten meiner missratenen Schwester auch noch Vorschub geleistet hast, das versteh ich auch nicht.«

Luise begann zu weinen, und Rudi sagte schnell, er müsse jetzt auflegen, er habe einen Klienten, der auf ihn warte, er werde sie aber am Abend abholen und zum Essen ausführen, dann könnten sie alles besprechen. Als Luise ausgeweint hatte, tat sie etwas, was sie sich noch nie in ihrem Leben gestattet hätte. Sie stieg die Stufen zu Ellas Wohnung hinauf und läutete. Bisher war es immer Ella gewesen, die sie angerufen hatte.

Sie hatte in den vergangenen Monaten oft mit Ella gesprochen, die dem sterbenden Heinz mit einer Selbstverständlichkeit zur Seite gestanden hatte, die Luise sehr bewunderte. Weil sie sich immer wieder gefragt hatte, ob sie Helmut wohl auch so zärtlich, freundlich und warm im Sterben begleitet hätte – wenn es denn so weit gekommen wäre. Und sie hatte sich selbst eingestehen müssen, dass sie dazu wohl kaum in der Lage gewesen wäre. »Der Helmut hätte das ja auch niemals gewollt«, sagte sie sich. Und die Bitterkeit schnürte ihr fast den Hals ab.

Dann war Heinz gestorben. Beim Begräbnis hatte Valentin

die Rede seiner Kinder über ihn verlesen. Voller Liebe und auch voller Humor, so dass die große Trauergemeinde oft unter Tränen in Lachen ausgebrochen war. Und Luise hatte überlegt, ob Rudi und Lotte so eine Rede halten würden. Bei ihrem oder auch bei Helmuts Tod. Und wieder überkam sie große Bitterkeit, weil sie dachte, dass in ihrem Leben eigentlich nichts wirklich so funktioniert hatte, wie sie sich das gewünscht hätte. Auch wenn sie sich eingestand, dass Lotte sie liebte und auch versuchte, ihr nahe zu sein.

Jetzt stand sie also vor Ellas Türe und wusste nicht, ob sie läuten sollte oder nicht.

Und gerade, als sie umdrehen und in ihre leere Wohnung zurückgehen wollte, öffnete sich die Türe und Rada stand da im Mantel und mit Einkaufstaschen in der Hand.

»Ella, Frau Luise da«, rief Rada fröhlich in die Wohnung hinein, nickte Luise freundlich zu und ging dann die Stiegen hinunter. Kurz darauf erschien Ella in Schlafrock und Pantoffeln.

»Entschuldige, du Liebe, ich hab heut Nacht so schlecht geschlafen, deshalb frühstück ich erst jetzt, magst du mitfrühstücken? Die Rada geht noch schnell frische Semmeln holen, ich hab so eine Lust auf eine knackige Honigsemmel, aber wir können derweil Kaffee trinken. Die Maggie schläft noch, die geht ja immer auf Lepschi und kommt wer weiß wann nach Hause und verschläft dann den halben Tag, meine verrückte Schwester!«

Luise blieb angesichts dieses Redeflusses der Mund offen und sie ließ sich von Ella in die geräumige Küche ziehen, wo schon eine große Kanne Kaffee auf dem Tisch stand. Auf dem Herd köchelte ein Topf mit Wasser und vier Eiern darin vor sich hin. Ella schrie erschrocken auf, stürzte zum Herd und zog den Topf von der Kochplatte.

»Jetzt hätte ich bald die Eier vergessen, dann hätten wir Eiersalat machen können, dabei wollt ich doch endlich wieder einmal weiche Eier zum Frühstück essen – und die Rada auch. Ah, hörst du, da ist sie ja schon wieder – als ob ich schon geahnt hätte, dass du heute kommst, hab ich extra ein viertes Ei ins Wasser gegeben. Wart, ich schreck sie nur schnell ab, dann können wir frühstücken. Na, was hast du Schönes mitgebracht?«, wandte sie sich an Rada, die mit roten Backen in der Küchentüre stand und die Einkaufstasche schüttelte, in der mehrere Papiersäckchen von der nahegelegenen Bäckerei lagen.

»Semmeln, Kornspitz, Brioche, Kipfel! Wird reichen für fünf Frühstück, aber hast du so bestellt«, sagte Rada und lachte.

»Wunderbar. Was feiern wir denn?«, fragte Maggie, die in diesem Augenblick die Küche betrat. Sie trug einen seidenen Kimono und an den Füssen dicke Wollsocken.

»Ah, bist du wach? Hast du Kaffee gerochen?«, fragte Rada und Luise wunderte sich über die Vertrautheit, mit der die Rumänin mit Ella und Maggie umging.

»Hunger!«, rief Maggie übermütig, riss Rada eins der Säckchen aus dem Korb, nahm eine Semmel heraus und biss gierig hinein.

»Maggie! Du bist unmöglich. Schau, wir haben doch Besuch! Jetzt benimm dich nicht wie eine verzogene Göre«, sagte Ella missbilligend, aber Maggie lachte sie an, umarmte sie und drückte ihr einen Kuss voller Semmelbrösel auf die Wange.

»Pfui, kannst du dir den Mund nicht wenigstens abwischen«, schimpfte Ella, musste aber lachen.

»Schau, Luise, so geht's in dieser völlig unmöglichen Wohngemeinschaft zu. Komm setz dich und nimm dir einen Kaffee und gleich kriegst du auch ein Ei. Rada, schmeiß die Semmeln und Kipferln auf den Tisch und setz dich auch. So, jetzt wird gegessen!«

Erst als alle kauend am Tisch saßen, sah Ella Luise an, die keinen Bissen gemacht hatte, und fragte: »Was ist los, Luise? Du isst ja gar nichts. Ist das Ei zu hart, magst du keine Semmeln, kann ich dir was anderes geben? Ich kann dir auch eine Eierspeis machen, und ich glaub wir haben noch Salami im Eiskasten, magst du welche, oder vielleicht magst du ja ein bisserl Obst?«

Luise schüttelte den Kopf. Und plötzlich liefen ihr Tränen über die Wangen.

Ella, Maggie und Rada hörten auf zu essen und sahen Luise an.

»Was ist passiert?«, fragte Maggie.

»Er ist ausgezogen, und während ich in Berlin war, hat er die ganze Wohnung ausgeräumt und ich muss bis Ende des Monats raus und weiß nicht, wo ich eine Wohnung finden soll. Mit dem, was er mir Unterhalt zahlt, kann ich mir wahrscheinlich grad ein Untermietzimmer leisten. Und dabei wollt ich so gern wieder nähen, aber jetzt weiß ich gar nicht, was ich machen soll und wo ich hin soll, und die Lotte hat gesagt, ich soll bei ihr in Berlin bleiben und ein Geschäft aufmachen, aber ich mag nicht weg aus Wien und ein Geschäft, das kann ich doch nicht …«

Luise schluchzte laut und Rada stand auf und brachte ihr ein großes, kariertes Taschentuch aus ihrem Zimmer.

»Da, putzt du dir jetzt Nase und Gesicht und wir dann reden!«, sagte sie sehr bestimmt, und Ella und Maggie sahen sie ganz erstaunt an, weil Rada sonst nie so entschlossen auftrat.

»Also, der Kerl hat die Wohnung ausgeräumt? So eine Sauerei!«

»Er sagt, er hat das Geld verdient und deshalb gehört ihm alles und er wird mir so viel zahlen, wie ich seiner Meinung nach für die Geburt und ›die Aufzucht‹ der Kinder verdiene. Verstehst du? Als wär ich nie mehr als seine Haushälterin gewesen, sein Dienstbote – entschuldige, Rada«, sagte Luise und wieder rannen ihr Tränen über die Wangen.

»Ella«, sagte Rada, »haben wir doch noch Zimmer, oder?«

»Ja, Rada, du hast's erfasst, genau das hab ich auch gerade gedacht«, sagte Ella ungewöhnlich fröhlich und wandte sich dann an Luise: »Wir gehen jetzt alle zu dir hinunter, packen zusammen, was du behalten willst, und dann steckst du die Wohnungsschlüssel in ein Kuvert und schickst sie dem Helmut ohne Kommentar mit der Post. Und du ziehst einfach bei uns ein, wir haben ein schönes, großes Zimmer für dich mit genug Platz für deine Nähmaschine. Und außerdem kannst du sofort anfangen zu nähen, die Rada hat nämlich nur Scheußlichkeiten in ihrem Kleiderschrank, da hast du viel zu tun …«

5. ZUSAMMENLEBEN

Nelly läutet.

Seit Luise bei Ella und Maggie eingezogen ist, hat sie keinen Schlüssel mehr, obwohl sie ihre Tante schon hundertmal gebeten hat, ihr einen nachmachen zu lassen.

Und ausgerechnet Luise, die Nelly irgendwie wenig sympathisch findet, macht ihr jetzt die Türe auf.

»Ja schau, wer da ist, grüß dich, das ist so nett, dass du jeden Sonntag kommst«, sagt Luise freundlich, und Nelly ärgert sich, weil sie »das Getue« des neuesten Mitglieds der Wohngemeinschaft nicht mag.

»Das ist keine Pflichtübung«, knurrt sie und begibt sich schnurstracks in die Küche zu Rada, obwohl sie weiß, dass sich Ella und Maggie darüber ärgern werden.

»Alles ok?«, fragt sie, als sie Radas Gesicht sieht.

»Ich wahnsinnig gemachen«, sagt Rada.

»Isst Frau Maggie keine Fisch und Frau Ella keinen Fleisch und Frau Luise gar nichts, macht dauernd Diät und in Nacht frisst Eiskasten leer ...«

Nelly muss lachen. Rada hat es nicht leicht mit den drei »Damen des Hauses«, denkt sie.

»Sag ihnen, sie sollen selbst kochen«, rät sie Rada, die sie verständnislos anschaut.

»Und ich?«, fragt Rada. »Ich hier für leibliches Wohl«, und spricht diesen schwierigen Ausdruck mit gespitzten Lippen aus.

»Na ja, aber papierln musst du dich von den Weibern auch nicht lassen«, sagt Nelly und merkt zu spät, dass Rada ihr Wienerisch nicht gut versteht. Obwohl Maggie Rada gerne Nachhilfe, vor allem im ordinären Wienerisch, gibt.

»Papier?«, fragt Rada. »Was Papier? Ich hab Papiere und sonst auch alles ist gut, besser als zu Hause«, sagt sie, und Nelly umarmt sie und drückt ihr Küsse auf die vollen Wangen.

Jeden Sonntag, denkt Nelly, jeden Sonntag das gleiche.

Ich geh jetzt ins Wohnzimmer und dort sitzt die Ella und legt Patiencen und hört Radio und die Mama ist in ihrem Zimmer und übersetzt was ganz Wichtiges. Jeden Sonntag …

Aber dieses Mal erwartet sie eine Überraschung. Ihr Cousin Tommy mit Silvia und der kleinen Nanni. Die läuft Nelly strahlend entgegen und umarmt sie. Oder klammert sich einfach an ihre Beine. Nelly beugt sich hinunter und hebt das Kind auf.

»Nanni, mein Schatz, du bist schon wieder gewachsen und schwer bist du, ufff, ich lass dich gleich fallen«, sagt Nelly und tut so, als ob sie das Kind nicht mehr halten könnte.

Nanni kreischt vergnügt, Silvia schaut irritiert und Tommy lacht.

»Schön, euch zu sehen«, sagt Nelly und verkneift sich, nachzufragen, wieso sie ihnen heute die Ehre geben.

»Ja«, sagt Tommy und grinst. »Wir haben Neuigkeiten. Willst du's sagen?«, wendet er sich an seine Frau, die ein bisschen errötet und sich über den Bauch streicht.

»Wirklich?«, schreit Ella. »Wunderbar, das wird sicher ein Bub, wie schön …«

»Geh, Nelly, hol deine Mutter, das müssen wir doch feiern!«

Nelly lächelt Silvia zu und geht aus dem Zimmer.

Maggie liegt auf dem Bett und liest.

»Hallo Mama, warum bist du nicht bei den anderen?«

»Guten Morgen, Liebes, nett, dass du dich an mich auch erinnerst«, sagt Maggie spitz und blättert demonstrativ um.

»Mama, jetzt gibt schon Ruh, ich hab ja gedacht, du sitzt mit der Ella und dem Tommy und der Bande zusammen. Woher soll ich wissen, dass du schon wieder beleidigte Leberwurst spielst? Komm, komm ins Wohnzimmer, die Silvia ist wieder schwanger, die Ella ist ganz aus dem Häuschen …«

»Ja«, sagt Maggie griesgrämig und legt das Buch zur Seite. »Möchte wissen, wann du mir endlich ein Enkerl schenkst …«

»Schenken tu ich dir eine Kette oder eine Theaterkarte. Und ein Kind krieg ich, wenn's für mich passt. Und wenn's nicht passt, krieg ich eben keines …«

»Ja, ja, ich weiß eh. Dabei wünsch ich mir das so …«, mault Maggie, die heute entschieden keinen guten Tag hat.

»Mama bitte«, sagt Nelly und würde am liebsten davonlaufen. »Du hast dich doch schon um mich kaum gekümmert, was würdest du mit einem Enkel machen? Die Ella macht nie so ein Theater …«

»Ja, ja, die Ella, deine Ersatzmama, ich weiß eh, dass du sie lieber hast als mich …«

»So, es reicht mir, komm ins Wohnzimmer oder auch nicht, ist mir wurscht, und wenn du mich noch lang anjammerst, geh ich überhaupt gleich wieder nach Hause!«, ruft Nelly und knallt die Türe hinter sich zu.

Jeden Sonntag, denkt sie. Jeden Sonntag …

Rada hat Huhn gemacht. Das essen eigentlich alle.

»Ich will nur ein Flügerl«, sagt Luise leise.

»Und ich ein Bügerl«, sagt Maggie im gleichen Tonfall, und Nelly denkt, dass die Mutter Luise offensichtlich nicht so wahnsinnig mag.

»Ja, ja, die Damen haben ihre Sonderwünsche«, meint Ella und schneidet sich ein Stück Brust ab. Und Nelly verkneift sich die Frage, wieso Ella Huhn isst, aber immer behauptet, dass sie kein Fleisch isst. Na ja … Nelly schaut in die Runde. Da sitzen sie also, die vier. Rada kaut auf den Braterdäpfeln herum und blickt auf ihren Teller. Maggie schiebt das Essen hin und her, während Tommy und Silvia Salat, Reis und Huhn auf ihre Teller schaufeln und über Nanni lachen, die mit einer Hühnerkeule in der Hand unter dem Tisch sitzt.

»Die Nanni hat's gut, die muss nicht mit euch am Tisch sitzen«, scherzt Nelly.

»Ist das so schlimm, mit uns zu essen?«, fragt Maggie spitz.

»Na ja, wenn ihr euch um die Bügerln und die Flügerln streitet, schon«, erwidert Nelly und lacht versöhnlich. Sie ist ja eigentlich nicht gekommen, um mit der Mutter zu streiten, sondern um mit Ella zu reden. Sie braucht Rat.

Nelly leitet ein Heim für minderjährige unbegleitete Flüchtlinge. Und manchmal wächst ihr die Aufgabe über den Kopf und dann kommt sie zu Ella, und die erzählt aus der Schule und berät sie. Nelly würde es nie einfallen, ihre Mutter um Rat zu fragen, aber mit Ella fällt ihr das ganz leicht.

Aber wenn Tommy oder Lilli da sind, dann weiß Nelly, dass sie Ella nicht um Rat fragen kann. Dann ist sie eben doch nur die Nichte. Obwohl sie jeden Sonntag zum Essen kommt und Tommy und Lilli sich eher rar machen.

Also setzt sie sich nach dem Essen zu Luise, die im Wohnzimmer sitzt und strickt, und fragt sie nach Lotte und Rudi.

»Also dem Rudi geht's gut, glaub ich, der hat seine dicke Berta. Und findet es ganz blöd, dass ich jetzt hier wohne«, sagt Luise leise. »Einmal hat er vor der Ella zu mir gesagt, er hofft, dass ich nicht genau so schwul werde wie die Lotte!«

»Und was hast du gesagt?«

»Ich hab nichts gesagt. Aber die Ella hat ihn angeschrien und gesagt, wenn er sich nicht benimmt, braucht er gar nicht mehr zu Besuch kommen. Und jetzt muss ich ihn im Kaffeehaus treffen, weil er keinen Schritt mehr ›in die Lesben-WG‹ setzen will!«, murmelt Luise noch leiser, und Nelly sieht, wie ihr eine Träne über die Wange rinnt.

»So ein Trottel«, sagt sie und drückt Luises Hand. Sie tut ihr leid, diese Frau, die so anders ist als ihre Mutter und ihre Tante. Und deren Kinder so anders sind.

»Aber die Lotte, die ist doch sicher froh, dass du jetzt hier wohnst?«, fragt sie, um Luise auf andere Gedanken zu bringen. Luises Augen leuchten auf.

»Die Lotte und die Magda, die sind ganz begeistert. Nächste Woche kommen sie auf Besuch und werden hier übernachten und stell dir vor, sie werden ein kleines Mädchen adoptieren. Sie wissen sogar schon wie sie heißt – Nina. Sie müssen halt noch jede Menge bürokratische Hindernisse überwinden, weißt du, wenn du als lesbisches Paar ein Kind adoptierst, schauen die viel genauer. Aber das wird schon, und ich freu mich so – ich werde dann auch ein Enkelkind haben …«

Nelly seufzt. Wie viele Halbwüchsige sie in ihrem Heim hat, für die sie sich eine Familie wünschen würde. Aber Teenager, die noch dazu schwer traumatisiert sind, nimmt keiner so gerne zu sich, denkt sie und drückt Luise ein Küsschen auf die noch tränenfeuchte Wange.

Ella sitzt mit Tommy und Silvia in der geräumigen Küche. Nanni schläft in ihrem Kinderwagen, ungestört vom Gespräch der Erwachsenen. Nelly setzt sich zu ihnen, nachdem sie sich einen Kaffee gemacht hat.

»Du Kaffeetante du, der wievielte ist das heute schon?«, fragt Ella, die sich gern als Nellys Gesundheitskontrolleurin aufspielt.

»Na ja, ich bin müde, und ohne Kaffee schlaf ich gleich so fest wie die Nanni«, antwortet Nelly und gießt sich Milch in den Kaffee.

»Wieso bist du dauernd müde? Ich glaube, du musst dich einmal gründlich durchuntersuchen lassen«, sagt Ella.

Wenn es nur das wäre, denkt Nelly. »Ich bin nicht krank, Lali«, sagt sie, »ich bin müde! Wenn du dich um 20 Teenager mit jeder Menge Probleme kümmern müsstest, wärst du auch müde!«

»Ich sag ja schon die ganze Zeit, dass das ein viel zu stressiger Job ist«, gibt Ella zurück. »Such dir doch endlich was weniger Anstrengendes …«

»Wieso sollte ich? Ich mach das ja aus Überzeugung und die Kinder brauchen mich …«

Tommy nickt, aber Silvia schüttelt den Kopf.

»Und wenn du selbst ein Kind kriegst? Willst du dich dann auch noch um diese Halbwilden kümmern?«, fragt sie.

»Wen nennst du halbwild?«, braust Nelly wütend auf. »Halbwild sind die, die ihnen nicht erlauben wollen, eine Lehre zu machen. Die behaupten, sie wären gar nicht in Gefahr zu Hause in Afghanistan, im Irak oder auch Nigeria. Die ihnen unterstellen, dass sie in Wirklichkeit schon viel älter sind und außerdem nur herkommen, um sich ›ins gemachte Bett‹ zu legen – die sind Halbwilde. Nicht meine Kinder! Ich wünsch dir nicht, dass du auch nur einen Bruchteil von dem durchmachen musst, was ihnen passiert ist …«

»Jetzt schrei doch nicht, die Silvia hat das doch nicht so gemeint, du weißt doch, dass sie nicht so ist. Hier bei uns können wir doch reden, wie es uns grad einfällt«, versucht Ella einzulenken.

Aber Nelly ist wütend und ärgert sich, weil ihr Tränen in die Augen gestiegen sind.

»Was glaubst du, wie es einem 16jährigen geht, der mit 14 von zu Hause weg musste, weil sein Vater bei den Taliban war und er nicht kämpfen wollte? Den die Mutter heimlich aus dem Haus geschmuggelt hat und der sie nicht einmal anrufen darf, weil der Vater die Mutter sonst halbtot schlägt? Und den sie jetzt zurückschicken wollen?«, sagt Nelly viel lauter, als sie eigentlich wollte.

Rada kommt aus der Küche und auch Maggie erscheint in der Türe.

»Was los?«, fragt Rada und Maggie sagt: »Könnt's ihr nicht leiser streiten? Nelly, musst du immer gleich laut werden?«

»Alles halb so schlimm«, sagt Ella, und Nelly schaut sie böse an. »Die Nelly hat wieder einmal einen Spezialfall!«

»Ihr habt leicht lachen, aber ich weiß schon nicht mehr, was ich machen soll und wie ich den Kindern helfen soll. Sie holen sie mir manchmal direkt aus dem Bett und ich kann nichts machen. Aber den Hussein lass ich nicht wegholen. Der ist wirklich in Lebensgefahr …«

»Na ja, Gesetz ist halt Gesetz …«, sagt Silvia, aber Tommy schüttelt den Kopf und schaut sie ernst an.

»Ich sag ja nur, was man so hört …«, meint Silvia beleidigt und presst die Lippen zu einem Strich zusammen.

»Wie kannst du so reden?«, schreit Nelly sie an.

»Nelly, beruhig dich und lass die Silvia in Ruhe«, beschwichtigt Ella, bevor diese oder Tommy ein Wort herausbringen.

Und mitten in die zum Schneiden dicke Luft hinein weint Nanni plötzlich laut auf und Silvia rennt um den Tisch herum zum Kinderwagen, reißt das Kind heraus und presst es sich an die Brust.

»Siehst du, was du angestellt hast«, sagt Tommy, zwinkert seiner Cousine aber zu.

»Ja, das arme Kind, sie so zu erschrecken«, sagt Ella und geht zu Silvia.

Die beiden verziehen sich mit dem immer noch weinenden Kind aus der Küche, und Nelly hört, wie Silvia sich bei Ella beschwert.

»Also, was ist wirklich los?«, fragt Tommy, der mit Nelly immer ein besonderes Naheverhältnis gehabt hatte.

»Der Hussein hat versucht, sich umzubringen. Ich hab ihn gerade noch rechtzeitig gefunden. Und er ist jetzt im Spital, aber sobald er wieder auf den Beinen ist, wollen sie ihn trotzdem nach Kroatien zurückschicken. Und dort ist er im Flüchtlingslager furchtbar misshandelt und wohl auch missbraucht worden. Deshalb hat er versucht, sich umzubringen. Also ich kann nicht zulassen, dass er schon wieder retraumatisiert wird …«

»Das versteh ich ja, aber das musst du doch nicht an der Silvia auslassen«, meint Tommy und Nelly nickt schuldbewusst. Tommy steht auf, streckt sich und geht auch aus der Küche.

»Habt ihr vielleicht eine Idee, was ich tun soll?«, fragt Nelly verzweifelt ihre Mutter und Rada, die sich gerade an den Küchentisch gesetzt haben.

»Na ja, gegen Gesetz du kannst nix machen«, sagt Rada und schüttelt unglücklich den Kopf.

»Gegen ein Gesetz nicht, aber gegen Leute, die glauben, sie können die Gesetze so verwenden, wie es ihnen gerade gefällt, schon …«, sagt Maggie und Nelly schaut die Mutter erstaunt an.

»Ich finde, deine Kinder sollten ständigen Aufenthalt kriegen und lernen und arbeiten dürfen. Minderjährige sollte man überhaupt nie abschieben dürfen«, meint sie und jetzt schaut sie auch Rada erstaunt an.

»Ja, ich beschäftige mich auch mit solchen Fragen«, sagt Maggie spitz, »auch wenn ihr mir das nicht glaubt!«

»Aber sind doch schon so viel!«, sagt Rada. »Kann doch nicht so sein, dass alle kommen …«

»Was würdest du sagen, wenn man bestimmen würde, du sollst nicht mehr hier arbeiten?«, fragt Nelly, und Rada schaut sie verständnislos an.

»Ihr mich doch braucht«, sagt sie.

»Ja und die anderen würden wir auch brauchen, wenn man sie arbeiten und lernen ließe …«

»Lass es gut sein«, sagt Maggie, »die Diskussion haben wir jeden zweiten Tag. Die Luise versteht das auch nicht …«

»Na ja, von der Luise erwarte ich das ja auch gar nicht, aber du, Rada?«, meint Nelly.

»Also, reden wir über den Hussein, was kann man da machen?«, lenkt Maggie das Gespräch zurück.

»Ich glaub, ich muss ihn verstecken«, sagt Nelly verzweifelt und schaut dann Rada an.

»Geh bitte, machst du mir noch einen Kaffee und der Mama

einen Tee? Danke, danke …«, sagt sie und nimmt Maggie an der Hand.

»Komm!«

In Maggies Zimmer setzt sie sich aufs Bett und schüttelt den Kopf.

»Ich bin so blöd, ich kann doch sowas nicht vor der Rada sagen, die trifft doch gleich der Schlag und dann erzählt sie's womöglich noch weiter.«

»Mach dir keine Sorgen, sie wird's schon nicht weitererzählen, aber was willst du wirklich machen?«

»Ich nehm ihn zu mir. Und werde ihn halt zu Hause unterrichten. Du könntest mir helfen. Zum Beispiel könntest du ihm Englisch-Unterricht geben. Ich würd ja auch den Tommy bitten aber das ist mir zu riskant, wenn der das seiner blöden Frau erzählt und die tratscht das dann weiter … Aber ich find schon wen, der mit ihm Mathematik und Chemie und Physik lernt. Er will ja unbedingt eine Ausbildung als Krankenpfleger machen und wir hätten sogar schon einen Arbeitsplatz für ihn, aber diese Idioten am Asylamt wollen ihn absolut abschieben. In Kroatien hat er keine Chance und außerdem bin ich für ihn sowas wie eine Mama …«

»Da helf ich dir natürlich. Die Ella sicher auch, die könnte ihn in Geschichte unterrichten, das braucht er ja sicher auch. Und wenn du Geld brauchst, kannst du von mir und Ella natürlich auch Hilfe haben. Aber wie lange willst du ihn denn verstecken?«

»Keine Ahnung. Bis mir eine Lösung einfällt …«

Sie verabschieden sich so herzlich wie schon lange nicht mehr. Maggie umarmt sie und streichelt ihren Kopf, was sie nicht einmal gemacht hat, als Nelly noch klein war.

»Du bist toll«, sagte sie leise, und Nelly treten Tränen in die Augen.

»Danke, Mama«, flüstert sie und auch das hat sie bisher noch nie zu ihrer Mutter gesagt.

»Bis nächsten Sonntag«, ruft Ella aus dem Wohnzimmer und zum ersten Mal seit Wochen geht Nelly beschwingt nach Hause.

Als sie drei Wochen später wieder vor der Wohnungstüre der vier »Damen« steht, hört sie dahinter laute Musik und Lachen und wundert sich.

An den vergangenen Sonntagen war die Wohngemeinschaft eher gedämpfter Laune gewesen. Ella hatte sich verkühlt, Maggie an einer Übersetzung festgebissen, die ihr keinen Spaß machte, und Luise war unleidlich, weil Rudi sie wieder einmal versetzt hatte. Und Rada, Rada ging mit Leichenbittermiene durch die Wohnung und beschwerte sich wie üblich über die Essgewohnheiten der anderen drei. Was ihr wiederum die spitze Anmerkung von Maggie einbrachte, sie solle sich nicht so viel antun, Essen sei ohnehin überbewertet. Mit einem Wort, die »Damen« litten am langen Winter und an einander, und Nelly war jedes Mal froh gewesen, nach dem Mittagessen das Weite suchen zu können.

Jetzt aber hört sie Lachen und Musik. Rada macht ihr auf. Sie hat rote Wangen und eine neue Frisur, die sie jünger aussehen lassen, und offenbar auch ein von Luise genähtes neues Kleid.

»Was hört ihr da?«, fragt Nelly, während sie den Mantel auszieht.

»Bittles«, ruft Rada und hüpft davon in Richtung Wohnzimmer.

»Was?«

Aber Rada ist schon verschwunden, bevor Nelly noch ihre schmutzigen Straßenschuhe ausgezogen hat. Im Wohnzimmer ist das Damentrio versammelt. Und in der Mitte hüpfen zwei jüngere Frauen mit Rada fröhlich im Kreis.

»Hallo …«, sagt Nelly zögerlich und Ella und Maggie werfen ihr Kusshände zu und winken sie zu sich auf das Sofa.

»Das sind Lotte und Magda«, flüstert Ella laut Nelly zu. »Also die große Rothaarige ist Lotte und die kleine Brünette ist Magda! Sie sind gestern Abend als Überraschung für Luise aus Berlin gekommen. Sie hat ja heute Geburtstag und da wollten sie ihr eine Freude machen …«

Luise sitzt im Lehnstuhl neben dem Couchtisch, sieht den Tänzerinnen zu und wischt sich eine Träne von der Wange.

»Sie ist so gerührt«, flüstert Maggie.

Aber weil »Yellow Submarine« gerade sehr laut läuft, schreit sie fast, und natürlich hört Luise sie und wirft ihr einen beleidigten Blick zu.

»Und so leicht beleidigt«, setzt Maggie hinzu und grinst.

»Das ist ja schön«, sagt Nelly schnell, »ich freu mich sehr, die beiden endlich kennenzulernen …«

»Sie freuen sich auch. Also dich kennenzulernen, uns alle kennenzulernen, Wien kennenzulernen und überhaupt«, ruft Ella fröhlich und Nelly stellt fest, dass sie Mutter und Tante schon lange nicht mehr so lustig gesehen hat.

»Junges Blut tut uns gut …«, reimt Maggie, was Ella die Augen verdrehen lässt.

»Dreht's die Musik ab, ich will euch meine Tochter vorstellen«, sagt Maggie und Nelly wundert sich. Die Mutter war sonst keine, die sich gerne als solche produzierte. Im Gegenteil, es war ihr oft unangenehm gewesen, eine erwachsene Tochter zu haben, aber jetzt scheint sie sich geradezu aufzuplustern vor Stolz. Lotte bleibt stehen, Rada schaltet den Plattenspieler aus und Magda dreht sich zu Nelly um.

»Na, das ist klar, dass das deine Tochter ist – genau so hübsch wie die Mama«, sagt Magda und bemerkt gar nicht, wie Nelly zusammenzuckt.

»Hallo Nelly, die Mama hat mir so viel von dir erzählt, ich freu mich sehr …«, ergänzt Lotte.

»Was kann die Luise schon über mich erzählt haben?«, denkt Nelly und lächelt gezwungen.

Aber Lotte dreht sich im Kreis, umarmt Magda und drückt ihr einen Kuss auf den Mund. Nelly sieht, wie Luise zusammenzuckt und denkt, dass sie die Liebe ihrer Tochter zu dieser Frau wohl auch nicht ganz unkompliziert findet. Was ihr Lotte und Magda sofort sehr sympathisch macht.

»Erzählt, was habt ihr in Wien schon gesehen, und was wollt ihr noch sehen?«

Lotte lacht. »Ich bin doch von hier, aber die Magda, die will so richtig Touristin spielen – und schleppt mich in alle Museen. Uff …«

»Wart ihr schon im Hundertwasserhaus – ich meine, so von wegen Tourismus …«

»Nein«, schreit Magda, »davon hast du mir gar nichts gesagt, dort muss ich hin …«

»Das liegt jwd, Schatzi, und ist nur kitschig«, sagt Lotte, und als alle sie fragend anschauen, erklärt sie: »Janz weit draußen, heißt das auf Piefkinesisch ...«

»Also wie du redest«, sagt Luise pikiert, aber Magda lacht und sagt, dass sie das gewohnt sei. Nelly schüttelt sich innerlich und findet, dass die beiden es ziemlich übertreiben. Aber dann sieht sie Ella und Maggie an und stellt fest, dass die beiden an Lottes und Magdas Lippen hängen und zufrieden ausschauen.

»Glücklich«, denkt Nelly. »Sie sind glücklich über die Lebendigkeit, die die zwei mitbringen.«

»Gehst du mit mir ins Hundertwasserhaus?«, fragt Magda, und Nelly sagt Ja, bevor sie richtig nachdenken kann.

»Ich werd aber den Hussein mitnehmen – der braucht nämlich dringend Nachhilfe in Sachen Kultur ...«

»Wer ist Hussein?«

»Mein Sorgenkind«, sagt Nelly.

»Er ist mit 14 aus Afghanistan vor den Taliban davongelaufen und jetzt wollen sie ihn zurückschicken. Er wohnt momentan bei mir, aber er muss bald woanders hin, weil, wenn sie ihn suchen, kommen sie sicher zuerst zu mir ...«

»Wieso? Woher kennst du ihn? Warum wohnt er bei dir?«, fragt Magda, obwohl Lotte sie mit dem Ellenbogen anstößt. »Lass mich, das interessiert mich sehr!«, schnauzt Magda Lotte an, die daraufhin rot anläuft und aus dem Zimmer rennt.

»Ich leite ein Heim für unbegleitete minderjährige Flüchtlinge«, erklärt Nelly. »Du kannst dir nicht vorstellen, was ich da so höre und sehe. Und Hussein hat schon einen Selbstmordversuch gemacht, da habe ich ihn einfach zu mir geholt, aber wie gesagt, wenn sie ihn holen wollen, kommen sie sicher zuerst zu mir, deshalb brauche ich dringend eine sichere Unterkunft für ihn. In der Zwischenzeit versuche ich ihm etwas Bildung einzuflößen – er will ja dableiben und Krankenpfleger werden ...«

»Wow«, sagt Magda, als wäre sie 12 Jahre alt. »Eine wilde Geschichte. Ja, natürlich nimmst du ihn mit, das wird nett und interessant. Und Lotte und ich werden nachdenken, vielleicht fällt uns was ein ...«

»Essen«, schreit Rada so laut, dass alle erschrocken zusammenzucken.

Nach dem Essen erklären Ella und Maggie, sie müssten dringend eine Siesta halten. Nelly kennt das schon. Nur wenn Tommy oder Lilli auf Besuch kommen, lässt Ella ihr tägliches Mittagsschläfchen aus. Weil der Cousin samt Familie sonst gleich wieder geht. Nelly fragt Lotte und Magda, ob sie Lust auf einen Spaziergang haben. »Erzählt mir von Berlin«, bittet sie, als sie durch den Volksgarten schlendern.

»Das geht nicht, besser, du kommst uns einmal besuchen...«, sagt Magda und Lotte nickt.

»Wir sind ganz schön beschäftigt«, sagt Lotte.

»Na ja, du bist mit deiner Malerei beschäftigt, ich bin nur faul...«, erwidert Magda und lacht.

»Weißt du, ich male ja und gerade habe ich eine große Ausstellung in einer ganz tollen Berliner Galerie gehabt, da hab ich natürlich ganz schön zu tun gehabt. Aber jetzt hängt sie und ich hab frei. Und ein Loch im Kopf...«

»Und ich mach das gleiche wie du. Ich betreue Flüchtlinge. Ein harter Job ist das«, sagt Magda.

»Also bist du nicht faul«, sagt Nelly, die vor lauter Ehrfurcht kaum noch wagt, Lotte anzusehen.

»Wenn sie Zeit hat schon«, sagt Lotte und nimmt Magdas Hand.

»Ich bin als Ausgleich faul, wenn ich Zeit habe, lieg ich tagelang nur auf dem Sofa und lese Krimis. Aber das kann ich mir leider nicht so oft leisten, weil ich zu den Krimis immer Bonbons essen muss, und wenn ich also zu lange Krimis lese, werde ich fett. Und Lotte mag keine fetten Weiber...«

Nelly lacht. Die beiden wirken so gelassen, denkt sie, so ruhig und sicher. Nicht so wie ihre Mutter, die ewig auf der Suche zu sein scheint, oder ihre Tante, die immer auf irgendetwas wartet, oder Luise, die ihr Leben lang beleidigt ist. Sie gehen Kaffee trinken und Magda und Nelly unterhalten sich über die Arbeit. Und plötzlich sagt Magda zu Lotte: »Du hast doch da diese Freundin, du weißt schon, die Roswitha. Die hat doch eine große Wohnung und ist alleine, glaubst du nicht, die würde...?«

»Die doch nicht!«, sagt Lotte. »Die hasst doch alle Ausländer und wenn wir der vorschlagen, sie soll sich einen jungen Mann ins Haus nehmen, trifft sie der Schlag...«

»Und der Rudolf und die Emmi? Die haben doch keine Kinder und genug Platz und Geld, oder?«

»Die könnt ich fragen …«

»Wovon redet ihr eigentlich?«, fragt Nelly.

»Na ja, wir reden über deinen Hussein«, sagt Lotte. »Den müssen wir doch irgendwo verstecken, oder?«

Nelly denkt nach. Hussein verstecken, gut und schön, aber wie soll es dann weitergehen? Er soll doch die Schule besuchen und eine Ausbildung machen und dann leben, einfach leben wie ein Mensch, denkt sie.

»Die Frage ist halt, wie das für ihn dann weiter gehen kann …«, sagt sie zögernd und Magda schüttelt nachdenklich den Kopf.

»Deine Mama, vielleicht kann die helfen mit ihren vielen internationalen Beziehungen«, sagt Lotte.

»Ach, die Mama, die macht sich schon gern wichtig, aber ich bin nicht sicher, ob sie dafür die richtigen Beziehungen hat«, seufzt Nelly.

»Na, ich ruf jetzt auf jeden Fall den Rudolf an und frag ihn, ob sie deinen Hussein grundsätzlich aufnehmen würden. Vielleicht fällt denen ja dann auch was ein …«

»Danke«, murmelt Nelly und schämt sich, weil sie sich so hilflos vorkommt.

Aber Lotte und Magda scheint das gar nichts auszumachen. Und dann erzählen sie von Nina.

Nina ist drei Jahre alt, ihre Mutter kommt aus Mali und ihr Vater aus Serbien. Die Mutter ist sechzehn gewesen, als sie sie bekommen hat. Und sie wollte das Baby nicht, hatte aber auch Angst abzutreiben, weil sie illegal in Deutschland war. Deshalb ist Nina mit einem halben Jahr in einem Heim in Serbien gelandet, wo ihr Vater herkommt. Der hat sie bei einem Besuch zu Hause kurzentschlossen dort abgegeben. In dem Heim hat man ihr zu Essen gegeben und darauf geschaut, dass sie sauber und gesund bleibt. Mehr aber nicht. Dann ist der Vater plötzlich wieder aufgetaucht und hat Nina mit nach Deutschland genommen. Und dann hat sie bei ihm »gehaust«, sagt Lotte. Sie hat nicht gehungert und war auch halbwegs gepflegt, haben die Sozialarbeiterinnen gesagt, aber sie hat mit drei Jahren noch kein Wort geredet und war kaum ansprechbar. Deshalb ist sie dann wieder in ein Heim gekommen. Und dort hat Magda sie gefunden.

»Ich hab sie buchstäblich gefunden«, sagt sie wütend. »Sie ist in einer Ecke gesessen und hat eine Puppe dauernd an und ausgezogen. Allein war sie und so klein und einsam und mir ist fast das Herz gebrochen. Und jetzt kämpfen wir seit vier Monaten darum, sie zu uns nehmen zu dürfen. Obwohl ihre beiden Eltern verschwunden sind und keiner weiß, wo sie sich herumtreiben …«

Nelly denkt an die vielen Kinder, die so ähnliche Schicksale haben, auch an die, die in ihrem Heim landen, nachdem die Familien keine andere Wahl mehr hatten, als sie alleine loszuschicken. Was für ein Glück so eine Nina hat, dass sie von einer Magda gefunden wird. Wie schön wäre es, wenn es mehr solche Geschichten zu erzählen gäbe. Nelly begleitet Lotte und Magda zur Wohngemeinschaft zurück und geht trotz allem ganz fröhlich nach Hause.

Bevor Lotte und Magda wieder nach Berlin gefahren sind, hat Nelly noch mit ihnen telefoniert, aber die Zeit reicht nicht aus, um sie noch einmal zu treffen. Lotte hat ihr mitteilen müssen, dass alle ihre Versuche, für Hussein eine Lösung zu finden, nichts gefruchtet haben.

»Sie sind alle so satt und selbstzufrieden, und wenn man sie bittet, konkret was zu tun, haben sie alle möglichen Ausreden«, sagt sie wütend, und Nelly tröstet sie und meint, dass sie das schon irgendwie lösen wird. Aber sie fühlt sich lange nicht so zuversichtlich, wie sie Lotte gegenüber tut. Hussein bekommt eine Vorladung und Nelly begleitet ihn. Der Beamte ist unfreundlich und stellt Fragen, die sogar Nelly kaum versteht. Hussein versucht, seine Geschichte zu erzählen, aber der Beamte hört ihm kaum zu. Nelly versucht, sich einzumischen, und wird barsch zur Ordnung gerufen. Wenn sie nicht still sei, müsse sie den Raum verlassen, wird ihr bedeutet, und Nelly beißt die Zähne zusammen.

Danach vergehen Monate ohne Nachrichten.

Bei ihren Besuchen in der Wohngemeinschaft wollen Ella und Maggie wissen, wie die Dinge stehen, doch Nelly kann ihnen nichts Neues berichten.

»Na ja, wenn er kein Recht hat, hier zu sein, wird er wohl weggehen müssen«, meint Luise, und Nelly fährt sie böse an, sie solle nicht über Dinge reden, von denen sie nichts verstehe. Luise geht beleidigt aus dem Zimmer, und Maggie meint, Nelly solle nicht so hart sein, Luise sei eben so, wie sie sei, das sei nicht ihre Schuld und sie wisse es eben nicht besser. Rada macht sich Sorgen um Nelly und findet, diese sehe schlecht aus, esse zu wenig und sei viel zu dünn.

»Nur wegen diese Bub, ich nicht verstehe, musst du dich kümmern nicht um irgendwas…«, sagt sie, und erntet so wie Luise eine böse Antwort von Nelly.

»So, jetzt reicht's, hör auf, wild um dich zu schlagen, wir können alle nichts dafür, dass die Gesetze hier so sind, wie sie sind«, sagt Maggie streng und Ella streichelt Nellys Hand und sagt gar nichts. Eine Seltenheit, denkt Nelly, die Schwestern sind einer Meinung, na so was, das gibt's doch fast nie…

Die Gesetze… »Welche Gesetze denn?«, fragt Nelly immer noch wütend, und Ella nickt und sagt, sie sei ganz ihrer Meinung, sie finde auch, dass diese Gesetze geändert gehören.

Hussein liebt Maggie und Ella. Er nennt sie seine beiden Omas, was Ella freut und Maggie ärgert, die erklärt, erstens wolle sie erst dann Oma genannt werden, wenn sie ein »echtes Enkelkind« hätte, und zweitens fühle sie sich viel zu jung für diese Bezeichnung. Ella lacht sie aus und findet es nett, »so einen großen Enkel geschenkt zu bekommen!«

Die beiden Schwestern kommen immer gemeinsam zu Nelly, um Hussein zu unterrichten, und während die eine mit ihm arbeitet, kümmert sich die andere um den etwas verwahrlosten Haushalt. Wobei sich Maggies Beitrag meistens darauf beschränkt, mit angewidertem Gesicht schmutziges Geschirr in den Geschirrspüler zu räumen und den Eiskasten mit kleinen Köstlichkeiten aufzufüllen, während Ella Nellys Kleiderkasten aufräumt, ihr Bett frisch überzieht oder die getrocknete Wäsche in den Schrank räumt.

»Das ist wunderbar, ich hab gar nichts zu tun, wenn ihr da wart, und der Bub lernt auch noch was«, meint Nelly einmal bei einem Sonntagsessen und findet es erstaunlich, dass sich die

Schwestern daraufhin verschmitzt anschauen, als seien sie gerade fünfzehn geworden, und verschwörerisch blinzeln. Luise hingegen missbilligt Ellas und Maggies Ausflüge in Nellys Leben.

»Sie ist halt eifersüchtig«, sagt Maggie und man merkt ihr an, wie stolz sie eigentlich auf ihre Tochter ist.

»Sie ist doch erwachsen, da sollte sie schon in der Lage sein, sich um sich selbst zu kümmern«, meint Luise spitz, »und wenn sie sich schon so wen ins Haus holt wie diesen Burschen, dann muss sie sich eben auch um ihn kümmern ...« Rada nickt zustimmend, aber Ella und Maggie schauen böse und halten Luise und Rada einen Vortrag darüber, wie schwer Nelly arbeitet, wie arm Hussein ist und wie schwierig die Lage für Menschen wie ihn ist.

»Das gehört sich einfach, dass wir ihnen helfen«, sagt Maggie wütend und fügt hinzu: »Das ist meine Tochter, und wie ich mit der umgehe, ist ausschließlich meine Sache!«

»Ich mein ja nur«, sagt Luise, die es früher nie gewagt hat, eine eigene Meinung zu haben, und jetzt gekränkt ist, weil diese Meinung auf Widerstand stößt.

»Nicht gut, Nelly soll Buben nicht in Wohnung haben. Ist nicht gut, muss selber Kind kriegen und Mann haben und heiraten und so, nicht irgendwelche Ausländer in Wohnung haben«, sagt Rada.

»Na du gefällst mir, was bist du denn?«, fragt Maggie und lacht laut. »Du Ausländerin du, du wohnst ja auch bei uns ...«

»Ich arbeiten für Frau Ella«, sagt Rada und knirscht vor Zorn mit den Zähnen.

»Du arbeitest für uns alle und viel zu viel auch noch«, meint Ella versöhnlich. »Und das ist toll für uns, und was wir ohne dich tun würden, weiß ich gar nicht!«

»Wir würden wen anderen finden«, sagt Maggie leise, aber Ella gibt ihr unter dem Tisch einen Tritt gegen das Schienbein, und Maggie lächelt Rada versöhnlich an.

»Jedenfalls ist der Hussein ein reizender Bub, intelligent, nett und sehr gut erzogen, und es ist eine Schande, dass er hier nicht in die Schule gehen darf!«, sagt Maggie.

Drei Wochen später eröffnet Nelly ihnen beim Sonntagsessen, dass Hussein ausreisen müsse.

»Wir haben keine Chance. Er muss zurück nach Kroatien und dort Asyl beantragen. Ich hab aber Kontakte und ein Internat gefunden, wo er wenigstens einen Schulabschluss machen kann, und wir werden schauen, dass er eventuell dort eine Ausbildung als Pfleger machen kann. Natürlich muss er erst Kroatisch lernen, aber das schafft er. Ich bring ihn morgen selbst hin und schau, dass alles ordentlich ist. Und dann werde ich ihn halt regelmäßig besuchen und in der Zwischenzeit versuchen wir, für ihn hier ein Schülervisum zu kriegen.«

»Na, das ist aber wirklich Mist«, rufen Ella und Maggie wie aus einem Mund.

»Ja, eh, aber was soll ich machen. Momentan kriegt er hier keinen Aufenthalt ...«

Diese Entwicklung ist nicht einmal Luise so ganz recht. Inzwischen hat sie Hussein auch kennengelernt und festgestellt, dass er ein netter, junger Mann ist, der ihr sehr zuvorkommend erscheint. Zwar hat sie den Verdacht, dass Nelly ihm eingebläut hat, sich ihr gegenüber besonders freundlich zu verhalten, aber es gefällt ihr, dass er ihr den Mantel abnimmt, aufsteht, wenn sie zu Tisch kommt, und ihr die Türe aufhält, wenn sie hinausgeht. Deshalb ist sie jetzt auch nicht einverstanden, dass man ihn einfach wegschickt.

»Die sollen lieber diese ungepflegten, dunklen Gestalten hinauswerfen, die da immer vorne beim Postamt herumlungern. Die haben hier wirklich nichts verloren«, meint sie am Abend, nachdem Nelly gegangen ist.

»Welche dunklen Gestalten?«, fragt Maggie gleich wieder spitz.

»Na, die beim Postamt, du weißt schon, man kann ja dort kaum noch vorbeigehen, weil die einen immer anbetteln«, sagt Luise.

»Ah, du meinst die beim Obdachlosenheim?«, fragt Ella. »Die sind doch völlig harmlos. Die haben halt nix und die meisten sind psychisch krank. Fürchtest du dich vor denen? Und warum soll man die abschieben, die meisten sind doch eh Österreicher ...«

»Das ist unangenehm, wenn man an denen vorbeimuss«, sagt Luise bockig.

»Dann geh halt auf die andere Straßenseite, wenn sie dir unangenehm sind«, antwortet Maggie herablassend.

»Das ist einfach unangenehm, es ist mir ungemütlich, man weiß ja nie, was denen plötzlich einfällt«, wiederholt Luise.

»Ich mich auch ungemütlich«, assistiert ihr Rada, die gerade aus der Küche kommt und ihr Strickzeug mitgebracht hat.

»Mir ist das auch ...«, bessert Ella sie aus, aber Rada lacht nur und winkt ab. »Ich jetzt frei, nicht lernen, wenn strick ich ...«

»Ach, Rada, warum willst du nicht einen Deutsch-Kurs machen? Ich hab dir das schon so oft vorgeschlagen«, sagt Ella.

»Bin ich alt«, sagt Rada, »mehr lernen ich nicht als in Schule!«

»Faule Ausrede«, sagt Maggie, »du willst halt nicht!«

»Hab ich alles gelernt, was geht«, sagt Rada. »Jetzt Schluss! Festplatte voll ist! Geht nichts mehr in hier ...«, und mit der Stricknadel deutet sie auf ihren Kopf.

»Jedenfalls ist das furchtbar mit dem Hussein, die arme Nelly!«, sagt Luise.

»Mir fällt nichts ein, was man tun könnte, aber der Nelly wird schon was einfallen«, sagt Maggie zuversichtlich.

Und dann beginnt der Sonntagskrimi, und in der Wohngemeinschaft bestehen die weiteren Diskussionen aus:

»Schau was für Depp ...«

»Die ist aber sehr hässlich ...«

»Geh da nicht rein, du Kuh ...«

»Ruhe, ich versteh ja nichts ...«

»Du brauchst eben eine Gehörhilfe ...«

»Was gehört Hilfe?«

»Sowas, was man ins Ohr gibt, damit man besser hört!«

»Ja, braucht ihr alle ...«

»Ruhe... ihr redets so viel, dass ich mich gar nicht auskenne ...«

»Du kennst dich nicht aus, weil du schläfst ...«

»Gar nicht wahr ...«

»Oh ja, und schnarchen tust du auch ...«

»So und wer war jetzt der Mörder?«

Am nächsten Sonntag kommt Lilli, während Nelly und die »Damen« beim Essen sitzen.

»Lilli, Baby, was für eine Freude, seit wann bist du wieder da? Kommt der Valentin auch? Wie geht's dir, mein Schatz, komm, setz dich, iss mit, du schaust ganz verhungert aus …«

»Der Valentin hat sich in eine andere verliebt …«, platzt Lilli heraus, und um den großen Tisch herrscht betretenes Schweigen.

»So ein Trottel, wie kann man sich in wen anderen verlieben, wenn man dich als Frau hat?«, fragt Maggie und ignoriert den bösen Blick ihrer Schwester.

»Es macht nix«, sagt Lilli und schaufelt sich Radas Krautrouladen auf den Teller. »Wir haben uns nicht mehr ausgehalten und dann hat er die Amina kennengelernt und dann ist das halt passiert, aber ich bin nicht bös deswegen, er ist mir schon ziemlich auf die Nerven gegangen …«

»Und jetzt?«

»Jetzt alles wie bisher. Ich hab bald eine neue Forschungsreise – nach Simbabwe. Ich freu mich schon sehr, das wird sehr spannend. Und als Arzt fährt der Tomas mit, den mag ich auch gern …«

»Tomas?«

»Ja, der ist ein Freund vom Valentin und macht das auch, dass er bei unseren Forschungsreisen manchmal mitfährt und dann gleich bisschen medizinische Hilfe vor Ort leistet …«

Nelly hört zu und wundert sich. Ob Lilli in diesem Tomas schon einen Ersatz für Valentin gefunden hat?

Eigentlich hatte sie vorher zu erzählen begonnen. Von Hussein in Kroatien und den Fortschritten, die sie bei dem Kampf um ein Schülervisum für ihn macht. Und eigentlich wollte sie Ella und Maggie dann in Ruhe von Simon erzählen, den sie bei einer Konferenz am vergangenen Wochenende kennengelernt hat und der sie irgendwie ganz fröhlich macht, wenn sie an ihn denkt.

Aber mit Lillis dramatischen Nachrichten kann sie natürlich nicht konkurrieren.

»Also mir tut's sehr leid um den Valentin«, sagt Ella traurig. »Er war doch schon sehr ein Teil dieser Familie …«

»Na, das kann er ja bleiben, er hat mich vorhin angerufen und gebeten, euch alle ganz herzlich zu grüßen und auszurichten, dass er gern bald einmal mit Amina auf Besuch kommen möchte. Die ist übrigens sehr nett, die wird euch gefallen. Und hübsch ist die …«

»Also hübscher als du sicher nicht!«, ruft Luise, und Nelly würde am liebsten laut loslachen. Dass eine, die Amina heißt, nicht hübscher sein kann als Lilli, scheint ihr bei Luise durchaus logisch.

»Ich glaube, du musst die Lilli nicht verteidigen, Luise«, sagt Nelly freundlich.

»Ich mag die Amina. Wir haben sie gemeinsam kennengelernt. Ich bin froh, dass der Vali sie hat. Ich wollt ihn einfach nicht mehr …«

»Und jetzt willst du lieber den Tomas, nicht wahr?«, fragt Ella schelmisch.

Aber Lilli wird wütend und sagt, sie habe Tomas gern, aber nicht so, wie ihre Mutter glaube, und überhaupt habe sie nicht vor, noch länger ihr Privatleben zu diskutieren.

Nelly umarmt ihre Cousine und küsst sie auf beide Wangen. Sie hat die um einige Jahre ältere Lilli immer bewundert und geliebt, und Lilli hat immer eine Art Beschützerrolle für sie gespielt. Seit sie aber erwachsen sind, und beide schwierige Berufe haben, haben sie sich auseinandergelebt. Ella hat deshalb immer wieder solche »völlig zufälligen« Treffen arrangiert, weil sie findet, dass die Familie zusammenhalten sollte.

»Wie geht's eigentlich meinem missratenen Bruder? Ich hab ihn schon ewig nicht gesehen«, fragt Lilli und stopft sich eine Scheibe Gugelhupf in den Mund.

»Wie redest du über den Tommy … Sie kriegen ein zweites Kind …«

»Erst?«, fragt Lilli spöttisch. Aber als sie sieht, wie Ellas Mund sich zornig zusammenzieht und Maggie warnend den Kopf schüttelt, lenkt sie ein und fragt nach der Nichte, der Schwägerin und wann »der nächste Spross« zu erwarten sei. Und wieder hat Nelly das Gefühl, das Ganze irgendwie von einem hohen Turm aus zu beobachten, aus dem es keinen Ausgang gibt. Sie lässt sich von Lilli über ihre Reisen berichten und erzählt von Hussein.

Lilli fragt nach und Nelly ist glücklich, weil die Cousine echtes Interesse an ihren Sorgen zu haben scheint. Wie früher, als sie ein Kind war. Ein von der Mutter bei der Tante geparktes Kind, das manchmal abends im Bett weinte, obwohl sie Ella und Heinz liebte und Lilli und Tommy auch.

Lilli hatte sie damals getröstet. Mehr noch als Ella. Sie hatten ja in einem Zimmer geschlafen, und wenn Nelly weinte, hatte sich Lilli zu ihr gelegt, ihr Haar gestreichelt und ihr so lange Gruselgeschichten erzählt, bis Nelly eingeschlafen war. Schlimmer war es nur, wenn sie bei der Großmutter abgegeben wurde. Die hatte sie nämlich zu »erziehen« versucht, und bei ihr war Nelly kurze Zeit sogar zur Bettnässerin geworden, so sehr hatte sie sich vor der strengen, alten Oma Gerti gefürchtet, die so ganz anders zu sein schien als ihre Mutter und ihre Tante.

Nelly schüttelt sich und fragt sich, warum diese schlimmen Erinnerungen aus ihrer Kindheit gerade jetzt wieder auftauchen. Und dann denkt sie an Hussein in dem Internat in Kroatien, wo sie ihn erst in der vergangenen Woche besucht hat. Er war ein Häuflein Elend und saß zusammengesunken in einer Ecke des Gartens. Er verstehe die Leute hier nicht, sagte er zu Nelly, und niemand spreche mit ihm. Ob er denn noch keinen Sprachkurs begonnen habe, hatte sie ihn gefragt, und er hatte bejaht, zugleich aber gemeint, die Sprache sei ihm so fremd. Er müsse sich anstrengen, hatte Nelly ihm gesagt, sonst könne er nicht auf die Krankenpflegerschule gehen. Mit dem Schülervisum für Österreich schaue es nämlich gar nicht gut aus. In der Wohngemeinschaft sind alle empört und mitfühlend.

»So ein netter, gescheiter Bub!«, sagt Luise, und Rada meint: »Hätten wir braucht können …«, ohne zu erklären, was genau sie meint. Ella und Maggie beraten Nelly, an wen sie sich wenden könnte und mit wem sie reden sollte. Allerdings werden sie von Woche zu Woche pessimistischer.

»Er ist dort so allein«, sagt sie eines Abends beim Tee zu Ella. »Weißt du, so einsam, so verlassen, und mir bricht das Herz, wenn ich ihn so sehe …«

»Hast du dich als Kind auch so gefühlt?«, fragt Ella plötzlich, die von Zeit zu Zeit eine Art sechsten Sinn hervorzuholen scheint.

»Aber nein, du warst ja immer für mich da«, sagt Nelly und bemerkt selbst, dass das ein bisschen gezwungen klingt.

»Ja, aber die Mama war nicht da, nicht wahr?«, sagt Ella leise. »Und ich hab noch die Lilli und den Tommy und den Heinz gehabt ...«

»Ach, ich war doch so froh, bei euch zu sein, als hätte ich eine große Familie ...«, antwortet Nelly und denkt, dass es auch wirklich so gewesen ist. In der Familie ihrer Tante hatte sie ein Zuhause, auch wenn ihr die Mutter fehlte und sie manchmal danebenstand und nicht so recht dazuzugehören schien.

»Schlimm wars nur, wenn ich bei der Oma Gerti war. Die hat ein Regime geführt wie ein General, und wenn ich geweint hab, hat sie immer gesagt, geh, so ein großes Mäderl weint doch nicht nach der Mama und überhaupt, ein Indianer kennt keinen Schmerz und solche Sachen ...«

»Ja, die Mama war eine Harte. Aber sie hat dich schon auch sehr liebgehabt, sie hat es halt nicht besser gewusst«, versucht Ella die Mutter zu verteidigen. »Aber eigentlich warst du doch eh fast immer bei mir, nicht wahr?«

Nelly nickt. »Wie sind wir jetzt eigentlich da draufgekommen?«, fragt sie dann.

»Na, wegen dem Hussein«, sagt Ella und lacht, und Nelly lacht mit, obwohl ihr gar nicht zum Lachen ist. »Komm, iss noch ein Brot, den Liptauer hab ich gemacht, den hast du noch gar nicht probiert. Und dabei habe ich deshalb fast mit der Rada streiten müssen, die ist nämlich immer beleidigt, wenn ich in der Küche was machen will ...«

Als Nelly gegangen ist, klopft Ella an Maggies Türe. Maggie hat sich das so eingeführt – man darf »ihr Reich« nur betreten, wenn man geklopft hat. Ella findet das ziemlich blöd, tut ihr aber den Gefallen. Luise und Rada halten sich ohnehin fern von Maggies Zimmer.

»Du, der Nelly geht's nicht gut«, sagt Ella und weiß sofort, dass sie einen Fehler gemacht hat. Maggie ist ziemlich schnell beleidigt, wenn es um ihre Tochter geht. Sie hat Schuldgefühle, weil sie es nicht verstanden hat, sich um ihr Kind so zu kümmern, wie Nelly es gebraucht hätte.

»Ich bin halt keine Mutter, die am Spielplatz sitzt und strickt und so ...«, hat sie Oma Gerti und Ella immer wieder erklärt, wenn die ihr mehr oder weniger offen Vorwürfe machten. »Ich arbeite viel, und wenn ich nach Hause komme, muss ich mich ausruhen ...«, hat sie sich auch immer wieder verteidigt.

»Ah geh, woher willst du denn das wissen?«, fragt sie jetzt spitz zurück und schaut das Bücherregal an.

»Na, hast du das denn nicht bemerkt?«, fragt Ella wütend und wider besseres Wissen. »Sie wird auch immer dünner, sie isst gar nichts, ich hab sie zwingen müssen, ein ganzes Liptauerbrot zu essen. Wo sie meinen Liptauer immer so gern gehabt hat ...«

»Ah ja, und wenn eine deinen Liptauer nicht will, muss es ihr gleich schlechtgehen?«

»Aber nein, Maggie, sei nicht so blöd. Aber du weißt doch, dass die Nelly sonst ganz gern isst und jetzt stochert sie nur so im Essen herum und außerdem hat sie Ringe unter den Augen und ist blass, ist dir das gar nicht aufgefallen? Schaust du sie nicht an, wenn sie zu uns kommt? Ich glaub, sie macht sich Sorgen um den Buben. Und ich weiß nicht, wie man ihr helfen kann, hast du eine Idee?«

Maggie schüttelt den Kopf.

»Ich kenne hier niemanden, der helfen könnte. Natürlich kann ich meine Bekannten in Rom anrufen, da war sogar ein Kroate dabei, der könnte was wissen«, sagt Maggie zögernd.

»Na, dann mach das doch, hättest du längst machen können!«, ruft Ella wütend. »Ich hab die Nelly immer gern hier bei mir gehabt, und ich war auch froh, dir zu helfen, aber jetzt wär's an der Zeit, dass du dich auch ein bissel mehr um dein Kind kümmerst, wenn sie solche Sorgen hat ...«

»Halt mir keine Moralpredigten, du hast dich immer gefreut, wenn ich dir die Nelly gebracht hab, also beschwer dich jetzt nicht!«, gibt Maggie zurück, aber Ella spürt, dass die Schwester nur halbherzig schimpft.

»Wir sind schon eine tolle Familie«, sagt sie scheinbar völlig unmotiviert, aber Maggie weiß, was sie meint, und muss lachen.

»Verrückt, blöd, uneinsichtig, unfähig, unzuverlässig, unzurechnungsfähig«, sagt sie und Ella lacht zurück.

»Vor allem unzurechnungsfähig«, kichert sie, »und das scheint irgendwie genetisch bedingt zu sein! Der Tommy kriegt ein zweites Kind und die Lilli hat einen neuen Freund und ist schon wieder auf der Flucht. Ich sag's dir, das hab ich mir alles schon anders vorgestellt, als ich noch jung war.«

»Was hast du dir denn damals vorgestellt? Ich hab mir gar nichts vorgestellt – so wie immer. Ich bin in alles hineingerutscht, ohne nachzudenken – vor allem in die Ehe mit dem Leo. Die hätte ich mir wirklich sparen können. Die Nelly hätte ich ja auch so kriegen können ...«

»Hättest du? Die Nelly ohne Leo gekriegt? Ich weiß nicht ...«

»Vielleicht, vielleicht auch nicht. Weiß nicht. Aber ich bin schon froh, dass ich sie hab. Obwohl ich wirklich keine gute Mutter war. Vielleicht, wenn sie ein Kind kriegt, vielleicht wäre ich ja eine bessere Oma ...«

»Also das kann ich dir sagen, Oma sein ist wunderbar. Du genießt die Kleinen und hast praktisch keine Verantwortung. Na ja, ganz so ist es nicht, aber vor allem bin ich viel entspannter als mit meinen eigenen Kindern. Ich hab ja auch immer noch den Tommy, dem ich sie zurückgeben kann. Ich liebe die Nanni fast mehr als den Tommy und die Lilli ... Na ja, nein, das stimmt auch nicht, aber mit ihr hab ich's viel lustiger, ich muss mich nicht beeilen in die Arbeit, und ich muss keine Angst haben, dass im Kindergarten irgendwas nicht klappt, und so weiter ...«

»Na gut, also muss ich jetzt warten, bis der Nelly einfällt, ein Kind zu kriegen. Das wird aber nicht passieren, jedes Mal wenn ich sie darauf anspreche, wird sie zornig. Ich glaube, ich muss mich an deine Enkelkinder halten ...«

»Das darfst du gern, du weißt, wie dich der Tommy und die Lilli lieben und bewundern ... Und was machen wir jetzt wegen dem Hussein?«, schließt Ella das Gespräch ab.

»Ich frag halt meinen kroatischen Freund in Rom. Vielleicht fällt dem was ein. Sonst weiß ich auch nicht. Ich wäre so froh, wenn die Nelly einen anderen Job hätte. Etwas, wo sie nicht emotional so involviert ist. Das tut ihr einfach nicht gut!«

»Ja, aber wir sind doch auch sehr stolz auf sie, oder?«, sagt Ella, und Maggie nickt.

Maggies Anrufe verschaffen Hussein immerhin eine bessere Unterbringung in Kroatien und mehr Hilfe im Sprachkurs. Bei ihrem nächsten Besuch bringt Nelly der Mutter einen großen Blumenstrauß mit, was Maggie fast die Tränen in die Augen treibt, auch wenn sie das geschickt vor der Tochter versteckt.

»Spielst du mit uns eine Partie Canasta?«, fragt sie die Tochter, um ihre Rührung zu verbergen, und die seufzt und stimmt dann zu. Nelly hasst Kartenspiele, aber die Mutter und die Tante lieben sie. Luise spielt auch gern mit, aber Rada erlernt das relativ simple Spiel einfach nicht – Nelly hat den Verdacht, dass da Absicht dahintersteckt und Rada die Karten genauso wenig mag wie sie. Aber heute will sie der Mutter alles zuliebe tun, weil sie begreift, dass Maggie sich nicht nur für Hussein eingesetzt hat, sondern dass es auch um sie gegangen ist.

6. DISKUTIEREN

Sie ist schon wieder so unruhig.

Was soll sie tun?

Ella und Luise verstehen sie nicht. Mit Rada versucht sie gar nicht erst zu debattieren. Aber jedes Mal, wenn sie die Nachrichten sieht, wird ihr schlecht. Und jedes Mal, wenn sie ihrem Zorn Luft macht, endet es mit schlechter Stimmung in der Wohngemeinschaft.

»Dieser Salvini, der Arsch, der fährt Italien gegen die Wand!«, tobt Maggie wieder einmal.

»Also so kann man das doch nicht sagen, na gut, sehr sympathisch ist er nicht, aber so ganz Unrecht wird er schon nicht haben, wenn ich denke, wie es in Italien zugeht...«, meldet sich Luise.

»Was redest du da, Luise? Du hast doch keine Ahnung...«

»Hab ich doch. Wir waren ja immer dort auf Urlaub, und ich weiß, dass dort viel zu viele aus Afrika sind und die machen alles unsicher...«

»Lass gut sein, Luise, du hast wirklich nichts verstanden, die meisten sind Erntearbeiter, die nichts zu essen kriegen und nur einen Hungerlohn und die hausen wie die Viecher, weil sie sich nichts anderes leisten können...«

»Maggie, hör auf, die Luise darf ja schließlich eine andere Meinung haben als du...«, versucht Ella wie immer zu beschwichtigen.

»Darf sie in dem Fall nicht, weil sie keine Ahnung hat, und ich hab ja immerhin lang genug dort gelebt, um zu wissen, worum es geht. Und dieser Salvini, der ist einfach nur ein machtgieriger Rassist!«

»Schluss jetzt, diskutiert's das woanders, man versteht ja kein Wort, wozu schaut's ihr die Nachrichten, wenn ihr eh dauernd redet's?«, Ella spricht ein Machtwort.

Maggie geht beleidigt in ihr Zimmer und dreht ihren kleinen Fernseher auf. Die Nachrichten laufen noch und sie will wissen, was auf der Welt los ist. Sie hasst es, wenn Luise ihre Weisheiten von sich gibt. Die ja noch dazu nicht einmal ihre, sondern immer noch die ihres unsäglichen Exmannes sind. Wieso sie sich nicht aus dessen geistiger Umklammerung lösen kann, ist Maggie ein Rätsel. Sie hätte das nie ertragen. Leo hat das auch nie versucht. Sie hat immer ihre eigene Meinung gehabt, und manchmal hat Leo sie sogar um Rat gefragt. Aber er fand sie immer viel zu kritisch und geradeheraus für eine Diplomatengattin. Ach Leo. Wenn der wüsste, was sie jetzt macht, wo und wie sie jetzt lebt.

Egal wäre es ihm, denkt Maggie, ganz und gar egal. Er hat sich ja auch nach der Scheidung nicht um Nelly gekümmert, und schon gar nicht, nachdem er diese neue Tussi geheiratet hat – die Gerlinde aus Oberhausen, Botschaftssekretärin. Diese Kuh, denkt Maggie und muss lachen. Sie hat schon lange nicht mehr an Leo und seine neue Familie gedacht. Nelly hat ihm einmal einen Brief geschrieben und gesagt, sie würde ihn gerne treffen. Aber er hat geantwortet, er sei gerade in Venezuela und werde sich melden, wenn er in Wien auf Besuch sei. Was er natürlich nicht getan hat. Nelly hat Maggie erst sehr viel später davon erzählt und erklärt, sie habe jetzt mit ihm endgültig abgeschlossen.

Arme Nelly. »Mich als Mutter ist schon Strafe genug, aber auch noch Leo als Vater … Was ist uns damals nur eingefallen. Obwohl, ich bin schon sehr froh, dass ich sie hab, meine gescheite, süße Tochter …«

Italien ist ja schon schlimm genug, aber hier ist's ja auch entsetzlich, denkt Maggie, als sie weiter Nachrichten schaut, und schaltet genervt auf einen anderen Kanal um, auf dem gerade ein Liebesfilm läuft. »Das ist was für die Ella und die Luise und die Rada …«, Maggie dreht ab.

»Darf ich?«, fragt Ella und steht schon im Zimmer.

Maggies Reich. Eine Wand ist bis oben hin mit Bücherregalen verbaut. An der anderen steht Maggies überdimensional großer Kleiderschrank. Sie ist eben schon sehr eitel, denkt Ella jedes Mal, wenn sie Maggies »Monstrum« mit den riesigen Spiegeln betrachtet.

Beim Fenster steht Maggies Schreibtisch, der so unordentlich ist, dass Ella sich immer fragt, wie Maggie daran arbeiten kann.

In der Mitte thront der Laptop, auf dem die Schwester ihre Übersetzungen schreibt und mit ihren Freunden in aller Welt skypt. Manchmal hört Ella sie bis ins Wohnzimmer schreien, wenn sie mit ihrer Busenfreundin Doris in Argentinien redet. Und dann ist sie doch auch ein bisschen neidisch auf die Schwester, die ihr Leben auf der ganzen Welt verbracht hat, auf ihre Erlebnisse und Erfahrungen, und ja, auch auf die vielen internationalen Freundschaften, die Maggie sich im Lauf dieser langen Jahre erarbeitet hat.

»Was gibt's?«, fragte Maggie kurz angebunden.

An der Rückwand des Zimmers steht Maggies großes Bett und daneben ein richtig gemütlicher Fauteuil, mit einem kleinen Regal, auf dem mitten zwischen Bücherstapeln eine Lampe balanciert. Maggies Leseecke, noch heiliger als der Rest ihres Zimmers. Wehe, Ella würde es wagen, sich hier zum Lesen niederzulassen.

»Ich hab nichts mehr zu lesen …«

»Na, dann nimm dir halt was …«, erwidert Maggie gnädig.

Maggies Zimmer ist die Leihbibliothek der Wohnung. Fast das einzige, was sie aus Rom mitgebracht hat, waren dutzende Bücherkartons. Es hat Monate gedauert, bis sie diese ausgepackt und die Bücher sortiert hat. Solange die Kartons im Vorzimmer gestanden sind, waren sie Frau Lieses Spielplatz. Die Katze ist auf den Kartons herumgesprungen und hat auch gerne ihr Mittagsschläfchen auf dem höchsten von ihnen verbracht. Und hätte Ella nicht irgendwann ein Machtwort gesprochen, würden die Kartons wahrscheinlich immer noch dort stehen. Nelly hat sich in einem außerordentlich raren Moment großer Mutterliebe zwei Tage frei genommen und mit Maggie die Bücher sortiert und in das Regal in ihrem Zimmer eingeordnet. In Doppelreihen. Sonst hätten sie keinen Platz gehabt. Denn auch Ella hat eine beachtliche Bibliothek. Aber Maggies besteht vor allem aus Romanen, während Ellas doch vor allem aus Büchern besteht, die Heinz für seine Arbeit gebraucht hat. Literaturwissenschaft eignet sich aber wenig als Gute-Nacht-Lektüre, weshalb Maggies Bücher sich weitaus größerer Beliebtheit in der Wohngemeinschaft erfreuen als die theoretischen Abhandlungen über Literatur und Gesellschaft, die den Hauptteil der Wohnzimmer-Bibliothek ausmachen, die Heinz aufgebaut hat und die Ella nie wegräumen würde. Für die Gute-Nacht-Lektüre muss sie also zu Maggie gehen. Maggie hatte immer erklärt, beim Lesen von theoretischen Schriften schlafe sie sofort ein, und ist stolz darauf, ausschließlich Romane zu lesen, und verheimlicht auch nicht, dass ein großer Teil ihrer Sammlung aus Kriminalromanen besteht. Wobei sie immer unterstreicht, dass sie die meisten im Original liest. Was sowohl Rada als auch Luise und Ella einen guten Teil ihrer Bibliothek versperrt, wie sie sehr genau weiß. Allerdings hat sie durchaus genug deutsche Bücher, um ihre Funktion als Bücherverleiherin in der Wohngemeinschaft erfüllen zu können.

»Ich weiß nicht so recht, auf was ich Lust habe«, meint Ella.

»Dann nimm doch den neuen Wolf Haas, den hab ich gerade ausgelesen, der ist wieder sehr amüsant...«

»Nein, den mag ich nicht mit seinem Dings und Bums...«

»Du bist so engstirnig, wie die Mama, wann bist du so engstirnig geworden?«

»Ich bin doch nicht engstirnig, weil ich einen Autor nicht mag, auf den du stehst...«

»Ich steh nicht auf den, ich kenn ihn ja gar nicht, ich find seine Bücher einfach gut...«

»Lass mich mit dem in Ruhe, ich werd schon was anderes finden«, gibt Ella zurück und geht das Bücherregal auf und ab.

»Ehrlich gesagt«, meint sie dann, »du hast natürlich recht, was den Salvini betrifft. Die Luise redet halt manchmal schon viel Blödsinn...«

»Ja, und das muss man ihr nicht durchgehen lassen. Wenn sie hier lebt mit uns, dann soll sie denken lernen!«

»Sei nicht so streng, Maggie, du hast immer gemacht, was du willst, die Luise hat eine schreckliche Kindheit gehabt und ihre Ehe war auch eine Katastrophe. Zum Glück hat sie die Lotte, die hat sich wie durch ein Wunder normal entwickelt...«

»Weiss ich doch alles, aber sie geht mir so auf die Nerven...«

»Hast du übrigens den neuen Sorokin schon gelesen?«, fragt Ella.

»Ja, ist ganz interessant, obwohl, dir wäre er zu ›vulgär‹...«

»Wieso glaubst du das? Ich bin nicht so prüde, wie du immer glaubst...«

Ella sucht weiter. »Wie ist ›Das grüne Zelt‹ von der Ulitzkaja?«, fragt sie.

»Mir zu lang, aber dir wird's gefallen …«, erwidert Maggie.

»Weil ich so altmodisch bin, gelt? Na gut, ich nehm's mir. Da können wir nachher wenigstens wieder ordentlich streiten …«

»Nein, über die Ulitzkaja streit ich nicht mit dir, die find ich schon ganz gut …«

»Glaubst du nicht, dass es hier auch nicht viel besser ist als in Italien?«, fragt Ella und setzt sich aufs Bett.

»Ich weiß gerade nicht, wo es schlimmer ist«, sagt Maggie und seufzt. »Aber du mit deiner 68er-Vergangenheit müsstest doch eigentlich was tun?«

»Ich weiß nur nicht was«, antwortet Ella. »Es gibt ja keine richtige Opposition mehr, der man sich anschließen könnte … Obwohl es mich schon unglaublich wütend macht, was da jetzt alles wieder hochkommt.«

»Ja, alles, was ihr euch eingebildet habt, dass ihr es besiegt habt …«, sagt Maggie nicht ohne Häme.

»Na ja, für ein paar Jahre war das ja auch so. Wir waren natürlich schon Idioten, dass wir geglaubt haben, wir könnten die ganze Welt revolutionieren …«

»Furchtbar wart ihr – stur, dogmatisch und lustfeindlich«, setzt Maggie nach, und Ella stimmt in ihr Lachen ein. »Vor allem lustfeindlich. Lesen durfte man nur Marx, und im Kino musste man sich nur die Dokumentationen über den Freiheitskampf in Kuba und Nicaragua anschauen …«

»Du übertreibst, ich hab immer Literatur gelesen, das hab ich schon für mein Studium gebraucht …«

»Na, du hast halt Glück gehabt …«, meint Maggie.

»Du hast dich doch nie von sowas irgendwie beeinflussen lassen … Ich weiß noch«, erinnert sich Ella, »wie du drauf bestanden hast, diese kitschigen Mädchenromane geschenkt zu kriegen, die mit den Pferden, die so furchtbar schlecht waren, dass sogar die Mama versucht hat, sie dir auszureden. Hat aber nichts genutzt. Und die blöden Perry-Rhodan-Hefteln hast du auch kiloweise verschlungen …«

»Die waren spannend, das fade Zeug, das ihr damals gelesen habt, hätte ich nicht ausgehalten …«

»Die Mama hat ihre Sünden abgebüßt mit dir …«, grinst Ella.

»Mit uns beiden und dann noch mit der Nelly … die Arme … Ich glaub, sie hat sich bis zum Ende gefragt, warum sie mit solchen Töchtern und Enkeln gestraft war …«, Maggie lacht und Ella denkt, dass es doch auch ganz fein ist, mit der Schwester in einer Wohnung zu leben. Zumindest an solchen Abenden.

»Liest die Luise eigentlich überhaupt was anderes als die Kronen Zeitung?«

»Aber ja«, sagt Ella, »sicher doch, sie fragt mich immer nach Büchern. Sie traut sich nur nicht, dich zu fragen. Du fährst ihr auch immer gleich so mit dem Stellwagen ins Gesicht …«

»Wo hast du denn jetzt den Ausdruck her? Ella, du Sprachgenie …«

An diesem Abend gehen die Schwestern beschwingt ins Bett und fühlen sich ganz und gar jung – viel jünger, als in ihren Personalausweisen steht. Aber Maggies Unruhe kommt bald wieder.

Sie liest in den Zeitungen und hört im Radio und im Fernsehen, wie vieles, was in ihrer Jugend als große Errungenschaft erkämpft wurde, Frauenrechte, Sozialstaat, Offenheit, plötzlich wieder in Frage gestellt wird. Und sie fragt sich, wie das so leicht passieren kann.

»Warum sehen die Leute denn nicht, was rundherum passiert? Das ist ja alles zum wahnsinnig werden«, sagt sie eines Abends zu Rada, während sie ihr hilft, den Geschirrspüler einzuräumen. Rada findet das nicht in Ordnung. »Küche ich!«, sagt sie gerne, aber Maggie ist eben unruhig und braucht Beschäftigung und findet auch, dass Rada mehr ist als die Haushälterin, und man ihr durchaus auch in ihrer Küche das eine oder andere Mal zur Hand gehen kann.

»Leute müde …«, sagt Rada. »Leute froh, wenn gut leben. Soll nicht andere kommen und wegnehmen gut Leben …«

»Aber die anderen nehmen dir doch nichts weg«, sagt Maggie. »Die wollen es doch nur einfach genauso gut haben wie du!«

»Aber geht nicht, alle hier gut leben, wenn zu viel wird schlecht …«

»Rada, es ist doch anders herum, wenn es allen gut geht, geht's eben wirklich allen gut …«

»Du Idealist«, meint Rada, lacht und streichelt Maggies Hand mit dem Geschirrtuch.

Eines Tages sieht Maggie auf der Straße eine Frau mit einem weißen Button am Mantel. In schwarzer Schrift steht darauf »Omas gegen Rechts«!

Sie geht nachdenklich nach Hause. Was soll das heißen? Warum Omas? Warum gegen? Und warum nicht für etwas? Sie erzählt Ella davon und die lacht laut heraus.

»Ich find das großartig. Mehr muss man gar nicht tun. Man steckt sich so einen Knopf an und alle Welt weiß, wo du politisch stehst. Das ist doch was, findest du nicht?«

»Aber ich bin keine Oma! Stell dir vor, die Mama mit so einem Button?«, erwidert Maggie.

»Also die hätte das wahrscheinlich nicht getragen, aber die Mama von der Beate, weißt eh, die mit mir in der Klasse war, die hätte sich sowas auf jeden Fall angesteckt …«

Eigentlich findet Maggie das ja gut. Eine eindeutige Aussage in Zeiten wie diesen hat schon was. Und natürlich ist sie auch gegen rechts im Allgemeinen und gegen die Rechtsextremen zu Hause und im Rest der Welt im Besonderen. Also fragt sie Nelly, ob sie am kommenden Donnerstag mit ihr zu der Demonstration geht.

»Ich gehe jeden Donnerstag zu den Demos, von Anfang an«, sagt Nelly, »und ich würde mich freuen, wenn du und auch die Ella, die Luise und die Rada mitkämt …«

»Wollt ihr morgen mitkommen demonstrieren?«, fragt Maggie beim Abendessen.

»Demonstrieren? Das ist doch was für die Jungen. Nein, für mich ist das nichts …«, sagt Luise sofort.

»Ich nix, bin Ausländer, darf ich nicht demonstrieren«, sagt Rada.

»Ja, ich geh mit, bin neugierig, wieviele Leute da sind«, sagt Ella.

»Rada, du kannst ruhig mitgehen, bei uns darf jeder demonstrieren, wir sind ja nicht in Rumänien, und der Ceauşescu ist auch schon lang tot…«, erwidert Maggie.

»Nein, nein Demonstration nix für mich«, sagt Rada schnell.

»Luise?«

»Was soll ich denn da machen?«

»Na demonstrieren, dass du nicht einverstanden bist mit dieser Regierung, dass du nicht einverstanden bist damit, wohin sich dieses Land bewegt…«, erklärt Maggie, und Ella sieht, dass Luise keine Ahnung hat, wovon die Schwester eigentlich spricht.

»Schau Luise«, erklärt sie, »zum Beispiel kriegen die ganzen Institutionen, die Frauen helfen, jetzt weniger Geld, und das heißt, dass man den Frauen, die zum Beispiel von ihren Männern geschlagen werden, weniger helfen kann…«

»Ja, das ist schon schlecht…«, überlegt Luise.

»Oder das mit dem Rauchen im Wirtshaus. Das haben die jetzt wieder erlaubt und du hast unlängst selbst gesagt, wie grauslich das ist, wenn man isst und nebenan raucht einer…«

»Ja, na gut, das ist nicht gut, aber deshalb demonstrieren gehen?«

»Na, dann geh halt nicht mit…«, gibt Ella auf.

»So hab ich das ja gar nicht gesagt, ich geh schon mit, wenn's mir nicht gefällt, geh ich aber nach Hause…«, meint Luise, und damit gibt sich Maggie zufrieden, weil Ella sie unter dem Tisch tritt. Denn eigentlich hätte sie Luise gern darauf aufmerksam gemacht, dass es sich nicht um einen Kino- oder Theaterbesuch handelt…

Als die vier »Damen« sich am nächsten Abend bereitmachen, meint Luise plötzlich: »Oh, heute ist es aber sehr kalt, sollen wir da trotzdem hingehen?«

»Ja, Luischen, auf jeden Fall, du musst dich halt ordentlich anziehen«, erwidert Ella.

»Du schaust aus wie das Michelin-Männchen…«, lästert Maggie über ihre Schwester.

»Na ja, das ist mein wärmster Mantel…«, erwidert diese.

»Aber bei der Kälte kann man doch nicht stundenlang herumgehen…«, versucht es Luise noch einmal.

»Wer hat was von stundenlang gesagt? Wir gehen uns das anschauen und dann entscheiden wir …«

»Mir ist jetzt schon kalt …«

»Ich nicht Finger spüre …«

»Rada, du hast auch unbedingt deine eleganten Handschuhe nehmen müssen – die sind viel zu dünn …«

»Ich nicht lang da tun …«

»Macht ja nix, du bist ein freier Mensch, du kannst auch gleich wieder weggehen …«, meint Ella versöhnlich.

Es sind viele Menschen versammelt. Und zwischen drin sieht Maggie die bunten Mützen und die Tafeln, auf denen »Omas gegen Rechts« steht.

»Schaut's, dort, dort gehen wir hin!«, ruft Maggie.

»Also ich find das peinlich …«, meint Luise abwehrend.

»Was ist peinlich?«

»Also diese Mützen …«

»Musst ja keine aufsetzen …«, wird Maggie gleich wieder angriffslustig.

»Ich hier stehe, anschau, genug so …«

»Ich bleib bei der Rada, falls was ist, man kann sie doch nicht alleinlassen …«, beschließt Luise.

»Ja, ja, ihr zwei Angsthasen, dann bleibt's halt da stehen, die Ella und ich gehen mit, mir gefällt das …«

Ella und Maggie gehen zu der Gruppe hinüber und fragen nach Buttons. Ob sie auch Mützen wollen, werden sie gefragt, und Maggie nickt begeistert, während Ella abwinkt und meint, ihre eigene beige Wollmütze sei ihr genug, sie könne den Button ja darauf stecken. Maggie nimmt ihre graue Filzmütze ab und setzt das rot, rosa und gelb gemusterte Exemplar auf, das sie gerade erstanden hat.

»Steht dir gut«, sagt Ella anerkennend. »Aber die hätte ich dir auch stricken können …«

»Hast du aber nicht, komm, wir marschieren jetzt mit. Endlich wer, der den Mund aufmacht und sich nicht fürchtet. Du weißt nicht, wie viele Freundinnen in letzter Zeit sagen, dass sie Angst haben und sich nicht trauen, in der Öffentlichkeit was zu sagen …«

»Geh, wer hat denn hier Angst. In Österreich? Das ist doch Blödsinn …«

»Die Rosi zum Beispiel, die damals doch die große Feministin war und immer die Goschen offen gehabt hat. Und jetzt treffe ich sie plötzlich in der Stadt, und sie sagt, sie fürchtet sich …«

»Komisch, wovor denn?«

»Vor den Ausländern, den Weibern mit den Kopftüchern – Originalzitat …«, sagt Maggie und lacht laut.

»Wirklich, das kann ich gar nicht glauben, die Rosi? Die war doch eine aufrechte Maoistin, wieso ist die plötzlich so?«, wundert sich Ella.

»Weiß nicht, aber offenbar kann man auch blöd sein, wenn man einmal links war … Schau, da ist die Nelly. Hallo Schatzi, wer ist das denn da neben dir? Kennst du den?«

Nelly umarmt Tante und Mutter und stellt ihnen dann Marcus vor, »ein Kollege, mit dem ich viel zusammenarbeite …«

»Hallo, schön, dass Sie bei den coolen Omas mitmachen …«, sagt Marcus zuvorkommend, und Maggie stößt Ella mit dem Ellenbogen in die Seite.

»Mama, die Mütze ist super, Ella, du solltest dir auch so eine zulegen …«

»Nur über meine Leiche, so was setz ich nicht auf. Aber schön, dass man als alte Frau auch noch mitdemonstrieren kann, ich fühl mich richtig wie früher …«, antwortet Ella.

Marcus lacht und legt Nelly den Arm um die Schulter.

»Frag sie, seit wann das schon geht …«, flüstert Maggie Ella zu, aber die schüttelt die Schwester ab und sagt: »Schau, wieviele Leute da sind. Ich bin so froh, dass so viele verstehen, dass man was gegen diese unsägliche Regierung tun muss, dass man den Mund aufmachen und sich nicht fürchten darf …«

»Zu Tode gefürchtet ist auch gestorben …«, sagt Maggie und lacht.

Aber bei sich denkt Maggie, dass das ganze Demonstrieren vielleicht gar nichts nützt. Im Fernsehen sieht man nichts von den vielen Leuten, die da zum Beispiel gerade versammelt sind, und in den Zeitungen hat sie auch nichts gelesen. Was, wenn die, die gerade die Entscheidungsmacht haben, ignorieren, wie viele

Menschen gegen ihre Politik sind? Was, wenn all die Proteste nichts bewirken? Plötzlich muss sie an ihren und Ellas Vater denken. Den Deserteur. Auf den sie beide so stolz sind. Und sie denkt daran, wie früh er gestorben ist, während die, die ihn in diesen unsäglichen Krieg geschickt haben, fröhlich alt geworden und dann friedlich in ihren Betten gestorben sind.

»Schau, wie viele junge Leute und die sind so originell, das find ich super…«, ruft Ella ganz aufgeregt, und zeigt auf eine Tafel, die ein junger Mann stolz in die Höhe hält. »Stille Kanzler sind tief«, liest Maggie und lacht fröhlich.

»Wenn den Jungen der Humor nicht ausgeht, haben die alle keine Chance«, sagt sie, um sich selbst Mut zuzusprechen.

Als die Schwestern völlig durchfroren nach Hause kommen, sitzen Luise und Rada in der Küche und trinken Tee.

»Wann seid ihr weggegangen?«, fragt Maggie streng.

»Wir Füße nicht mehr spüren…«, sagt Rada und reibt sich die vor Kälte roten Hände.

»Es war viel zu kalt, und es waren so viele komische junge Leute. So schwarz angezogen und mit Tüchern vor dem Mund, und dann haben sie noch Rauchbomben geschmissen, da hat's uns gereicht. Wo wart ihr denn so lange?«

»Wir sind bis zum Schluss mitgegangen, aber nach der dritten Rede sind uns dann schon auch die Füße eingefroren. Aber irgendwie beachtlich find ich das schon, dass bei dem Wetter so viele Menschen mitgehen und vor allem auch so viele Junge…«

Später sitzen Ella und Maggie im Wohnzimmer.

»Glaubst du, dass das was bringt?«, fragt Maggie, und Ella wundert sich, wie verzagt die Schwester plötzlich klingt. »Weißt du«, fährt sie fort, »manchmal denk ich mir, wir können nichts verhindern. Wir haben keine Möglichkeit, dem entgegenzuwirken, was sich da zusammenbraut. Dieser Hass, diese Menschenfeindlichkeit. Woher kommt das, kannst du mir das erklären?«

»Ich glaub, ehrlich gesagt, den Leuten ist fad…«, meint Ella.

»Und deshalb wollen sie am liebsten wieder einmal Krieg haben? Wie blöd ist das denn…«

»Ich mach mir auch Sorgen. Aber ich hoffe halt, dass das vorbeigeht. Der Spuk kann nicht ewig dauern. Aber es ist schon beachtlich, wie kurz nach den Nazis sich die Welt schon wieder in Richtung Totalitarismus bewegt …«, überlegt Ella.

»Na ja, die Leute, die jeden Donnerstag demonstrieren gehen, machen ja den Mund auf und wollen das nicht. Das ist doch was«, meint Maggie nachdenklich.

»Glaubst du, dass das wirklich was ändert?«

»Ich weiß es nicht, aber ich denke, ich werde da jetzt auch jeden Donnerstag hingehen. Und übrigens, diese Omas gefallen mir schon. Die sind lustig. Die stehen da in der Kälte mit ihren komischen Mützerln und singen vor sich hin. Wie war das? Omas, Omas, uns braucht das ganze Land …«

Ella lacht. »Ja, das war lustig, ganz anders als damals, als wir gegen den Vietnamkrieg auf die Straße gegangen sind mit Ho, Ho, Hotschimin … Wo man dann immer hat rennen müssen im Rhythmus, brrrr …«

»Ich mach mir Sorgen um die Nelly«, sagt Maggie unvermutet.

»Aber geh, die weiß doch ganz genau, was sie will. Und dieser Marcus schaut doch irgendwie nett aus, oder?«

»Ja, aber der Job und das macht sie alles so fertig, sie nimmt sich das alles so zu Herzen! Und ich glaub, dass das auch irgendwie gefährlich ist …«

»Was jetzt? Dass sie mit den Buben arbeitet? Was redest du da, das ist doch nicht gefährlich …«

»Nein, die Buben nicht, aber rundherum diese neuen selbsternannten Retter des Abendlandes, glaubst du nicht, dass die irgendwann übergriffig werden könnten, wo das doch jetzt wieder salonfähig wird. Menschen niederzumachen, ihnen ihre Würde zu nehmen, sie wegzuschicken, auch wenn sie dann im Mittelmeer ertrinken …«

»Weiß nicht, vielleicht, aber nein, das hier ist immer noch Österreich und immer noch ein Rechtsstaat, so einfach geht das doch nicht …«, beschwichtigt Ella.

»Aber sie ist jedenfalls ein Ziel und das macht mir Angst …«, meint Maggie nachdenklich.

»Hast du am Abend Angst, wenn du alleine nach Hause kommst?«

»Nein, hab ich in Wien nicht. Im Vergleich zu Rom ist das hier ja auch nicht nötig …«

»Na siehst du, ich glaub nicht, dass der Nelly wegen ihrer Arbeit was passieren kann, aber ich wünsch mir, dass sie endlich einen richtigen Partner findet …«

»Jetzt klingst du wie die Mama!«, lacht Maggie. »›Du brauchst einen Mann, Kind, ohne Mann bist du nicht richtig angekommen, denk dran, glaub mir, du brauchst einen Mann, und man lässt sich auf keinen Fall scheiden, wenn man einmal so einen guten Fang gemacht hat‹, hat sie immer gesagt …«

Ella biegt sich vor Lachen angesichts von Maggies Fähigkeit, die Mutter nachzumachen.

»Ja, aber vielleicht fehlt ihr ja wirklich ein Partner. Ich sag ja nicht, dass sie dringend heiraten muss. Aber jemanden an der Seite zu haben, wäre schon gut, und außerdem, du wünschst dir doch ein Enkelkind, oder?«

»Na schon, aber nicht um jeden Preis …«, lenkt Maggie ein.

Am Sonntag kommt Nelly wieder einmal zum Essen.

»Frag sie, wer der Marcus ist«, flüstert Maggie Ella zu.

»Wer war denn der nette junge Mann, mit dem du bei der Demo warst?«, fragt Luise in diesem Augenblick.

»Aha, du hast den auch gesehen? Dabei bist du doch am Rand gestanden und ganz bald heimgegangen … Hat dich die Mama angestiftet?«, gibt Nelly zurück.

»Geh, Nelly, was redest du da …«

»Mich braucht niemand anzustiften, und gegangen sind wir, weil uns kalt war, und außerdem weiß ich nicht, was das soll, diese Demonstrationen, so schlecht ist es doch gerade gar nicht …«, wehrt sich Luise.

»Luiserl, red bitte lieber nicht über Politik …«, meint Maggie von oben herab.

Doch Luise bleibt heute wehrhaft: »Ich red, worüber ich Lust hab, wer seid ihr, dass ihr glaubt, ihr könnt mir den Mund verbieten? Ich finde, dass die jetzt vieles richtig machen, die Regierung, mein ich. Ich fürchte mich schon, wenn mir auf der Straße so viele dunkle Menschen entgegenkommen. Und dann die mit den Kopftüchern …«

»Wovor fürchtest du dich denn? Ist dir je was passiert? Hat dich je wer schief angeschaut? Hat dir je wer was weggenommen?«, erwidert Maggie.

»Ja, der Helmut«, muss Luise zugeben. »Nein, zum Glück ist mir noch nie was passiert, aber wenn ich in der Stadt herumgehe und das Gefühl hab, ich bin nicht mehr zu Hause, weil jeder eine Sprache spricht, die ich nicht versteh, dann fühl ich mich halt nicht wohl ...«

»Weil du dann nicht zuhören kannst, was die Leute miteinander reden, gelt?«, fragt Ella.

Und jetzt muss auch Luise lachen. Und das Gespräch wendet sich Radas Kochkünsten, Maggies Schlampigkeit und Ellas Langmut zu.

»Dass du die Drei aushältst, ist wirklich großartig«, sagt Nelly später, als sie mit Ella zusammen im Wohnzimmer Patiencen legt, während Maggie im großen Lehnstuhl döst, Luise sich zum Mittagsschlaf zurückgezogen hat, und Rada in der Küche rumort, obwohl Ella und Maggie ihr gesagt haben, sie soll sich doch ausruhen, die Küche könne man auch später aufräumen.

»Na ja, manchmal gehen sie mir schon sehr auf die Nerven, jede auf ihre Art«, sagt Ella und lacht.

»Du uns auch«, murmelt Maggie in ihrem Sessel und streckt sich genüsslich.

»Na ja, weißt du, wir sind schon alle sehr verschieden, wir schleppen jede unsere ganz eigene Geschichte mit, auch unsere ganz eigenen Verletzungen, und da geht man sich eben auf die Nerven. Aber das Wichtigste ist, dass wir uns gegenseitig irgendwie stützen und nicht alleine lassen. Weißt du, wenn eine auslässt, sind die anderen da, und das hat schon auch was Gutes ...«

Am folgenden Donnerstag steht Maggie vermummt und mit Oma-Mütze im Vorzimmer.

»Ella, Luise, Rada, wo bleibt ihr? Gehen wir!«

»Ich nicht gehen, müde ...«

»Ich nicht, ich finde das nicht richtig ...«, meint Luise.

»Ihr seid blöd und borniert und habt keine Ahnung. Und irgendwann werdet ihr dann zu denen gehören, die so tun, als ob sie nichts gewusst hätten ...«, gibt Maggie zurück.

»Ja, ja, reg dich nur auf, vielleicht gibt's ja auch noch was anderes, als zu demonstrieren, außerdem bringt der Tommy jetzt dann die Nanni, weil Silvia zur Ultraschalluntersuchung muss. Das ist doch auch wichtig …«, beschwichtigt Ella.

»Na, dann nimm die Nanni halt mit. Schließlich geht's ja um ihre Zukunft …«

»Spinnst du? Es ist doch viel zu kalt, da nehm ich doch die Nanni nicht mit. Der Tommy tät mir den Kopf abreißen …«, jetzt wird Ella wütend.

»Na gut, ihr Angsthasen, dann geh ich halt alleine!« Als Maggie die Türe hinter sich zugeworfen hat, bleibt Ella im Vorzimmer stehen.

Sie fühlt sich schlecht und gibt Maggie heimlich recht. Aber kurz danach dreht sich der Schlüssel im Schloss, und Tommy mit Nanni auf dem Arm steht vor ihr.

»Die Tante Maggie geht für dich demonstrieren und ich bleib zu Haus und spiel mit dir«, sagt sie und küsst das kleine Mädchen fest auf beide Wangen.

»Oma, Oma, Zwerge anschauen!«, schreit Nanni, und Tommy lacht, umarmt die Mutter und ist auch schon wieder weg.

»Na gut, du Nervensäge, gehen wir Zwerge anschauen«, sagt Ella und nimmt Nanni an der Hand.

»Oh Prinzessin da, willst haben Wurstsemmel?«, fragt Rada aus der Küche und Nanni schreit freudig »Ja!«, reißt sich von Ellas Hand los und rennt zu Rada, die sie auffängt und in die Luft wirft. Nanni jauchzt und Ella schaut von der Küchentüre aus zu. Neben ihr taucht Luise auf und wirft Nanni eine Kusshand zu, aber das Kind beachtet sie nicht.

Arme Luise, denkt Ella. Nicht einmal Nanni mag sie besonders. Dabei ist sie doch eigentlich ein netter Mensch. Aber sie ist so traurig. Das mögen Kinder nicht. Und Maggie. Die Revolutionärin. Was die sich wohl denkt, wenn sie zu jeder Demonstration rennt? Irgendwie versteht sie ihre Schwester ja, aber sie ist sich eben nicht sicher, ob das wirklich was bewirken kann. Sie würde ja gerne auch wieder etwas tun, nur was? Das Demonstrieren geht ihr auf die Nerven. Sie hat so viel demonstriert, damals mit Max und später mit Heinz. Und dann? Dann haben sie geheiratet und Kinder gekriegt und zu Hause viel diskutiert, auch mit Tommy und Lilli. Aber sonst haben sie sich ins Privatleben zurückgezogen. Natürlich gab es die Abende mit den Freunden, und sie sind auch ins Theater gegangen, zu den Stücken, zu denen man eben ging, wenn man zu einer bestimmten Gruppe von »linken Intellektuellen« gehörte. Auch ins Kino, oder ins Konzert. Heinz war ein großer Schostakowitsch-Fan. Sie hat ja lieber Schumann-Lieder gehört. Jedenfalls sind sie irgendwie »bürgerlich« geworden. »Spießig« hat Maggie sie genannt. Aber sie waren nicht spießig. Sie hatten es nur satt, dauernd darüber zu diskutieren, was der Kapitalismus tut oder nicht tut, und was »man« dagegen unternehmen müsse. Sie hat gut gelebt mit Heinz, und es war ja auch nicht so, dass sie sich nicht für das interessiert hätten, was rund um sie in der Welt passiert. Sie haben im Gegenteil alles sehr genau mitverfolgt, und sie hat sich oft unglaublich aufgeregt, wenn es wieder einmal schien, als würde ihnen alles gleich um die Ohren fliegen. Aber aktiv waren sie eben nicht mehr. Wollten sie nicht mehr sein, konnten sie nicht mehr sein. Und auch jetzt, wo die Schwester ihre Zweifel überwunden zu haben scheint, fragt sie sich, was sie erreichen können, und fürchtet, dass nichts hilft.

»Glaubst du, es nützt was?«, fragt sie Maggie, als diese völlig durchgefroren, aber irgendwie auch euphorisch von der Demonstration nach Hause kommt.

»Weiß ich nicht. Aber es tut so gut, mit anderen durch die Stadt zu marschieren und laut zu sagen, dass wir nicht einverstanden sind mit dem, was die Regierung tut momentan …«

»Ja, das versteh ich, und ich finde auch, dass man da was tun muss, aber ich weiß eben nicht, ob es hilft, wenn die Leute herumspazieren und Parolen rufen wie früher.«

»Aber nichts zu tun und zu schweigen und wegzuschauen hilft noch viel weniger. Der Papa zum Beispiel hätte ja auch schweigen und wegschauen können, stattdessen ist er immerhin desertiert. Das hat vielleicht auch keinem außer ihm selbst das Leben gerettet, aber er hat damit schon auch gesagt: Ich mach da nicht mit, ich schau hin und zieh meine Konsequenzen!«

»Das kannst du doch überhaupt nicht vergleichen«, erwidert Ella. »Der Papa hat sein Leben riskiert. Uns passiert doch nichts. Aber natürlich darf man nicht wegschauen. Wenn ich nur eine Idee hätte, was wir sonst noch tun könnten …«

»Also, ich finde das schon beachtlich, wie viele, vor allem auch junge Leute da mitgehen. Und alle sind so lustig und haben so originelle Plakate mit, und wenn sie die Omas sehen, sind sie immer so begeistert. Wir sind so cool, sagen sie …«

»Na gut, du bist zwar keine Oma, aber cool. Und? Glaubst du, diese Regierung schert sich drum? Die sind doch aus Asbest, an denen perlt doch alles ab …«

»Ella, du bist so negativ, sieh es doch von der anderen Seite an! Da sind jede Menge Leute, die nicht wegschauen, die laut schreien, die eben auch bei jedem Wetter auf die Straße gehen, und das seit Wochen – das ist doch was, oder? Das muss doch auf lange Sicht was bewirken …«

»Das hoffe ich ja auch, aber ich bin mir eben nicht sicher …«

»Na, warst du wieder spazieren?«, fragt Luise hämisch, als sie sich zum Abendessen setzen und die anderen Maggies von der Kälte noch immer rote Backen nicht übersehen können.

»Ja, weil du einfach wegschaust …«, sagt Maggie spitz und streicht sich dick Butter aufs Brot.

»Ist gesund spazieren, aber nicht, wenn so kalt …«, mischt sich Rada ein und schaut verwundert, als Ella laut lacht.

»Ich schau nicht weg, ich bin nur nicht so verbohrt wie du!«, wehrt sich Luise. »Ich finde eben nicht, dass alles so schlecht ist, wie du tust … Zum Beispiel die ganzen Ausländer, die arbeiten ja auch nix, die stehen den ganzen Tag an den Ecken herum und rauchen und man traut sich gar nicht vorbei …«

»Wo? In Wien? Wo ist dir das schon einmal passiert?«, legt sich Maggie ins Zeug. »Ich bemerke das nicht, aber was ich sehe, ist, wie Polizisten Burschen perlustrieren, nur weil die eine dunkle Haut haben, und ich höre, wie die Beamten einer Ärztin aus Syrien sagen, sie braucht nicht gut Deutsch lernen als Putzfrau. Das höre ich und das ist unglaublich. Und mehr arbeiten sollen jetzt alle, und das ist irgendwie zurück ins Mittelalter. Das kann dir doch nicht wirklich gefallen …«

Und schon sind die beiden wieder im schönsten Streiten.

»Na ja, der Rudi sagt immer«, ereifert sich Luise, »die Regierung jetzt, die bringt endlich so einiges in Ordnung, was vorher schlecht war, und wir sollen froh sein, dass wir die haben …«

»Dein Rudi? Dem der Papa alles in den Mund legt? Der sich nie um was sorgen hat müssen, weil ihm der Job quasi zugeflogen ist? Der sagt so was? Und du hörst dir das an und bist mit ihm einverstanden? Der redet doch nur nach, was dein schrecklicher Helmut sagt, dem kannst du doch nicht glauben …«

»Du, das ist mein Sohn«, erwidert Luise, »und du hast kein Recht, so über ihn zu reden! Der hat eine andere Meinung als du, das musst du auch akzeptieren, und dass ich ihm zuhöre, ist doch ganz normal, du hörst deiner Nelly ja auch zu …«

»Aber wenn sie Unsinn redet, sag ich ihr das …«, erwidert Maggie wütend und beißt in ihr Butterbrot.

»Lass die Luise und den Rudi doch in Ruhe! Du darfst eh demonstrieren, so viel du willst, deshalb musst du doch die Luise nicht immer so ankeifen …«, versucht Ella, den Frieden in der Wohngemeinschaft wieder herzustellen.

Aber Maggie ist wütend. Luise, die »arme Luise«, wie Ella sie hinter ihrem Rücken nennt, ausgerechnet diese arme Luise, redet denen das Wort, die den wirklich Armen alles wegnehmen, was sie ihnen nur wegnehmen können. Das bringt sie so auf, dass ihr der Appetit vergeht. Maggie gießt sich eine Tasse mit Tee und Milch voll und verschwindet damit in ihrem Zimmer. Hätte sie die Hände frei, würde sie mit der Türe dreschen, stattdessen tritt sie sie mit dem Fuß zu, und Ella schreit ihr nach, sie solle gefälligst die Wohnung stehen lassen.

Aber Ella und Maggie sind nie lange böse auf einander. Also begleitet Maggie die Schwester zwei Tage später zum Einkaufen. Nanni wird drei und Ella kauft Geburtstagsgeschenke. Einen Puppenwagen samt Babypuppe. Und »zum Drüberstreuen« ein Sommerkleidchen samt Jäckchen, Söckchen und viel zu eleganten Lackschühchen, die Nanni wahrscheinlich genau einmal anziehen wird. Was Maggie auch sofort anmerkt, während sie selbst einen großen Plüschhasen für Ellas Enkelin aussucht.

»Du hast's notwendig, mir was auszureden«, grinst Ella und nimmt auch noch ein zu Kleid und Jäckchen passendes Stoffhütchen aus dem Regal. »Du kaufst ein, als wäre es für dein eigenes Enkelkind …«

»Solang ich kein eigenes hab, kauf ich eben für deine ein«, sagt Maggie gutmütig, und dann gehen die Schwestern friedlich eingehakt miteinander ins Kaffeehaus und gönnen sich dort nicht nur je einen Einspänner, sondern auch eine Portion Apfelstrudel.

Auf dem Heimweg fällt Maggie an einer unscheinbaren grauen Hausmauer ein Spruch ins Auge: »Kein Sex für Strache«.

»Hast du das gesehen?«, ruft sie und lacht laut los.

Ella schaut sie fragend an, dann bemerkt sie die Schrift ebenfalls und lacht mit.

»Aber das ist ja wohl nicht die Lösung, oder?«, kichert Maggie.

»Na wer weiß, dann ist er wahrscheinlich noch grauslicher«, kichert Ella zurück.

Aber als sie bei der Bushaltestelle stehen und warten, sehen sie, dass an der Rückwand des Wartehäuschens in Großbuchstaben »Ausländer raus« steht.

»Siehst du, es hilft der ganze Humor nichts, die Idioten sind überall«, sagt Ella leise.

»Und genau deshalb geh ich demonstrieren, obwohl es mir fad und anstrengend ist. Wegen der Idioten. Das hatten wir doch schon einmal, dass wir denen das Feld überlassen haben, das dürfen wir doch nicht wieder machen …«

»Wir? Wir haben das nicht, der Papa nicht und die Mama trotz all ihrer Strenge auch nicht.«

»Aber die meisten hier. Alle haben weggeschaut und gleichzeitig haben sie sich bereichert am Unglück der anderen. Und weißt du, manchmal werde ich das Gefühl nicht los, dass es jetzt auch genau darum geht. Wenn ›die Anderen‹ etwas haben, dann müssen wir ihnen das wegnehmen, damit wir uns besser fühlen. Wenn ›den Anderen‹ was passiert, sind wir zufrieden, weil uns ja eben nichts passiert ist. So ist das nämlich …«, meint Maggie.

»Das gilt doch nicht für die Mehrheit. Du bist ungerecht«, versucht Ella wieder, das Positive zu sehen. »Schau doch nur, wie viele Leute den Flüchtlingen helfen. Denk dran, was die Nelly immer erzählt, wie viele Freiwillige Deutschunterricht geben und mit den Leuten zu den Behörden gehen und so. Das ist doch ein Zeichen, dass nicht ganz Österreich grauslich ist – uns natürlich ausgenommen …«

»Aber das ›arme‹ Luiserl würde ich da nicht unbedingt ausnehmen«, erwidert Maggie giftig.

»Geh, die ist halt ein bisserl beschränkt, aber sie ist sicher kein böser Mensch, und ich glaub, wenn sie in die Lage käme, würde sie sogar helfen. Die hat nur in ihrem ganzen Leben noch keinen Ausländer näher kennengelernt … Obwohl: Zum Hussein war sie auch sehr nett.«

»Borniert ist sie, mit ihrem blöden Sohn und Mann. Zum Glück hat sie die Lotte, aber das ist auch kein Zufall, dass die weit weg ist, die ist geflüchtet, und ich sag's dir, nicht nur vor dem Vater, sondern auch vor dem Luiserl. Na ja, geht mich ja nix an …«

»Genau, lass sie halt, sie tut dir doch nix … Schau, eigentlich ist es doch schon sehr schön in Wien …«, meint Ella.

»Wenn nur die Wiener nicht wären …«, erwidert Maggie und lacht.

Und während sie mit der Straßenbahn den Ring entlangfahren, gibt sie Ella recht. Wien ist schön, und nachdem sie in der halben Welt unterwegs war, hat sie das Gefühl, hier daheim zu sein. In dieser Stadt, die manchmal aussehen kann, als sei sie direkt aus einem historischen Bildband des 19. Jahrhunderts entsprungen. Einem Bildband, der die hässlichen Seiten jener Zeit ausgespart hat. Erst seit sie wieder hier ist, hat sie angefangen, die Stadt wirklich zu mögen und ihre Annehmlichkeiten zu schätzen. Ihre Überschaubarkeit, ihr Grün und ihr Leuchten an einem sonnigen Frühlingstag wie heute. Und die Menschen, überlegt Maggie und denkt an die Italiener, die Salvini wählen, sind hier auch nicht unsympathischer als in anderen Städten der Welt, in denen sie gelebt hat. Aber weil es eben doch ihre Stadt ist und irgendwie auch ihre Menschen, ärgert sie sich über sie auf die gleiche Weise, wie sie sich über ihre sehr geliebte Schwester manchmal ärgert, wenn sie sich über irgendetwas so unglaublich uneinig sind.

»Hast du das mitgekriegt mit den ›Ausreisezentren‹?« Maggie kann trotz des schönen Frühlingstags nicht aufhören, sich zu ärgern.

»Ja, das ist doch völlig vertrottelt«, stimmt Ella zu.

»Die Nelly sagt, ihre Buben sind völlig verängstigt. Und ein Freund von ihr hat gesagt, man sollte die Wahllokale auch umbenennen, in ›Abwahllokale‹ …«

»Das gefällt mir, zumindest solange die an der Macht sind, die Burschis!«

»Na siehst du, und du willst nicht mehr mitdemonstrieren. Was bleibt uns denn übrig, als auf die Straße zu gehen. Auch wenn die Medien uns ignorieren und die, die es angeht, auch. Irgendwann müssen sie ja doch zur Kenntnis nehmen, dass wir mehr sind …«

»Also weißt du, ich denk mir, die sind so gierig darauf, sich zu bereichern und Macht zu haben, dass es ihnen ganz egal ist, wenn wir mehr sind …«

»Ach«, seufzt Maggie, »ich wünsch mir einfach, dass das aufhört, diese Ausgrenzung, diese Menschenverachtung, diese Respektlosigkeit …«

Nelly ist verliebt. Maggie sieht es ihr an, als sie wieder einmal um den Sonntagstisch sitzen, auf dem in der Mitte Radas berühmtes Honighuhn thront.

»Du schaust heute besonders gut aus«, sagt Luise zu Nelly, die lächelt und ein bisschen rot wird.

»Mir geht's auch gut. Die Buben lernen alle und sind sehr anständig und gerade haben wir kein Problem mit Behörden. Ich weiß nur nicht, wie lange das hält …«

»Und was macht die Liebe?«, fragt Ella leichthin. Nelly wird noch röter.

»Nix«, sagt sie und Maggie schaut Ella vielsagend an.

»Warum bringst du diesen netten Marcus nicht einmal mit zum Essen?«

»Dazu ist es noch viel zu früh«, sagt Nelly und wechselt das Thema.

»Was sagt ihr zu diesen neuen Bestimmungen? Dass jetzt Leute, die schlechter Deutsch können, weniger Mindestsicherung kriegen sollen? Ich werde das Gefühl nicht los, dass wir in

Richtung 1930er Jahre gehen. Habt ihr nicht auch manchmal den Eindruck, dass wir schon wieder in einer Vorkriegszeit leben? Also ich hab richtig Angst …«

»Die Geschichte wiederholt sich doch nicht eins zu eins«, sagt Ella beschwichtigend, aber Maggie unterbricht sie: »Eins zu eins nicht, aber irgendwie abgewandelt schon. Vor allem, weil die Leute sie ja so schnell vergessen, die Geschichte. Jetzt haben wir dieses vereinte Europa, da wird's schwierig sein, einen Krieg anzufangen. Aber es gibt jetzt so viele, die gegen Europa sind. Denk an Ungarn oder Polen, oder auch Salvinis Italien. Die lieber wieder ganz in den Nationalismus zurückfallen wollen. Und wenn die gewinnen, dann gute Nacht. Dann gibt's auch bald wieder einen Krieg …«

»Ja, und diese Hysterie wegen angeblicher Terroristen, die wir hier eigentlich noch nie gesehen haben. Da traut sich dann jeder hinzuhauen. Nachher kann man ja immer sagen, das war ein Terrorist, den hab ich aufhalten müssen«, stimmt Ella ihrer Schwester zu.

»Aber diese dunklen, jungen Männer, die sind schon ziemlich bedrohlich und aggressiv. Also mir machen die Angst …«, meldet sich Luise zu Wort.

»Ja, Luiserl, das wissen wir doch, aber die meisten sind davongelaufen vor denen, die Terror machen. Warum sollten die hier jetzt irgendwas tun? Ich glaub, die fürchten sich mindestens so vor dir wie du vor ihnen …«, beruhigt sie Ella.

Und völlig unerwartet bricht Luise in schallendes Gelächter aus, und als sie die verwirrten Gesichter der anderen sieht, lacht sie noch heftiger, bis ihr die Tränen die Wangen hinunterrinnen. Um den Tisch zieht betretenes Schweigen ein. Alle schauen Luise an, die sich die Tränen abwischt und dann zwischen zwei Lachkrämpfen erklärt: »Das ist mir noch nie in meinem Leben in den Sinn gekommen, dass sich wer vor mir fürchten könnte … Das ist so komisch …«

»Luise, die unerbittliche Kämpferin für Österreich …«, tönt Maggie mit verstellter tiefer Stimme, was bei Luise den nächsten Lachkrampf auslöst.

»Aber«, wendet sich Ella jetzt an Nelly, »fürchten brauchst du dich nicht. Wir passen schon auf, dass dir nichts passiert und deinen Buben auch nicht. Wenn was ist, rufst du uns an und dann setzen wir uns ins Taxi und kommen dich und die Buben retten«, und jetzt lachen auch Nelly und Maggie.

»Kommt's ihr dann mit Regenschirmen und Omamützen und haut den Bösen auf die Köpfe?«, fragt Nelly und kichert bei der Vorstellung.

»Lach nicht, wir sind ja alt, was soll uns schon passieren, und wenn die versuchen, uns anzugreifen, haben sie schon verloren, weil einer Frau mit grauen Haaren was zu tun, ist in keiner Gesellschaft wahnsinnig angesehen ...«

»Ihr könntet's die graue Selbstverteidigungsgruppe gründen«, grinst Nelly. »Platz genug habt ihr hier doch, ladet's euch einen Trainer ein und lasst's euch ein paar Tricks beibringen. Was glaubst du, was das für ein Aufsehen erregen würde: ›Omas schlagen Burschis in die Flucht ...!‹ Ich seh schon die Schlagzeilen ...«

Jetzt lacht sogar Rada. Und Maggie stellt sich vor, wie sie und Luise und Ella und Rada im Wohnzimmer Gymnastikübungen machen und sich gegenseitig auf den Boden werfen. Und die Idee gefällt ihr. »Nächsten Donnerstag schlag ich das den Omas vor«, sagt sie gut gelaunt. »Die finden das sicher auch super! Omas machen sich fit ...«

»Damit können wir dann im Zirkus auftreten«, sagt Ella lachend. »Also ich weiß nicht, ob ich Lust hab, im Gymnastikgwand' herumzuhupfen und mich umschmeißen zu lassen«, fügt sie hinzu.

»Ich finde das super, dann würde ich mich vielleicht wirklich weniger fürchten ...«, meldet sich plötzlich Luise.

»Ja, für dich wäre das sicher gut«, sagt Ella. »Du fürchtest dich ja schon, wenn dich wer schief anschaut!« Aber dieses Mal antwortet Luise nicht beleidigt.

»Ja, ich fürchte mich vor allem und jedem. Du hast ganz recht. Das ist, weil mir alle immer Angst gemacht haben. Die Großen, wie ich ein Kind war, und dann der Helmut, und eigentlich hab ich immer Angst. Ihr habt keine Ahnung, wie anstrengend das ist«, sagt sie leise.

»Angst ist anstrengend«, sagt Maggie erstaunlich milde, »ich weiß das. Und man wird ganz blöd, wenn man dauernd Angst hat. Aber hier bei uns bist du doch sicher, Luiserl. Hier musst du doch keine Angst haben …«

»Das ist nicht so einfach. Du kannst die Angst nicht einfach ausschalten. Ich kann das jedenfalls nicht. Wenn ich in der Nacht aufwache und irgendein Geräusch hör, das mir ungewöhnlich vorkommt, ist die Angst einfach da und dann bin ich wie gelähmt. Deshalb schlafe ich ja auch fast immer bei Licht …«

»Du Arme, vielleicht solltest du zu einem Psychologen gehen. Du musst doch nicht mit so viel Angst leben …«

»Das habe ich schon überlegt, aber der Rudi hat gesagt, nur Blöde gehen zu einem Hirndoktor, und er würde sich genieren, wenn ich zu so einem gehen würde … Er hat gesagt, ich soll mich zusammenreißen, und dass es mir eh gut geht und ich mich nicht anstellen soll …«

»Dein Rudi … Ich sag jetzt nix, aber du solltest dir Hilfe holen, und du brauchst dich überhaupt nicht schämen, wenn du zum Psychologen gehst, damit du nicht mehr so viel Angst haben musst«, redet Maggie ihr zu.

Später liegt sie in ihrem großen, breiten Bett und denkt über Luise und die Angst nach. Es stimmt, sie selbst hat sich nie besonders vor irgendwas gefürchtet. Aber plötzlich erinnert sie sich an ihre Panikattacken und hat sehr viel mehr Verständnis für Luise. Angst – das ist es ja auch, was die Rechtsextremen in ganz Europa benützen, um Macht zu bekommen. Es ist so leicht, den Menschen Angst zu machen, denkt sie. Kämpfen muss man also wohl vor allem gegen die Angst. Es ist schrecklich, wenn man sich vor Menschen fürchtet, weil sie sind, wie sie sind. Aber wie erklärt man jemandem, der so viel Angst hat, dass er keine haben muss?

Angst ist ja nichts, was man kontrollieren kann. Und sie überlegt, wovor sie Angst hat. Davor, alt zu sein und zu vieles versäumt zu haben? Nein, davor muss sie keine Angst haben. Ella sagt immer, du hast nix ausgelassen, Maggie. Stimmt ja auch. Aber eigentlich haben ihr all die Männer, mit denen sie zusammen war, nie viel bedeutet. Sie hat sich nie besonders lang gekränkt, wenn eine Affäre wieder einmal zu Ende war. Nicht einmal die Scheidung von Leo hat sie sehr getroffen, denkt Maggie.

Oder doch? Na ja, mit Leo war das trotz allem schon anders. Sie hat sich lange nicht entschieden, es auf den endgültigen Bruch ankommen zu lassen. Also ist sie doch an ihm gehangen, oder war zumindest an seine Verehrung gewöhnt. Und plötzlich, während sie im Bett liegt und an die hohe Stuckdecke schaut, an der sich Schatten jagen und Lichtreflexe durcheinander laufen, plötzlich weiß Maggie, wovor sie Angst hat. Sie hat Angst, nicht zu wissen, was Liebe eigentlich ist.

Nelly, beruhigt sie sich selbst, Nelly liebt sie wirklich. Auch wenn sie selbst weiß, dass sie keine gute Mutter war. Trotzdem, ihre Tochter war für sie immer der wichtigste Mensch in ihrem Leben. Aber hat sie Leo je geliebt? Doch, sagt sich Maggie, irgendwie schon, sonst wäre sie doch nicht so lange bei ihm geblieben?

Tommys zweites Kind ist wieder ein Mädchen. Luise strickt eine Decke, Ella kauft Babykleidchen, obwohl Tommy ihr versichert, dass sie noch ausreichend von Nanni haben, und Maggie kauft ein weiteres Kuscheltier. Jedes Kind müsse doch sein eigenes haben, sagt sie, als Ella sich über sie lustig macht. Das zweite Mädchen bekommt den Namen Johanna – und wird sogleich zu Hanni.

»Hanni und Nanni«, sagt Maggie und lacht. »Klingt wie eine Kabaretttruppe …«

»Wer weiß, wer weiß«, sagt Tommy gutmütig und drückt dem tief schlafenden Säugling einen Kuss auf den feinen dunklen Flaum auf seinem Köpfchen.

Nanni kriecht unter den Tisch und sagt zu ihrer Babypuppe:

»Nicht weinen, ich hab dich doch sooo lieb!«

»Ist sie sehr eifersüchtig?«, fragt Ella besorgt, bückt sich zu Nanni unter den Tisch und sagt: »Komm zur Omi mein Schatz, die Omi hat was für dich …«

»Also so verwöhnen musst du sie jetzt auch nicht, wir kümmern uns schon um sie«, sagt Tommy, »sie hat schon auch Freude mit dem Baby, gell Mausi?«

»Mein Baby«, sagt Nanni stolz, rennt zu Tommy und streichelt den Kopf der Schwester – für Maggies Gefühl ein bisschen zu wild. Aber das Baby macht keinen Mucks, und Tommy lässt Nanni gewähren.

»Ihr seid tolle Eltern«, sagt Ella bewundernd.

»Also der Rudi war wahnsinnig eifersüchtig auf die Lotte«, erinnert sich Luise und schaut von ihrer Strickerei auf. »Ich hab ihn immer bewachen müssen, er hat die ganze Zeit versucht, ihr die Bausteine an den Kopf zu werfen …«

»Na, viel verändert hat er sich seither auch nicht«, sagt Maggie leise, und Ella stößt sie mit dem Ellenbogen an und zischt ihr zu, sie soll still sein. Aber zum Glück hat Luise nichts mitbekommen.

Rada rettet die Situation. Sie kommt mit einem Teller Topfengolatschen aus der Küche, nimmt eine, zerschneidet sie und gibt die eine Hälfte Nanni, während sie genussvoll in die andere beißt.

»Rada, du mästest die Nanni«, sagt Tommy lachend und nimmt sich auch eine Golatsche.

Nanni quietscht vergnügt und stopft sich einen großen Bissen in den Mund.

»Ist gut, wenn Baby Fleisch hat«, sagt Rada fröhlich. »Wird später noch genug Diät machen!«.

»Rada ist die beste Erzieherin von uns allen«, sagt Maggie. »Sie hat so recht. Die Nanni soll essen, solange es ihr Freude macht. Besser so, als sie wird magersüchtig …«

»Keine Gefahr«, lacht Tommy, »momentan isst sie wie ein Drescher. Aber sie rennt auch viel herum und turnt und tanzt und hat überhaupt Pfeffer im Popo, da darf sie ruhig auch viel essen …«

Und wie zur Bestätigung baut sich Nanni vor der Großmutter auf und sagt: »Omi tanzen …«

7. TANZEN

Gestern ist Maggie strahlend nach Hause gekommen und hat erklärt, sie werde einen Tango- und Salsakurs machen.

»Wozu?«, hat Luise gefragt.

»Was heißt, wozu? Weil es mir Spaß macht« hat Maggie gekeift.

»Mit wem willst du denn da tanzen?«, hat Ella gefragt.

»Na, mit denen, die dort sind«, hat Maggie leichthin geantwortet.

»Tanzen lustig«, hat Rada gesagt und auch sie hat sich eine Abreibung von Maggie geholt.

»Hauptsache, du bist einverstanden, nicht wahr? Kannst ja mitgehen, wenn du Lust hast …«

»Nein, ich zuschauen, nix tanzen, Musik hören …«

Maggie ist aufgestanden, hat Rada um die Taille gefasst und ist mit ihr durchs Zimmer gestolpert, ohne Musik. Und heute ist also der Tag.

»Heute Abend geh ich zum ersten Kurs. Das ist doch ein guter Ausgleich für die dauernden Demonstrationen. Magst nicht mitkommen?«, fragt Maggie ihre Schwester.

»Nein, mag ich nicht, ich hab nie besonders gern getanzt. Gut schon gar nicht …«

»Faul und fad bist du …«

»Ich bin entspannt und gelassen …«

»Na ja, das glaubst du …«, lästert ihre Schwester.

Maggie kommt mit leuchtenden Augen zurück. Ella sitzt mit einem Buch auf dem Wohnzimmersofa.

»Natürlich, ich hab doch gewusst, dass du viel zu neugierig bist, um schlafen zu gehen …«

»Ja schon, ich wollt halt wissen, wie es war …«

»Super. Lauter fesche, nette Leute. Ich bin mir gar nicht fremd vorgekommen. Gleich hat sich einer meiner angenommen und mir die wichtigsten Schritte beigebracht. Ich bin ganz beschwingt. Nächste Woche geh ich wieder hin. Ist auch gar nicht so teuer. Allerdings haben sie gesagt, ich muss mir Tangoschuhe kaufen, na ja, schauen wir mal ...«

Ella sieht die Schwester an und denkt sich ihr Teil.

Maggie hat eine neue Leidenschaft gefunden, obwohl sie gerade erst einmal in dem Kurs war. Beim Einkaufen hatte sie das Gassenlokal entdeckt, in dem die Tangokurse angeboten werden. Gleich gegenüber von ihrer Wohngemeinschaft ist das, Maggie muss nur über die Straße gehen. Das beruhigt Ella. Irgendwie hat sie von Gerti noch eingeimpft bekommen, dass man als Frau nachts nicht allein auf der Straße sein soll. Und all ihr Revoluzzertum und ihre Emanzipation, auf die sie so stolz ist, haben nicht geholfen, das ungute Gefühl zu vertreiben, wenn sie im Dunkeln allein nach Hause gehen muss, zum Beispiel nach einem Konzert. Und sie sorgt sich auch um Maggie. Die lacht sie nur aus und sagt, sie sei auf der halben Welt nachts allein unterwegs gewesen, an Orten, wo Ella sich auch bei Tag gefürchtet hätte.

In der Woche darauf kommt Maggie wieder begeistert nach Hause. Am nächsten Tag veranstaltet sie einen improvisierten Tanzkurs im Wohnzimmer und versucht, Luise und Ella und Rada die ersten Tangoschritte beizubringen. Das Ganze endet mit einer kichernden Luise, einer zornigen Rada und Ella, die sich vor Lachen krümmt und sich auf das Sofa wirft. Tango, sagt Rada, ist nix für alte Damen. Maggie lacht sie aus und sagt, sie selbst sei ja auch nicht mehr so ganz taufrisch und das Tanzen mache ihr trotzdem so viel Spaß.

»Ihr seid so was von langweilig, wieso traut ihr euch nicht auch einmal was? Wer hält euch denn auf? Ihr seid frei, genießt das doch! Alt sein, heißt doch nicht, dass man zu Hause auf den Tod warten muss ...«

»Aber es heisst auch nicht, dass man sich zum Affen machen soll ...«, sagt Luise spitz. »Wenn das der Rudi wüsste, der tät mich sofort einliefern lassen ...«

»Na, dann sag's ihm halt nicht ...«, meint Ella, die das Gefühl hat, die Schwester verteidigen zu müssen.

»Ich nix gut für Tanz, zu dick, zu schwer, zu alt ...«, sagt Rada und zeigt auf ihre Füße. Die sind geschwollen, bemerkt Ella und denkt, dass sie Rada zum Arzt schleppen muss.

»Du musst zum Arzt gehen«, sagt auch Maggie. »Deine Füße sind geschwollen. Entweder hast du falsche Schuhe oder es ist was nicht in Ordnung mit dir …«

»Ich Arzt nicht glauben …«, versetzt Rada und wird rot.

»Aber schau, ich geh mit dir hin, du musst keine Angst haben«, sagt Ella.

»Unbedingt, du musst unbedingt zum Arzt. Stell dir vor, du wirst krank, was wird dann aus uns«, meint Luise, und Ella und Maggie schauen sie erstaunt an. Zum ersten Mal hat Luise »wir« gesagt und sich als Teil dieser Wohngemeinschaft gefühlt.

Der Arzt verordnet Rada Tabletten und Diät.

»Na bravo, jetzt werden wir dann alle nur noch Gemüse und Vollkornnudeln essen?«, kommentiert Maggie, als die Vorschriften des Arztes bekannt werden.

»Kannst dir ja selbst was anderes kochen, wenn's dir nicht passt«, sagt Ella wütend. »Wenn die Rada Diät halten muss, dann wird eben Diät gegessen. Schadet uns allen nicht und wie gesagt, wem's nicht passt …«

»Ist ja gut. Aber wieso muss sie eigentlich Diät halten?«

»Na, weil sie kurz vor dem Diabetes ist …«, sagt Ella traurig.

»Ok, von jetzt an nix Süßes mehr«, meint Luise entschlossen.

»Du hast leicht reden, du isst ja eh nix Süßes und schaust dauernd auf deine schlanke Linie. Aber ich mag eben Palatschinken und Topfenknödel und so …«, bedauert Maggie.

»Die Rada zeigt dir sicher, wie man die macht«, sagt Luise nicht ohne Spott.

»Ja, ja, mach dich nur lustig. Ich ess lieber gut und geh dann eben demonstrieren und Tango tanzen, da purzeln die Kilos eh wieder runter …«

»Ich kochen wie immer, essen anders …«, sagt Rada entschlossen und beendet damit den Streit.

An diesem Morgen ist die Wohnung dunkel und kalt. Ella zieht ihren dicken Flanellschlafrock, der eigentlich Heinz gehört hat, enger um sich und schlurft in die Küche. Kaffee braucht sie dringend, sie muss ja nachher zu Tommy fahren. Nanni hat Schnupfen und geht nicht in den Kindergarten und Silvia muss mit Hanni zum Kinderarzt. Das Baby kriegt seine erste Impfung.

Im Vorzimmer stehen Männerschuhe. Nächste Größe Kriegsschiff, denkt Ella und muss lachen über den Spruch, den sie von der Mutter hat. Wem können die denn gehören?

»Wem gehören die denn?«, hört sie in diesem Augenblick Luise fragen.

Luise mit Kopftuch über den Lockenwicklern und einem ebenso langen Schlafrock wie dem, den Ella trägt. Ellas ist dunkelblau-grün kariert. Luises ist knallrosa und hat Rüschen am Hals.

»Keine Ahnung, wem die gehören«, sagt Ella und geht voran in die Küche, wo Rada steht und Toast macht.

»Mann schläft bei Frau Maggie«, sagt Rada ausdruckslos.

»Was? Die hat einen fremden Mann mitgebracht? Also das ist doch …«, empört sich Luise.

»Na ja, was macht das schon?«, meint Ella.

»Also, jetzt kann ich mich gar nicht mehr frei bewegen hier, wer weiß, ich geh ins Bad und der steht dort vielleicht grad nackt unter der Dusche? Also das möchte ich wirklich nicht …«

»Geh, stell dich nicht so an, als ob du noch nie einen nackten Mann gesehen hättest …«

»Ist aber nicht richtig«, sagt Rada leise und schaut aus dem Fenster.

»Was ist nicht richtig?«, fragt Ella zornig. Zornig auf Luise und Rada und vor allem auf Maggie, die sie nicht vorgewarnt hat.

»Die Maggie braucht das halt, lassen wir sie doch …«, fügt sie noch hinzu, nimmt ihre Kaffeeschale und verlässt hoch erhobenen Hauptes die Küche. Und geht schnell in ihr Zimmer, weil sie eigentlich ja auch keine Lust hat, im Schlafrock mit ungeputzten Zähnen und wirrem Haar einem fremden Mann über den Weg zu laufen.

Noch dazu sehr wahrscheinlich einem sehr viel jüngeren fremden Mann.

Die nächste halbe Stunde sitzt sie an ihrem Schreibtisch und lauscht auf die Geräusche in der Wohnung. Irgendwann hört sie Maggie laut lachen und wenig später wird die Wohnungstüre geöffnet und geschlossen.

Ella steht auf, nimmt ihre Kaffeeschale und schlendert in die Küche. Maggie sitzt am Tisch und beißt genüsslich in eine Scheibe Toast.

»Na, hast du gut geschlafen?«, fragt Ella harmlos.

Maggie lacht und sagt, sie habe schon lange nicht mehr so gut geschlafen.

Rada kommt aus ihrem Zimmer.

Sie hat sich »in Schale geworfen«, denkt Ella und muss lachen. Rada, die immer so zurückhaltend ist. Rada hat sich schön gemacht. Für den fremden Mann, der vielleicht noch in der Wohnung sein könnte, denkt Ella bei sich, und Rada tut ihr leid.

»Also, das ist natürlich wunderbar«, sagt Ella streng, »aber wenn du das nächste Mal einen fremden Mann mit nach Hause bringst, warn uns gefälligst vor. Schließlich hat keine von uns Lust, in der Früh einen nackten Mann in der Dusche zu treffen …«

»Also, das fantasierst du jetzt aber. Ich mein, das mit dem nackten Mann in der Dusche. Der Jorge hat seine eigene Wohnung und duscht dort. Also keine Sorge. Und bevor er aufs Klo geht, zieht er sich was an, ich hab ihn vorgewarnt, dass ich mit drei ältlichen, prüden Damen zusammenwohne«, lästert Maggie.

»Du bist wirklich blöd«, sagt Ella wütend und geht aus der Küche.

Später klopft Luise bei ihr an.

»Du, Ella, sei mir nicht böse, aber ich fühl mich wirklich unwohl, wenn da jetzt fremde Männer in der Wohnung unterwegs sind. Kannst du nicht mit der Maggie reden? Vielleicht kann sie ja zu dem nach Hause gehen, wenn sie's so dringend braucht?«

»Na soweit kommt's noch. Die Maggie ist hier genauso zu Hause wie du und die Rada und ich, und wenn sie wen mitbringen will, dann soll sie ruhig. Wenn du wen mitbringen willst, ist das auch in Ordnung. Im besten Fall wohnen wir dann hier halt zu acht und nicht zu viert!« Ella weiß, dass sie ungerecht ist, dass es ihr auch nicht passt, was Maggie tut. Aber sie ärgert sich über das altjüngferliche Getue von Luise. Und wenn sie sich ärgert, wird sie immer ungerecht.

Später geht sie allerdings zu Maggie, um ihr eine Standpauke zu halten.

»Du bist so was von rücksichtslos. Denk doch zum Beispiel an Rada, die sowieso schon so verklemmt ist und so schlechte Erfahrungen gemacht hat. Von der Luise ganz zu schweigen. Musst du dich wirklich so aufführen?«

»Was regt euch eigentlich so auf? Dass ich Sex habe? Was kann ich dafür, dass ihr keinen habt?«

»Ich kann gut drauf verzichten. Ohne Heinz ist das Thema für mich abgeschlossen. Und es geht mir nicht ab, da kannst du sicher sein ...«

»Na ja, wenn du meinst ...«

»Was ist eigentlich los?«, fragt Nelly, als sie am nächsten Sonntag zum Essen kommt. »Die Atmosphäre hier ist ja zum Schneiden ...«

»Gar nichts ist los«, sagt Maggie schnell, und Ella behauptet, Migräne zu haben.

»Seit wann hast du Migräne?«, fragt Nelly besorgt.

»Seit deine Mutter fremde Männer nach Hause bringt«, sagt Luise empört.

»Ja, klar, ich bin an allem schuld, so wie immer«, schreit Maggie, rennt hinaus und wirft die Türe hinter sich zu. Als wäre sie fünfzehn, denkt Nelly.

»Was? Hat sie schon wieder eine Affäre?«

»Stört dich das gar nicht, wie sich deine Mutter benimmt?«

»Nein, bin ich gewohnt, das hat sie immer schon so gemacht, angeblich auch, als wir noch mit dem Papa gewohnt haben. Da hat sie die Männer natürlich nicht mit nach Hause gebracht ...«

»Nelly, mein Schatz, du bist so toll. Aber weißt du, uns ist das irgendwie unangenehm, wenn da in der Früh im Vorzimmer riesige Männerschuhe stehen. Und wir im Schlafrock und zerrauft und mit ungeputzten Zähnen. Irgendwie stört das unsere Morgenrituale ...«

»Vielleicht seid ihr aber alle auch einfach ein kleines bisschen neidig auf die Mama?«

»Aber geh, auf keinen Fall, und ich gönn's ihr ja auch, ich will nur nicht danebenstehen ...«

Oh je, denkt Nelly. Sie muss mit der Mutter sprechen. Bisher hat die Wohngemeinschaft eigentlich gut funktioniert, aber wenn es so weiter geht, muss sie womöglich eine eigene Wohnung für Maggie suchen. Und eigentlich glaubt sie nicht, dass die Mutter gerne wieder allein wohnen würde, nachdem sie so viele Jahre alleine war, sieht man eben von den gelegentlichen Bettgefährten ab.

»Mama, war das wirklich nötig?«

»Jetzt fang du nicht auch noch an! Der Jorge ist ein total lieber Mann, er mag mich und er bringt mir Tango bei, und es geht mir so gut mit ihm. Ich weiß nicht, was in die Ella und die anderen gefahren ist. Als ob sie Angst hätten, der Jorge könnt sie vergewaltigen. Das hätten sie wahrscheinlich gern ...«

»Sei nicht so gemein, das ist furchtbar, was du da sagst. Sie fühlen sich eben unwohl, und das kann man doch irgendwie verstehen, oder?«

»Ja eh. Tut mir eh leid. Ich werde ihn nicht mehr mitbringen. Weiß eh nicht, ob ich das wiederholen will ...«

»Na dann entschuldig dich halt bei ihnen. Du bist doch gern da, nicht wahr?«

»Mach ich ...«

»Habt ihr wirklich keine Bedürfnisse?«, fragt Maggie an einem der nächsten Abende, als sie wieder versöhnt gemeinsam vor dem Fernseher Platz genommen haben.

»Schon«, sagt Ella.

»Kaum«, sagt Luise.

»Nein«, sagt Rada.

»Na servus«, sagt Maggie.

»Was soll das heißen?«, ergänzt Ella. »Mir fehlt der Heinz natürlich, aber ich kann mir überhaupt nicht vorstellen, mir das ganze Theater mit wem neuen anzutun ...«

»Ich hab nie so viel davon gehalten. Mit dem Helmut wars auch nicht so gut. Ich bin eigentlich froh, dass es vorbei ist.«

»Nix Bedürfnis. War schrecklich mit Lajos. Will nicht nachdenken über Mann. Allein viel besser ...«

»Ihr macht mir Angst. Ihr seid doch noch nicht tot! Und so lange man lebt, hat man doch auch körperliche Bedürfnisse, oder?«

»Ja, aber da braucht man ja nicht unbedingt einen Mann dazu ...«, meint Ella trocken.

»Na, dann halt mit einer Frau, ist auch gut, nehmt euch ein Beispiel an Lotte und Magda. Wann kommen die eigentlich wieder auf Besuch? Die Nina wird ja auch schon vier. Höchste Zeit, dass sie Wien kennenlernt ...« Maggies Ablenkung funktioniert perfekt.

Ella sagt, dass sie Nina auch endlich kennen lernen will, und Luise seufzt und sagt, Lotte hat versprochen, im Herbst mit Nina und Magda zu kommen. Und fragt gleich auch nach Lilli, von der sie schon so lange nichts gehört haben.

»Die ist schon wieder im Sudan. Aber sie kommt am Wochenende zurück und ich hab sie gleich für Montag zum Abendessen eingeladen. Hoffentlich kommt sie auch. Ich weiß schon gar nicht mehr, wie sie ausschaut ...«

»Du, Ella, das mit den Mama-Sprüchen wird immer schlimmer ...«, bemerkt Maggie.

»Ja, aber die waren halt schon gut ...«

»Also ich weiß nicht, wir haben uns doch immer lustig gemacht drüber. Und die Nelly hasst das ...«

»Der Tommy und die Lilli eigentlich auch«, muss Ella zugeben.

»Also ich wäre froh gewesen, wenn sich meine Mutter mehr um meine Kinder gekümmert hätte. Die hat nie Zeit für sie gehabt ...«, meldet sich Luise.

»Ach Luise, glaub mir, die Mama ist der Ella und mir ganz schön auf die Nerven gegangen. Und den Kindern erst recht. Aber manche Sprüche von ihr sind irgendwie schon gut und je länger sie tot ist, umso besser werden ihre Sprüche eben«, meint Ella.

So ein Glück, denkt Ella, als die Nachrichten anfangen. So ein Glück, dass das Thema Sex wieder vom Tisch ist. Dass Maggie selbst die Abzweigung zu Lotte und Magda genommen hat. Eigentlich, denkt sie, eigentlich hat sie überhaupt keine Lust, mit irgendwem ihre Bedürfnisse zu diskutieren, auch nicht mit Maggie, und schon gar nicht mit Luise oder Rada.

Arme Rada, sie kennt ihre Geschichte ja nur flüchtig, aber was sie sich daraus zusammengereimt hat, genügt, um zu sehen, dass Rada viel zu tief verletzt worden ist, um sich noch jemals auf einen Mann einzulassen. Und Luises Ehe war auch nicht dazu angetan, Lust auf mehr zu bekommen.

Doch am nächsten Morgen sind die Schwestern wieder beim Thema.

»Ella, es geht doch nicht um eine neue große Liebe…«, versucht Maggie zu erklären.

»Das ist mir schon klar, aber ich kann das nicht so wie du…«

»Was meinst du?«

»Na ja, Sex ohne Gefühle, das geht bei mir halt nicht…«

»Wer sagt denn, dass ich keine Gefühle habe? Ich mag Jorge und er tut mir gut. Und er ist unglaublich rücksichtsvoll. Schau, ich sag dir was, in unserem Alter muss man sich einen jüngeren Mann suchen, weil, wenn du einen Gleichaltrigen nimmst, bist du gleich die Krankenschwester. Das willst du doch auch nicht, oder?«

»Ich will überhaupt keinen mehr. Mir ist es mit dem Heinz gut gegangen. Obwohl, wenn ich jetzt so nachdenke – die letzten Jahre war da gar nichts mehr. Ich bin sogar eine Zeitlang ins Gästezimmer übersiedelt, du weißt schon, bis die Rada eingezogen ist. Ich glaube, der Heinz hat mich zuletzt gar nicht mehr als Frau gesehen, ich ihn auch nicht als Mann. Wir waren am Schluss wie Bruder und Schwester, war aber auch schön.«

»Ich finde das traurig. Das tut mir wirklich leid. Weil, es tut einem schon gut, körperlich Befriedigung zu bekommen…«, meint Maggie.

»Na, ich habe doch zwei Hände, mit denen geht's wunderbar, und keiner fragt mich nachher ›Wie war ich, Schatz?‹«, erwidert Ella und grinst.

Maggie lacht schallend, und Ella lacht mit. So eindeutig wollte sie es eigentlich gar nicht sagen, aber Maggie hat sie provoziert.

»Weißt du, ich habe nicht mehr so oft ›Bedürfnisse‹. Na ja, wenn ich in einem Buch auf eine Sexszene stoße, oder auch im Fernsehen, dann regt sich schon was. Aber wie gesagt, ich habe ja zwei Hände…«

»Du bist nicht so alt, wie du selbst tust. Und ich auch nicht. Außerdem, Alter ist doch bekanntlich auch nur eine Zahl. Man ist so alt, wie man sich fühlt… Oh je, jetzt fang ich auch schon mit den Mama-Sprüchen an…«

»Jedenfalls ist das für Luise und Rada ein sehr heikles Thema, also bitte lass sie in Ruhe damit. Und sag's mir vorher, wenn du einen nach Hause bringst!« Maggie willigt ein, und Ella hofft, dass das Thema damit erledigt ist.

Aber Maggie kann es nicht lassen. Am Abend sehen sie eine Rosamunde-Pilcher-Verfilmung, in der es kaum Andeutungen gibt, aber als sich das Liebespaar schmachtend in die Arme fällt, ruft Maggie begeistert: »Na und jetzt ab ins Bett, nicht wahr?«

»Du denkst wirklich immer nur an das Eine …«

»Ach, Luise, und du nicht?«

»Nein!«

»Wie machst du das? Du musst ja doch auch eine Weile Sex gehabt haben? War das wirklich so schrecklich, dass du jetzt nichts mehr davon wissen willst? Nicht einmal selbst? Ich meine, selbst Hand anlegen?«

»Lass mich zufrieden. Meine Mutter hat uns geschlagen, wenn sie uns dabei erwischt hat!« Luise schaudert es jetzt noch.

»So eine Gemeinheit! Wie hat sie euch denn erwischt? Hat sie unter die Decke geschaut?«, fragt Maggie neugierig.

»Sie hat uns sogar am Abend die Hände auf die Decke legen lassen vor dem Einschlafen. Es war furchtbar, vor allem weil man so ja nicht gut schlafen kann …«

»Schrecklich. Aber inzwischen weißt du doch hoffentlich, das Sex nichts Böses ist, oder?«

»Na ja, im Kopf schon, aber gefühlsmäßig ist das alles halt doch schlecht. Was soll ich machen? Selbst wenn ich es selbst mache, hab ich ein schlechtes Gewissen. Also ist es besser für mich, wenn ich einfach das ganze Thema sein lasse …«

»Ich könnte dir einen jungen Mann finden, der dir das schlechte Gewissen austreibt? Komm doch zu meinem Tango-Kurs mit!« Maggie meint es gut, aber Luise wehrt ab: »Bist du verrückt? Na sicher nicht, das ist nichts für mich …«

Am Wochenende reisen Lotte, Magda und die süße Nina an.

Luise ist ganz aus dem Häuschen und lässt sich von Ella beraten, welche Spielsachen sie für das Kind anschaffen soll.

»Nicht zu viel, sie bringen sicher auch was mit …«

»Ja, aber ich habe ihr noch nie was geschenkt. Ich freu mich so auf sie …«

»Hat der Helmut sich gerührt? Und der Rudi? Wollen die die Nina auch kennen lernen?«

»Der Helmut hat gesagt, er will mit den Lesben und ihrem Bankert nichts zu tun haben, und kannst dir ja denken, was der Rudi gesagt hat …«

»So ein Trottel. So zwei Trottel eigentlich. Weiß die Lotte das? Kränkt die sich nicht?«

»Nicht mehr, die hat mit den beiden abgeschlossen.«

Nina wickelt die gesamte Wohngemeinschaft innerhalb von fünf Minuten um den Finger. Sie hat dicke, schwarze Locken, große, braune Augen und ist nicht nur neugierig, sondern auch lustig. Sie rennt hinter Frau Liese her, die fauchend das Weite sucht, springt auf Luises Schoß und küsst sie so lange, bis ihr die Luft wegbleibt, und nimmt dann Maggie an der Hand und zerrt sie in ihr Zimmer. Maggie, die nicht weiß, wie ihr geschieht.

»Lesen«, sagt der kleine Wirbelwind im Befehlston und Maggie schaut sich um, ob sie wohl etwas findet, was sie dem Kind vorlesen könnte. Aber Nina zieht aus dem bunten Täschchen, das sie quer über die Schulter trägt, ein kleines Buch hervor, streckt es Maggie hin und lässt sich dann gemütlich auf ihrem Schoß nieder.

Also liest Maggie die Geschichte vom kleinen Hasen. Nina korrigiert sie manchmal, offenbar wird ihr dieses Buch oft vorgelesen. Als sie fertig ist, befiehlt Nina noch einmal: »Lesen!«

»Na gut, aber nur noch einmal, dann gehen wir zu den anderen, es gibt heute nämlich Krapfen zur Feier des Tages …«

»Was ist Krapfen?«, fragt Nina neugierig.

So was, denkt Maggie, da hat dieser süße Fratz eine österreichische Mutter und weiß nicht, was ein Krapfen ist.

»Was Gutes zum Essen …«

»Mag ich nicht!«

»Wieso?«

»Mag ich nicht!«, sagt Nina noch einmal sehr bestimmt und zeigt auf das Buch.

Maggie muss es noch zwei Mal vorlesen, bevor Nina sich gnädig ins Wohnzimmer zurückführen lässt.

»Du, dein Kind sagt, es mag keine Krapfen, das gibt's doch nicht …«

»Aber geh, sie weiß ja gar nicht, was das ist, ein Krapfen!«, lacht Lotte.

»Na eben, und wie ich ihr erklärt hab, dass das was Gutes zum Essen ist, hat sie gesagt, mag ich nicht!«

Lotte und Magda schauen sich verdutzt an und dann auf Nina, die bei Ella auf dem Sofa sitzt und gierig einen kleinen Krapfen verschlingt.

»Mag ich nicht gilt für alles, was sie nicht kennt …«, sagt Lotte und lacht.

Später, als Magda und Lotte und Nina, die von der Reise müde sind, schon schlafen gegangen sind, sitzen Ella und Maggie noch zusammen.

»So ein süßes Kind«, sagt Ella, »fast so süß wie Nanni und Hanni …«

»Ja klar, nichts reicht an deine Enkelkinder heran!«

»Na sicher, das muss schon sein, die sind eben die schönsten, gescheitesten und süßesten, aber die Nina kommt gleich nach ihnen.«

»Ich finde alle drei so nett, weißt du, auch wie die miteinander umgehen, so entspannt …«

»Weiß nicht, die Lotte kommt mir manchmal ein bissel angestrengt vor …«

»Na ja, wenn du so aufgewachsen wärst, hättest du auch Schwierigkeiten damit, mit einer Frau zu schlafen …«

»Also in letzter Zeit redest du wirklich immer nur von dem einen …«

»Ja, weil ich mich für die Menschen interessiere. Und ich frag mich, wie das ist mit einer Frau …«

»Warst du je in eine Frau verliebt?«

»Weil man nur Sex haben darf, wenn man verliebt ist?«

»Maggie, sei nicht so blöd. Hast du je was mit einer Frau gehabt?«

»Einmal, damals in Peru. Also eigentlich war da gar nichts, aber ich war unglaublich gern bei ihr und ich war auch unglaublich eifersüchtig auf ihre anderen Freundinnen und auf ihre Liebhaber. Aber bis ins Bett ist das nicht gegangen, ich glaube, weil ich es mir so gar nicht vorstellen konnte …«

»Ich auch nicht. Wie machen die das? Was glaubst du?«

»Na ja, so wie es ihnen eben gefällt, nehme ich an ...«, kichert Maggie.

»Mich hat das nie gereizt, aber du hast recht, vielleicht ist da dann mehr Zärtlichkeit und Nähe als mit einem Kerl. Aber für Luise muss das schon schwer sein ...«

»Die soll froh sein, dass ihre Tochter sich soweit von der Familie befreit hat ...«

»Ich glaube«, meint Ella nachdenklich, »sie hat Angst, dass irgendwas passieren könnte, sie will ja auch nicht, dass irgendwer aus ihrer Familie was davon erfährt. Aber dass der Helmut, der Idiot, sich so von seiner Tochter distanziert, finde ich wirklich furchtbar. Ich meine, ist doch sein Kind ...«

»Da kann man der Lotte aber nur gratulieren, dass sie mit dem Trottel nichts mehr zu tun haben will. Man kann ja nichts für die eigenen Eltern ...«, wird auch Maggie ernster.

»Da haben wir zwei schon Glück gehabt, gell? Und unsere Kinder auch, wir sind doch ganz ordentliche Eltern geworden, oder?«

»Du sicher, ich nicht ...«, sagt Maggie nachdenklich.

Ninas vierter Geburtstag wird von der ganzen Wohngemeinschaft aufgeregt vorbereitet. Luise hat ihr ein Kleidchen genäht, Ella ein Buch zum Vorlesen gekauft und Maggie einen viel zu großen Teddybären. Rada bäckt eine wunderschöne Torte, auf der kleine Zwerge aus Marzipan zwischen den vier Kerzen sitzen, umgeben von kleinen, bunten Zuckereiern und Smarties. Als sie Lotte und Magda die Torte zeigt, sind die so entzückt, dass sie Rada umarmen, küssen und herumwirbeln.

»Nein, nicht, nicht gut ...«, schreit Rada lachend und schüttelt die beiden ab.

»Kind braucht schönes Geburtstag. Torte muss gut sein, nicht nur schön«, sagt sie dann besorgt.

»Rada, deine Torten sind die besten auf der Welt, du musst dir gar keine Sorgen machen, und für die Nina muss sie vor allem schön sein, essen wird sie sie sowieso, weil sie alles liebt, was süß ist«, erwidert Lotte.

Am Geburtstagsmorgen wird der Frühstückstisch zur Feier des Tages ausnahmsweise im Wohnzimmer so richtig schön gedeckt und nicht in der Küche, wo sie sonst jeden Tag frühstücken.

Die »Damen des Hauses« sind alle früh aufgestanden, angezogen und aufgeregt. Aber Nina, der das alles gilt, schläft. Sie ist am Abend zuvor erst eingeschlafen, nachdem Lotte ihr zehn Mal ihr Lieblingslied vorgesungen und dann auch noch dreimal ihre Lieblingsgeschichte erzählt hat.

»Sie verwöhnen das Kind viel zu sehr«, sagt Luise missbilligend. »Das hat's bei mir nicht gegeben. Geschlafen wurde um acht. Und da gabs kein ewiges Vorlesen oder Vorsingen. Ins Bett und Gute Nacht!«

»Also meine haben immer so ein Theater beim Einschlafen gemacht, das kannst du dir nicht vorstellen. Alle fünf Minuten ist die Lilli gekommen und hat gesagt, sie hat Durst oder sie muss aufs Klo oder sie hat Angst. Ich glaube, Einschlafen ist für Kinder ganz schön schwer ...«, erinnert sich Ella.

»Das muss man ihnen halt von Anfang an abgewöhnen«, sagt Luise besserwisserisch.

»Ja, Frau General«, lacht Maggie, die es bisher vermieden hat, sich einzumischen, weil sie sich nicht erinnern kann, Nelly je besonders viel vorgelesen oder vorgesungen zu haben.

»Mag ich nicht«, hören sie plötzlich schluchzen. Dann geht die Türe auf und eine zerzauste, verweinte Nina erscheint auf Lottes Arm, dahinter Magda, die entschuldigend die Schultern hebt.

»Zum Geburtstag viel Glück, zum Geburtstag viel Glück, zum Geburtstag, liebe Nina, zum Geburtstag viel Glück ...«, singen Ella, Maggie und Luise, und Rada klatscht den Takt dazu.

Nina vergisst vor Erstaunen zu weinen. Dann hüpft sie von Lottes Arm und rennt zu dem Tischchen, auf dem sich ihre Geschenke rund um die bunte Torte türmen.

»Meins?«, fragt sie.

»Sie könnte wirklich schon besser sprechen«, murmelt Luise in Ellas Ohr.

»Geh, sie hat doch kaum reden können, wie sie sie geholt haben«, erinnert sie Ella.

»Deins, deins, Schatzi, lauter Geschenke von den Tanten für dich!«

»Und von den Mamas auch«, sagt Magda laut.

»Tanten? Sind wir nicht eher Omas?«, fragt Maggie.

Nina sind diese feinen Unterscheidungen aber egal. Sie reißt Geschenkpapier auf und wirft es voller Freude im Zimmer herum. Frau Liese sitzt etwas pikiert mit einem Geschenkband um den Hals auf dem Sofa und schaut missmutig.

»Teddy«, schreit Nina und nimmt das Plüschtier ganz fest in den Arm.

Maggie wird rot vor Freude. Sie hat nicht gedacht, dass es ihr so wichtig sein könnte, dem kleinen Mädchen eine Freude zu machen. Hat Nelly sich je so gefreut, wenn sie ihr Spielzeug aus irgendwelchen exotischen Ländern mitgebracht hat?

Nina hat inzwischen das Kleidchen entdeckt, dass Luise für sie genäht hat. Weiß mit bunten Blümchen und dazu ein rosa Jäckchen mit weiten Ärmeln.

»Kleid«, sagt Nina ehrfürchtig und streckt es Lotte entgegen. »Mama« sagt sie auch und Luise treten Tränen in die Augen.

»Hat die Oma für dich genäht, ist das nicht schön? Willst du's gleich anziehen?«

»Lotte, doch nicht vor dem Frühstück«, mahnt Magda, die Praktische, »da pickt doch dann gleich die halbe Torte drauf. Wir ziehen das an, wenn wir dann spazieren gehen, ja, meine Süße?«

»Wir gehen nachher nach Schönbrunn, die Bären und die Elefanten anschauen, gell?«

»Bären, Fanten, Gutan, jaaa ...«

Und schon hat das Kind die Puppe entdeckt, die Magda und Lotte ihr gekauft haben, und das Puzzle, das sie am liebsten gleich aufmachen würde und und und ...

Am Ende gelingt es mit vereinten Kräften, die Kleine an den Frühstückstisch zu setzen, und die Erwachsenen bekommen ihren Kaffee und Stücke von Radas Torte.

»Das mit dem Reden ist aber wirklich noch nicht so gut«, sagt Luise besorgt, aber Lotte winkt ab.

»Sie hat ein Trauma, darüber reden wir jetzt nicht. Es ist auch schon viel besser ...«

»Was ist ein Gutan?«, fragt Luise.

»Na ein Orang-Utan, was glaubst du denn?«

»Da bin ich jetzt nicht drauf gekommen ... Kinder ...«

Später beschließen die »Damen des Hauses«, Nina und ihre Mamas in den Zoo zu begleiten. Das Wetter ist schön, nicht zu warm und nicht zu kalt, und eigentlich hatten sie sich sowieso vorgenommen, diesen wichtigen Festtag alle zusammen zu verbringen.

Luises Kleidchen steht Nina wie angegossen, und Luise erntet dafür das gebührende Lob. Nina dreht sich vor dem Spiegel und sagt: »Schön ...«

Luise ist gerührt und drückt Nina einen Kuss auf den Kopf, was Nina mit »Mag ich nicht« quittiert.

»Mama, das ist ihr einziger ganzer Satz momentan, den sagt sie auch, wenn sie was ganz anderes meint, sei nicht beleidigt«, sagt Lotte und umarmt die Mutter.

Rada kommt aus ihrem Zimmer in einem ähnlichen Blumenkleid wie Ninas, baut sich vor dem Kind auf und sagt: »Schau, hab ich auch so Kleid von deine Oma gekriegt. Auch schön, oder?«

Nina nimmt Rada an der Hand und die beiden stolzieren gemeinsam aus dem Haus, gefolgt von den anderen.

Im Zoo entdeckt Nina eine Sandkiste, und bevor sie jemand abhalten kann, sitzt sie schon mittendrin. Und gerät gleich mit den anderen Kindern in Streit, weil sie deren Sandförmchen für sich beansprucht.

»Sie ist so unerzogen«, sagt Luise und schaut verstört.

»Sie ist ein Kind«, sagt Lotte, »und ich hätte Sandförmchen für sie mitnehmen müssen ...«

Mit der Aussicht auf die Fütterung der Seerobben gelingt es, Nina die Sandförmchen zu entreißen und sie selbst aus der Sandkiste wegzulocken.

»Na ja, ein bisserl aggressiv ist sie schon«, meint Ella nachdenklich, »meine zwei waren nie so, die haben immer alles hergegeben, vor allem der Tommy. Die Lilli war eher die, die alles wieder zurückgeholt hat!«

»Ja, das glaub ich sofort, wenn die Lilli bös schaut, erzittert die Welt«, sagt Maggie und lacht.

»Vielleicht tut sie sich deshalb so schwer mit den Männern ...«

»Aber wieso, ist's schon wieder aus mit dem, wie hat der jetzt geheißen?«

»Das war ja gar nix, hat sie gesagt, jetzt gibt's da so einen Künstler, Axel heißt der, aber ich weiß nicht. Der wirkt so unmännlich, ob das was ist für sie …«

»Na wenn's im Bett klappt, ist der Rest sowieso geritzt!«

»Ja, das hat ja jetzt kommen müssen von dir …«, Ella rollt die Augen und Maggie grinst.

»Außerdem weiß ich nicht, wie es bei ihr im Bett klappt. Ich kann sie ja schlecht fragen, wie das ist …«

»Wieso eigentlich nicht? Wieso kann man nicht fragen, wie es ist mit dem Sex? Wo das doch immerhin ziemlich wichtig ist im Leben …«

»In deinem Leben … Und außerdem hättest du das mit unserer Mutter auch nicht besprechen wollen, oder?«

»Also ganz unter uns gesagt …«, setzt Maggie an, aber Ella legt den Finger kurz auf die Lippen, als Rada mit Nina vor ihnen auftaucht.

Nachdem Nina noch mit Palatschinken – »Pa-La-Tsch-In-Ken, das musst du lernen, ist ein ganz wichtiges Wort«, sagt Maggie zu Nina –, nachdem Nina also mit Schokolade-Palatschinken und noch einem Eis gefüttert wurde und das neue Kleidchen entsprechend aussieht, macht sich die Geburtstagsgesellschaft auf den Heimweg. Lotte trägt die völlig erschöpfte und selig schokoladeverschmierte Nina, und Luise geht leicht missbilligend, aber auch ein wenig stolz neben der Tochter her.

Zu Hause erwartet Ella eine Überraschung. Eine Nachricht von Lilli.

»Ich bin wieder da, wann habt ihr Zeit, darf ich euch besuchen kommen? Mit dem Axel?«

Ella ruft Lilli sofort zurück und schon am nächsten Abend steht Lilli vor der Tür.

»Überraschung!«, schreit sie ungewohnt fröhlich und umarmt ihre Mutter, und: »Tante Maggie, so schön dich zu sehen, wie geht's der Nelly, die hab ich auch schon so lang nicht gesehen, wir müssen was organisieren, einen großen Familiensamstag zum Beispiel …«

»Lilli, bist du krank?«, fragt Maggie lachend. Die Nichte ist größeren Familienversammlungen bisher immer aus dem Weg gegangen.

»Nein, mir geht's gut, sogar sehr gut!«, sagt Lilli und Ella schaut sie ganz genau an und beginnt zu grinsen.

»Wann?«, fragt sie nur und breitet die Arme aus.

»Im März«, sagt Lilli strahlend. »Wir freuen uns so«, fügt Axel, der bisher geschwiegen hat, hinzu.

Maggie schaut verwirrt: »Was ist im März?«

»Na, da gibt's ein neues Menschlein in der Familie«, antwortet Lilli.

»Wirklich? Toll! Gratuliere! Kannst nicht der Nelly einreden, dass sie auch langsam dran denken soll?«

»Das wird schon, das wird schon«, sagt Lilli altklug und Axel drückt ihr die Hand.

»Also jetzt bin ich wirklich neidig!«, sagt Maggie später am Abend. »Ich geh noch weg«, meint sie dann leichthin und zieht eine Jacke an.

»Was, so spät, wo gehst denn hin?«

»Na, zum Jorge, weil der ja nicht hier schlafen soll, nicht wahr?«

»Bleibst du über Nacht?«

»Weiß ich noch nicht …«

»Nimm dir ein Taxi!«

»Ja, Mama!«

»Blöde Kuh!«

Wie war das wirklich mit Heinz?

Am Anfang ist er ihr sehr rücksichtsvoll vorgekommen. Aber da war sie auch noch durch Max verstört gewesen. Max war nie rücksichtsvoll gewesen. Wenn Ella keine Lust hatte, hat er ihr vorgeworfen, sie sei eine großbürgerliche Verklemmte. Es war nie darum gegangen, was sie wollte. Sie hat mit ihm geschlafen, wann immer er es wollte, weil sie seine Zuneigung nicht verlieren wollte, und das Gefühl hatte, seine Liebe eben nur auf diese Art erhalten zu können. Aber Zärtlichkeit hatte Max kaum geben können. Heinz war ganz anders gewesen.

Er war sehr sanft gewesen, am Anfang. Bis Ella sich von Max »erholt« hatte, wie Heinz es genannt hatte. Später blieb er aufmerksam, wurde aber weniger rücksichtsvoll. Und noch später hatte er jedes Interesse verloren.

Und sie selbst?

Max hatte Ella gestresst, aber er war auch aufregend für sie gewesen und hat Gefühle in ihr ausgelöst, die sie weder davor noch danach je wieder empfinden sollte.

Mit Heinz war alles gleichmäßig nett gewesen. »Nett«, denkt Ella und weiß, dass sie das Maggie nie erzählen wird. Es ist ihr gut gegangen, und die Gewohnheit hat auch etwas unglaublich Beruhigendes gehabt. Wenn sie zusammen waren, wussten sie beide, was der andere mochte, und wenn ihr nicht danach war, hat sie das gesagt. Heinz war meistens ziemlich verständnisvoll und manchmal hat sie das sogar ein bisschen irritiert.

Aber jetzt, in ihrem Alter?

Wie macht man das überhaupt mit einem Mann, den man nicht seit Jahren kennt, der nicht weiß, wie man früher war, der die Falten und die Speckröllchen zum ersten Mal sieht? Brrrr, lieber nicht daran denken.

Maggie ist ja jünger. Und auch viel schlanker als sie. Die hat ja fast noch eine Mädchenfigur. Und die Schwester ist es gewohnt, was mit Fremden anzufangen. Überlegt Ella und denkt, dass sie sich ja nicht dafür rechtfertigen muss, wenn sie sich den sexuellen Stress nicht mehr antun will.

Und dann findet der von Lilli eingeforderte Familiensamstag tatsächlich statt, noch bevor Lotte und Magda und Nina wieder nach Berlin zurückfahren.

Nina und Nanni sind sofort ein Herz und eine Seele. Sie sitzen unter dem großen Tisch im Wohnzimmer mit Puppen und Teddys und von Zeit zu Zeit hört man sie kichern.

»Was die sich da unten erzählen, das wüsste ich schon gern«, meint Maggie und geht in die Knie, um die Kinder zu beobachten. Nelly schüttelt den Kopf und erzählt Lilli und Axel dann von ihren afghanischen Burschen, die so brav lernen.

»Und alle wollen sie so schnell wie möglich arbeiten«, sagt Nelly stolz, als wären es ihre eigenen Kinder.

»Na, hoffentlich lässt man sie, so wie es jetzt zugeht hier«, meint Lilli, und Axel, der Schweigsame nickt. Lotte und Magda halten ihren Mittagsschlaf – in Ellas Zimmer, das sie ihnen überlassen hat. Sie selbst schläft bei Maggie, was einigermaßen mühsam ist.

Wenn die eine aufsteht, um aufs Klo zu gehen, mitten in der Nacht, ist die andere gerade eingeschlafen und wird natürlich wieder wach. Und in der Früh will Maggie schlafen, wenn Ella längst wach ist und ihren Kaffee braucht. Aber abgesehen davon genießen es die Schwestern durchaus, in einem Zimmer zu schlafen.

»Wie in alten Zeiten«, meint Maggie und schmiert sich dick irgendeine teure Creme ins Gesicht.

»Weißt noch, wie die Mama dauernd geschimpft hat, weil wir so lange getratscht haben?«

»Mit dir hat sie geschimpft, weil du nie Ruhe gegeben hast«, sagt Ella.

»Ja, ja, du warst ja immer die Frau Vernünftig und ich die Böse.«

»Du warst nicht zu bändigen, man hätte dich anbinden müssen. Ich wollt schon längst schlafen und du hast immer noch herumgetan und mich aufgeweckt …«

»Die sind schon sehr nett miteinander, die Lotte und die Magda, findest du nicht?«

»Ja, und mit dem Kind machen sie das auch super, das ist ja gar nicht so einfach, so ein traumatisiertes Kind und so …«

»Weiß man, wer die Eltern sind?«

»Hab nicht gefragt, die Luise wird's schon wissen, aber die redet halt auch nicht drüber …«

»Ich finde das super, wie die das machen. Und eines muss ich der Luise lassen, wie die sich mit all dem mittlerweile abfindet, das bewundere ich. Wenn ich mir vorstelle, aus was für einer Familie sie kommt, das kann für sie nicht so leicht sein …«

Der Familiensamstag ist ein voller Erfolg. Nanni und Nina schluchzen laut und untröstlich, als es Zeit ist, sich zu trennen, und Lotte und Magda laden Lilli und Axel und Tommy und Silvia nach Berlin ein. Nelly müsse auch unbedingt kommen, es gebe so vieles in Berlin, es sei so lebendig dort, sie sollten sich das doch nicht entgehen lassen.

Doch nachdem Lotte, Magda und Nina wieder nach Berlin zurückgeflogen sind, wird es sehr still in der großen Wohnung. Also beschließt Tommy, Nanni und Hanni jetzt öfter zu den vier Omas zu bringen. Die beiden Mädchen haben sich jetzt auch an Luise gewöhnt, und Nanni lässt sich sogar manchmal von ihr vorlesen. Wenn Ella gerade mit Hanni beschäftigt ist. Rada ist aber auf jeden Fall der Liebling der beiden.

Rada hat ziemlich viel abgenommen, seit sie beim Arzt war.

»Du wirst von Tag zu Tag fescher«, sagt Maggie zu ihr, aber Rada wird rot und meint »nix fesch, nur wenig dick ...«

»Der Doktor Rot ist sehr zufrieden mit ihr. Sie hält so brav Diät und ihre Werte sind sehr gut. Er hat sogar die Tabletten wieder abgesetzt.«

»Also ausschauen tust du jetzt wie ein Mäderl«, sagt Maggie.

»Alte Frau, nix Mäderl«, sagt Rada und lacht. »Besser alt, Mäderl viel Problem ...«

»Habt ihr eigentlich diesen pornografischen Roman gelesen, über den jetzt alle reden?«, fragt Luise am Abend.

»Welchen denn?«

»Na den mit den 50 Schatten ...«

»Wie kommst du denn da drauf? So einen Schmarrn lesen wir doch nicht«, sagt Ella empört.

»Warum eigentlich nicht, ich wüsste schon ganz gern, warum da so ein Theater drum gemacht wird«, sagt Maggie, »aber du, Luise? Dich würde der doch sicher nur aufregen ...«

»Na ja, alle reden darüber, gestern beim Friseur haben sich zwei unterhalten. Aber wie die Teenager. Gekichert haben sie. Jetzt würde ich halt gern wissen, was an dem so zum Kichern ist ...«

»Na ja, ich glaub, den muss man nicht lesen, was da drin steht, kann man sich auch so vorstellen ... Außerdem glaub ich, ist der ziemlich frauenfeindlich ...«, winkt Maggie ab.

»Oder auch einfach frauenverachtend ...«, sagt Ella.

»Wieso hat der dann aber so einen Erfolg?« Heute ist Luise

hartnäckig. »Alle reden darüber, und einen Film haben sie auch gemacht. Also muss doch was dran sein …«

»Dann kauf ihn dir halt, kannst uns dann ja erzählen, was drin steht …«, meint Maggie.

Ella sagt nichts. Sie mag keine Pornografie. Und was sie gehört hat, macht sie wenig neugierig. Auf sadistische Sexspielchen hat sie schon als junge Frau keine Lust gehabt, und jetzt interessieren sie sie schon gar nicht mehr. Aber sie merkt, dass Luise neugierig ist. Vielleicht, weil sie so viel nachzuholen hat? Aber ob das der richtige Weg ist? Sie sollte vielleicht doch lieber mit Maggie in den Tangokurs gehen und sich auch so einen Jorge suchen, der ihr zeigt, wie Sex auch sein kann.

Und Rada? Die lässt man mit all diesen Dingen am besten ganz in Ruhe.

Luise denkt nach. Ella hat etwas von sadomasochistischen Praktiken gesagt, um die es da gehe. Sie kann sich darunter nur wenig vorstellen. Was sie nie mochte, war Helmuts fehlende Zärtlichkeit. Er hat sie nie einfach nur in den Arm genommen, und das fehlt ihr bis heute. Dass sie einer einfach umarmt und streichelt. Aber kann man Brutalität auch wirklich mögen? Manchmal hat sie schon gewisse Phantasien. Dass einer einfach über sie herfällt. Sie sozusagen überrumpelt und ihr auf grobe Art Vergnügen bereitet. Das würde sie natürlich nie laut sagen. So was gehört sich ja wirklich gar nicht. Trotzdem. Manchmal, wenn es ihr gelingt, ihre Schuldgefühle so weit wegzuschieben, dass sie es sich doch leistet, sich selbst zu befriedigen, muss sie danach weinen. Sie weiß nicht so genau, warum. Andererseits ist das ja auch eine Methode, das Einschlafen zu erleichtern. Hat das noch was mit Sex zu tun? Muss sie weinen, weil sie sich schuldig fühlt, oder weil sie ihrem verpfuschten Leben hinterherdenkt?

Maggie jedenfalls lebt ihre sexuellen Bedürfnisse aus. Wie macht die das? Wieso fällt es der so leicht, sich mit einem viel jüngeren Mann einzulassen? Luise könnte sich nicht ausziehen vor einem jungen Mann. Wahrscheinlich auch nicht vor einem alten. Vor einem, den sie nicht kennt. Sie hat sich ja auch nur ungern vor dem Helmut ausgezogen, dabei war der ihr ja doch vertraut. Aber er hat ihr auch immer wieder zu verstehen gegeben, dass sie nicht besonders attraktiv ist. Dass sie zu dicke Beine, zu breite Hüften, einen zu schlaffen Hintern und zu kleine Brüste hat. Dass ihre Haut nicht glatt genug und ihr Haar nicht gelockt genug ist. Was hat ihm eigentlich überhaupt an ihr gefallen? Und was hat ihr an ihm gefallen?

Er war groß und kräftig. Das hat sie beruhigt. Er hat blaue Augen gehabt, das hat sie damals toll gefunden. Und sonst? Sie weiß es nicht mehr. Er war halt wer, denkt sie. Der Herr Anwalt, der sich der kleinen, dummen Luise angenommen hat. Irgendwann hat er behauptet, es sei um eine Wette mit seinem Kollegen gegangen, er habe ihm versprochen, sie, die kleine Sekretärin, »in Ordnung zu bringen«. Was an ihr »in Ordnung zu bringen« war, hat er ihr nie gesagt. Ihr Vater hat ihr vor der Hochzeit nur gesagt, sie soll froh sein, dass der »Herr Anwalt« sich herbeilässt, sie zu heiraten. Der Rest der Familie hat es genau so gesehen.

Nein, sie könnte sich nie vor einem fremden Mann ausziehen, wie die Maggie das ohne Probleme macht. Aber die hat ja auch »lang genug geübt«, denkt Luise hämisch und muss selbst lachen.

Ella überlegt, bei welcher Freundin sie sich den Roman, den sie eigentlich gar nicht lesen will, ausborgen könnte. Weil sie doch ziemlich neugierig ist. Und dann hat sie eine, wie ihr scheint, geniale Idee. Sie wird ihn Luise zum Geburtstag schenken. Die wollte doch schließlich wissen, was da dahintersteckt. Das wird ein wunderbares Geschenk, und später kann sie ihn sich ja in einer stillen Minute ausborgen. Sehr gut. Und Maggie wird sich zerkugeln, wenn sie mitkriegt, was Ella Luise zum Geburtstag schenkt. Maggie, die findet, sie seien alle viel zu prüde. Dabei hat sie damals, als Ella mit Max zusammen war und alle ständig über freie Liebe geredet haben, immer gesagt, sie fände das alles furchtbar und Sex ohne Liebe sei nichts für sie. Und dann hat sie's natürlich besonders bunt getrieben, und manchmal war Ella sogar schockiert über sie gewesen. So wie damals, als sie im Nachtzug aus Rom nach Wien mit einem völlig Unbekannten im Liegewagen geschlafen hat.

Ella hat sie damals vom Zug abgeholt und gefunden, dass sie merkwürdig aussah, als sie ausgestiegen war. Und später hat ihr Maggie gestanden, dass sie mit einem jungen Mann im Liegewagen allein war und der habe plötzlich vor ihr gekniet und ihr Gesicht gestreichelt und da habe sie halt nicht widerstehen können. Der junge Mann sei dann in Mürzzuschlag ausgestiegen, ohne Namen oder Telefonnummer zurückzulassen. Und Maggie habe auch gar nichts wissen wollen. Sie habe diese kurze Zusammenkunft unglaublich genossen und sich jung und lebendig gefühlt wie lange nicht mehr. Natürlich sei sie auch ein wenig schuldbewusst gewesen. Aber sie habe dieses Abenteuer als herrlich aufregend empfunden.

Ella denkt, dass sie nie im Leben so etwas hätte geschehen lassen. Nie, so denkt sie, hätte sie sich auf derlei eingelassen. Aber Maggie hat keine Hemmschwellen, schon als Kind nicht, denkt sie auch.

Wenn ich das der Luise oder der Rada erzähle, ziehen die sofort aus. Für die ist die Maggie sowieso schon so etwas wie ein »leichtes Mädchen« – auch so ein blöder Mama-Spruch.

Aber Pornoromane lesen wollen, denkt sie auch und muss lachen, weil sie sich selbst schon auf etwas antwortet, was noch niemand überhaupt laut gesagt hat. Auch so eine Eigenschaft, die sie von der Mutter übernommen hat. Deren Phantasien waren da auch keine Grenzen gesetzt. Als Ella mit Max in der Wohngemeinschaft zusammengezogen war, hatte sie die Mutter einmal dabei belauscht, wie sie in der Küche mit sich selbst redete.

»Na, und jetzt wohnt sie mit dem zusammen und geheiratet haben sie noch gar nicht. Und ich weiß jetzt schon, was die Tante Grete dazu sagen wird. Na ja, hast die Mädeln halt ein bisserl zu locker erzogen, wirst schon sehen, die werden dir noch beide einen unehelichen Bankert daherbringen, da kannst dich dann um die auch noch kümmern … Ja, ja, Tante Grete, du Nervensäge …«, so hat die Gerti damals in der Küche gemurmelt.

Ella muss lachen. Wie sich die Zeiten doch verändert haben und wie schnell das gegangen ist! Ihre Mutter hat aufgeatmet, als zuerst sie den Heinz und später Maggie den Leo geheiratet haben, und die Kinder ganz brav »ehelich« auf die Welt gekommen sind. Ihr war es immer egal, und dass Tommy und Silvia geheiratet haben, hat sie zwar gefreut, wäre ihr aber auch ziemlich egal gewesen. Und Lilli ist ja auch nicht mit diesem Axel verheiratet. Hauptsache, sie kriegt ein Kind, denkt Ella. »Für mich natürlich vor allem. Aber auch für sie. Das tut so gut. Kinder sind ein Reichtum – und außerdem geht mit ihnen das Leben weiter und das ist das Allerwichtigste …«

»Ja aber …«, hört sie ihre Mutter schimpfen. Nix, ja aber, denkt sie. Alles ist gut so, wie es ist, wenn nur die Maggie sich endlich ein bisserl beruhigen könnte. Obwohl, der junge Liebhaber tut ihr sichtbar gut. Auch abgenommen hat sie. Vor lauter Liebe passt sie jetzt sehr auf beim Essen. »Nix ist mehr mit Mehlspeisen, solange sie diesen Jorge hat, macht ihr die Diät von der Rada gar nichts aus«, denkt Ella auch.

Sie sollte sich auch so einen Jungen zulegen. Aber wie anstrengend. Sich täglich im Spiegel kontrollieren. Immer schauen, welche Unterwäsche man trägt. Und dann diese verschiedenen Rituale. Sich lasziv erotisch geben – ein Albtraum, denkt Ella und wieder muss sie lachen. Sie stellt sich vor, wie sie irgendwelche erotischen Körperbewegungen macht. Na, das wär ein Spaß! Damit könnte sie glatt im Kabarett auftreten.

Maggie mag das, es macht ihr auch nichts aus, ihren nicht mehr so ganz jugendlichen Körper herzuzeigen. Und Sex interessiert sie eben immer noch. Sie, denkt Ella, interessiert's nicht mehr. Nicht mit irgendeinem Fremden und auch nicht, wenn Heinz noch da wäre. Mit dem hat es sie am Schluss ja auch nicht mehr interessiert. Vielleicht ist sie ja auch ein Sonderfall. Obwohl, was ist dann mit Luise und Rada?

»Wir sind die Wohngemeinschaft der sexuellen Sonderfälle!« Das wird sie Maggie erklären, die ihr unlängst erst als leuchtendes Beispiel einen Artikel aus einer amerikanischen Zeitschrift gezeigt hat, in dem berichtet wurde, dass es in einem Seniorenheim eine Epidemie von Geschlechtskrankheiten gegeben hat. »Weil die es treiben wie die Karnickel«, hat Maggie despektierlich und zu Ellas Empörung gesagt.

»Na und?«, hat Ella gefragt.

»Ihr seid's wirklich besonders lustfeindlich«, hat Maggie ihr und Luise und Rada daraufhin vorgeworfen. Vielleicht sind wir auch einfach nur müde, denkt Ella.

8. ALT WERDEN

»Ich geh zum Friseur und die Rada nehm ich mit«, verkündet Luise.

»Gut, fein, viel Spass …«, kommentiert Maggie.

»Was war das jetzt?«

»Sie gehen halt zum Friseur, ist doch gut, oder? Der Rada kann ein Haarschnitt auch nicht schaden …«, Ella versucht wieder einmal, zu beschwichtigen.

»Wenn du meinst …«

Maggie liegt auf dem Sofa und schaut sich eine Uraltserie im Fernsehen an. Das kann sie nur, wenn Luise nicht da ist, die findet, dass man am Vormittag nicht fernsieht. Warum das so ist, hat sie nicht gesagt, aber das Wohnzimmer gehört allen, und deshalb muss Maggie meistens in ihrem eigenen Zimmer Dinge anschauen, die dem Rest der Wohngemeinschaft nicht genehm sind. Wenn Luise aber nicht zu Hause ist, breitet sich Maggie im Wohnzimmer aus. Ella macht das nichts aus, sie sitzt am großen Tisch, ordnet Fotos der Enkeltöchter in Alben und schaut mit einem Auge mit Maggie mit. »Raumschiff Enterprise«.

»So ein Blödsinn«, murmelt sie.

»Ja, aber das war immer meine Lieblingsserie. Kannst dich erinnern? Wie sehr wir uns gewünscht haben, ins Weltall zu fliegen? Ich liebe das. Aber spielen haben sie damals wirklich nicht können, das muss man schon sagen! Trotzdem, das ist doch meine Jugend …«

»Hast heute schon wieder deine fünf Minuten Angst vor dem Altwerden?«

Luise kommt nach zwei Stunden mit stolzgeschwellter Brust nach Hause. Mit kurzen, goldblond gefärbten Locken. Rada hat eine Haarfarbe, die sie noch nie an ihr gesehen haben. »Kastan«, sagt Luise stolz. »Passt ihr doch fantastisch, oder?« Rada schüttelt missmutig ihre ziemlich rötlich wirkende Haarpracht.

»Schaut frisch aus«, ringt sich Maggie zu so etwas wie einem Kompliment durch. »Jugendlich!«

»Ja«, sagt Ella knapp.

»Ich finde, es macht sie um Jahre jünger«, sagt Luise stolz.

»Braucht sie das denn?«, fragt Maggie.

»Das braucht jede!«, sagt Luise bestimmt.

»Bin nicht ich«, sagt Rada mürrisch und geht in ihr Zimmer.

»Undank ist der Welten Lohn«, sagt Ella philosophisch und schaut Maggie böse an, die laut herauslacht.

Luise ist beleidigt.

»Ich hab's doch wirklich gut gemeint und gefragt haben wir sie auch drei Mal, ob's ihr gefällt. Und dann sagt sie, dass das nicht sie ist. Ich weiß auch nicht …«

Warum muss man eigentlich jünger aussehen, fragt sich Ella später, als sie im Bett liegt. Sie hat sich von allem Anfang an geweigert, ihr Haar zu färben. Als sie begann, graue Strähnen zu entdecken, hat sie beschlossen, dass ihr das gut steht. Und sie hatte keine Lust, sich die Färbeprozedur alle drei Wochen anzutun. Das ist eigentlich der Hauptbeweggrund gewesen.

»Ich fühl mich doch nicht älter, weil ich ein paar graue Haare hab«, hat sie zu Nelly gesagt, als diese sie einmal gefragt hat, warum sie eigentlich nicht färbt.

»Die Mama kriegt bei jedem einzelnen grauen Haar schon alle Zustände«, hat Nelly erklärt, »deshalb wundere ich mich, dass es dir so gar nichts ausmacht …«

»Weißt du, die Oma Gerti hat ihre Haare immer gefärbt. Wir haben sie bis zum Schluss nie mit einem grauen Haar gesehen, aber dafür habe ich mich nach ein paar Jahren nicht mehr an ihre ursprüngliche Haarfarbe erinnert. Die Haare sind immer mehr ins Rötliche gekippt, und das hat mir eigentlich so gar nicht gefallen. Aber sie hat eisern weitergemacht. Auch noch, wie sie ziemlich alt und müde war. Und da habe ich mir geschworen, das werde ich nie machen, das ist mir viel zu mühsam …«

»Die Mama hat in Rom halt die Giulia gehabt, die hat darauf bestanden und die hat das ja auch sehr gut gemacht. Aber jetzt könnte sie schon langsam aufhören …«

»Find ich nicht, wenn sie sich gut fühlt, soll sie ruhig weiter machen …«

Rada geht die nächsten Tage nur mit Kopftuch herum. Sie mag weder die Haarfarbe noch den Stufenschnitt. Ella versucht sie zu trösten.

»Du siehst wirklich gut aus damit, Rada, mein Schatz, warum ärgerst du dich so …«

»Hab ich lassen tun mit mir, ich bin Mensch, nicht Puppe …«

»Na, aber das wissen wir doch, das schadet doch nichts, wenn du dich ein bisschen veränderst …«

»Ich sein ich, nix brauchen Veränderung auf Kopf. In Kopf auch nicht …«

Drei Tage später kommt Lilli mit dicken knallroten Locken und einem schon leicht gewölbten Bäuchlein zu Besuch.

Rada bleibt der Mund offen stehen, als sie ihr die Türe öffnet.

»Da schaust, gell?«, lacht Lilli fröhlich und schüttelt ihre rote Mähne.

»Henna, ich sag dir, das ist total gesund und das Kleine frisst mir sonst die Haare vom Kopf, im wahrsten Sinn des Wortes …«

»Wie redest du über mein Enkelkind«, sagt Ella und schaut böse.

»Na, weil's wahr ist. Der Arzt sagt, das macht die Schwangerschaft, dass meine Haare so viel dünner geworden sind, da hab ich eine Nacht lang Henna draufgelassen. Und jetzt schau ich eben aus wie Pippi Langstrumpf, aber dem Axel gefällt's und mir auch …«

Na gut, denkt Ella, dann eben rote Haare. Aber ist man deshalb weniger alt?

Auch Luise hat ein Problem mit dem Älterwerden.

Seit sie bei ihnen eingezogen ist, versuchen sie herauszufinden, wie alt sie wirklich ist. Wenn man sie fragt, sagt sie regelmäßig »58«. Aber nach Ellas Berechnung muss sie mindestens 65 sein.

»Weißt du, wie alt die Luise wirklich ist?«, fragt Maggie Ella einmal beim Frühstück.

»Nein«, sagt Ella.

»Komisch, ich versteh das nicht. Sie wird doch nicht weniger schnell alt, wenn sie behauptet, dass sie fünf Jahre jünger ist …«

»Na wenn's ihr hilft …«

»Tut es das? Hast du dich je jünger gemacht? Ich weiß immer noch, wie ich mich älter gemacht hab, damit ich mit ins Kino durfte und so …«

»Maggie, da warst du dreizehn. Das ist ja jetzt wirklich schon eine ordentliche Weile her. Ich kann schon verstehen, dass man Angst hat vor dem Altwerden …«

»Wir sind nicht alt! Punkt und aus. Alt ist man, wenn man sich benimmt, als wäre man alt … Wie die Luise eben …«

»Jetzt denk doch einmal nach. Luises ganzes Leben war ziemlich mies. Und jetzt bleibt ihr nur noch das letzte Drittel, und vieles von dem, was sie vielleicht einmal hätte machen wollen, geht nicht mehr. Da kann man doch verstehen, dass sie irgendwie versucht, sich selbst mehr Zeit zu geben. Du und ich, wir brauchen das nicht …«

»Sagt wer? Ich hab auch vieles, was ich bedauere und was ich noch gern machen würde …«, seufzt Maggie.

»Ja, aber im Unterschied zur Luise machst du's auch …«

Luise kann wieder einmal nicht schlafen. Die anderen schnarchen um die Wette, das hört sie sogar durch die dicken Wände der Altbauwohnung. Links Ella, rechts Maggie und etwas weiter hinten Rada.

Wie können die so ruhig schlafen?

Sie wacht neuerdings jede Nacht so gegen vier Uhr auf. Dreht sich im Bett hin und her und denkt. Denkt an den Tod. An ihre Angst vor dem Sterben. An das, was sie in ihrem Leben versäumt hat. An die Fehler, die sie gemacht hat. An das Leben, das vorbeigerauscht ist, ohne dass sie es bemerkt hätte. Denkt an all das Unrecht, das ihr widerfahren ist, und an das Unrecht, das sie nicht verhindert hat. Denkt an Rudi, der so wenig von ihr und viel zu viel von Helmut mitbekommen hat, und an Lotte, die geflüchtet ist. Flüchten musste vor dem Vater, vor dem sie sie nicht beschützt hat. Denkt an die drei anderen Frauen in der Wohnung, die so ganz anders sind als sie. Die gar nicht verstehen können, wie ihr Leben war. Tut sich auch ein wenig selbst leid.

Manchmal steht sie dann auf, geht in die Küche, kocht sich Kamillentee und setzt sich so lange an den Küchentisch, bis die

Dämmerung da ist. Sobald die ersten Lichtfäden in die Küche fallen, entspannt sie sich. Sie geht dann wieder ins Bett und schläft ein. Nachdem sie die kleine Lampe auf ihrem Nachttisch abgedreht hat, die in der Nacht immer brennt. Um die Schatten zu vertreiben, um ihren Schlaf zu bewachen.

Wenn sie dann aufwacht, am Vormittag, ist sie wie zerschlagen. Als ob man Mühlsteine über sie hinweggerollt hätte. Und manchmal kostet es sie ihre ganze Überwindung, aufzustehen und sich dem Tag zu stellen. Dem Tag und Ella und Maggie, die wahrscheinlich ohnehin schon längst aus dem Haus gerannt sind. Nur Rada ist immer da, wenn sie wach wird. Ist in der Küche und hat ein Frühstück für sie bereit, egal, wann sie aufsteht. Rada, so denkt sie manchmal, ist die einzige, die sie wirklich versteht.

Sie hat Rada nie nach ihrer Geschichte gefragt. Weiss nur, was Ella angedeutet hat. Dass es da auch eine traurige Sache mit einem Mann gegeben hat, dort in Rumänien, weshalb Rada nie mehr dorthin zurückkehren will. Sie kann das verstehen. Was sie über Rumänien weiß, macht ihr Angst. Und Rada tut ihr leid. Und tut ihr gut. Rada ist noch ärmer, als sie selbst es nach ihrem eigenen Empfinden ist. Vielleicht fühlt sie sich deshalb so wohl in ihrer Gesellschaft.

Komisch – dabei hat sie sich doch zunächst sehr stark zu Ella hingezogen gefühlt, die so einfühlsam war und ihr immer zugehört hat. Das war damals, als Heinz im Sterben lag und Helmut sie gerade zu verlassen begann. Damals haben sie sich gegenseitig ihr Herz ausgeschüttet und sich aneinander festgehalten. So erschien es Luise. Aber bei näherer Betrachtung findet sie diese Verbindung zu Ella nicht mehr. Die ist mittlerweile wieder recht zufrieden in ihrem Leben. Mit ihren Kindern und Enkelkindern und mit Maggie, die an ihr zu hängen scheint wie eine Klette.

Luise fühlt sich ausgeschlossen, abgeschoben in die zweite Reihe. Aber Rada bleibt ihr als Verbündete. Obwohl sie sehr gut weiß, dass sie ja keine Verbündete braucht. Gegen wen auch …

Ella hat ihr geraten, Baldrian zu nehmen, wenn sie nicht schlafen kann. Oder sich ein spannendes Buch zurechtzulegen und darin zu lesen, wenn sie nachts plötzlich aufwacht und nicht wieder einschlafen kann. Aber von Baldrian bekommt sie Kopfweh, und wenn Luise nachts liest, fällt ihr das Buch oft aus der Hand und die Augen beginnen zu brennen.

»Senile Bettflucht«, hat Maggie einmal respektlos angemerkt, als Luise wieder einmal von ihren Schlafstörungen erzählt hat.

»Dazu ist sie doch noch viel zu jung«, hat Ella schnell eingeworfen. »Aber zur Stunde des Wolfs, kurz vor der Dämmerung, wach ich auch manchmal auf mit Herzklopfen.«

»Ihr solltet eben was Körperliches tun, dann hättet ihr keine Schlafstörungen«, meint Maggie.

»Du meinst Turnen mit Mann«, sagt Ella und lacht.

»Nein, jetzt habe ich ausnahmsweise gerade nicht daran gedacht«, sagt Maggie spitz.

»Wir könnten doch einen Ausflug machen, auf den Kahlenberg oder den Kobenzl, was glaubst du, wie gut ihr nachher schlafen würdet…«

»Können wir machen«, sagt Ella, und Luise findet die Idee auch gut.

Rada packt einen Picknickkorb, der prompt zu Hause gelassen wird, weil Maggie erklärt, der sei viel zu schwer, um ihn mitzuschleppen.

»Wir fahren mit dem Autobus bis zur Endstation und dann spazieren wir dort hinüber«, sagt Ella.

»Ausflug light, gell?«, kommentiert Maggie und kichert.

Ella beachtet sie nicht und hängt sich bei Luise ein, als sie sich auf den Weg machen.

Luise hat sich für den Ausflug entsprechend angezogen.

Lange Hosen, Sportschuhe, Pullover und Regenjacke und ein Wanderstock, den Helmut sich einmal gekauft hat, nur um ihn sofort in eine Ecke zu schmeißen, als Luise sich erlaubt hat, anzumerken, damit sehe er wie sein eigener Großvater aus.

Ella, Maggie und Rada haben sich nicht besonders umgezogen. Sie tragen Halbschuhe und Regenmantel, aber Rada hat einen Regenschirm mit.

»Ist gut, dann nix regnen, wenn Schirm da…«, sagt sie gut gelaunt und Ella und Maggie lachen und stimmen ihr zu.

»Das ist so wie die berühmte Straßenbahnzigarette«, sagt Maggie. »Kennt ihr das nicht? Wenn man auf die Straßenbahn wartet, und sie kommt nicht daher, und dann zündet man sich frustriert eine Zigarette an, und sofort kommt die Straßenbahn…«

»Ich rauch nicht«, sagt Luise, »hab ich nie. Und auf der Straße hätte ich schon gar nicht geraucht…«

»Ja, ja, ich weiß eh, du bist die Vorzugsschülerin, das Fräulein alles richtig…«, sagt Maggie beleidigt, aber Ella nickt beschwichtigend und sagt, dass ihr genau das mehrmals passiert sei, damals, als sie noch geraucht habe.

»Hast du je geraucht?«, fragt Luise Rada.

»Nein, rauchen nur Männer, bei uns, Frauen rauchen, wenn schlechte Frauen…«

»Willkommen im Mittelalter«, sagt Maggie lakonisch, und Ella stößt sie in die Seite.

»Also wollt ihr jetzt den Ausflug genießen oder nur streiten? Zum Streiten hätten wir nicht hier herauffahren müssen. Kommt, wir schauen uns die Aussicht an…«

Nach dem anfänglichen Hick-Hack wird es doch noch ein schöner Tag. Sie spazieren vom Kahlenberg den Weg hinunter zu einem der im Wald verstreuten Wirtshäuser, essen dort gemütlich in der Sonne zu Mittag und wandern dann wieder zurück zum Bus, mit dem sie hinunter in die Stadt fahren.

»Das sollten wir viel öfter machen«, meint Luise, als sie in den Bus einsteigen. Im Bus sitzen drei dunkelhäutige Burschen, die aufstehen, als sie die vier Frauen sehen, und ihnen ihre Plätze anbieten.

»Aber nein«, wehrt Luise verlegen ab, setzt sich dann aber doch. »So alt sind wir doch nicht, dass wir nicht ein bisserl stehen können…«

»Na, offenbar schauen wir aber so aus, als könnten wir eben nicht mehr stehen…«, lästert Maggie.

»Du versuchst immer, mich alt zu machen, das ist so gemein.«

»Aber Luiserl«, versucht Ella einzulenken, »wir sind ja alle nicht mehr die Frischesten, das macht doch nix, solange wir uns nicht ins Bett legen und auf den Tod warten, nicht wahr? Also ich fühl mich jedenfalls überhaupt nicht alt…«

»Was heißt das überhaupt?«

»Na, dass man öfter daran denkt, dass der Großteil des Lebens schon vorbei ist«, sagt Luise leise, als sie die Haustüre öffnet.

»Aber unser Leben ist nicht vorbei«, gibt Ella energisch zurück.

»Und, wie war euer Ausflug?«, fragt Tommy, als er ein paar Tage später Nanni und Hanni vorbeibringt. Das Baby schläft und Nanni genießt die ungeteilte Aufmerksamkeit der vier Omas.

»Spielen«, sagt sie herausfordernd und rennt in Ellas Zimmer, wo in einer Ecke ein Korb steht, in dem sich so einige Spielsachen angesammelt haben, seit sie auf der Welt ist. Als erstes zieht sie Charlie, den Clown, heraus, eine Puppe, die fast so groß ist wie sie selbst.

»Charlie und Nanni«, jauchzt sie und tanzt mit der Puppe durchs Zimmer.

»Oma, die Charlie-Geschichte«, sagt sie dann ganz erwachsen und baut sich vor Ella auf, die sie zum Sofa hinzieht und sich mit ihr dort niederlässt.

»Ja, Oma, erzähl die Charlie-Geschichte«, lacht Tommy, »die hab ich als kleiner Bub auch schon so gern gehabt!«

»Der Ausflug war super, wir waren nachher weniger müde als vorher«, sagt Maggie, was ihr einen bösen Blick ihrer Schwester einträgt.

»Gar nicht wahr«, ruft Ella herüber, »ich hab schon lang nicht mehr so gut geschlafen!«

»Aber nicht, weil du dich körperlich besonders verausgabt hättest!«, sagt Maggie spitz.

»Ist ja auch egal. Schön wars …«

Luise kann trotzdem nicht schlafen. War es das schon? Das Leben? Kommt da noch etwas? Kann man so wie Maggie einfach so tun, als sei Alter wirklich nur eine Zahl?

Aber was heißt das? Was würde sie gerne noch machen? Einmal allein ins Kino gehen? Einmal allein verreisen? Was sie sich wirklich wünscht, wäre, dass Lotte mit Magda und Nina nach Wien übersiedelt. Dass sie so wie Ella viel mehr Zeit mit ihnen verbringen könnte. Sie wird Lotte morgen anrufen, sie hat schon so lange nicht mit ihr gesprochen, vielleicht fährt sie sie auch einfach für eine Woche oder so besuchen. Lotte lädt sie ja immer ein, aber irgendwie fehlt ihr immer die Zeit dazu, auch wenn sie gar nicht so genau weiß, was sie eigentlich mit den Tagen anfängt.

Morgen wird sie für Nina ein Kleidchen nähen, beschließt sie. Das Kind wächst so schnell, da kann man ihr immer was schneidern. Sie sollte überhaupt viel mehr nähen. Rada hat auch nichts zum Anziehen und für Tommys Mädchen könnte sie ja auch wieder was machen. Das wird sie morgen gleich in Angriff nehmen.

Gut, einmal in der Woche geht sie ihre Schulfreundin Trude besuchen, die in einem Altersheim lebt, seit ihr Mann gestorben ist. Dort würde sie persönlich ja nie leben wollen, denkt Luise.

Sie ist immer ganz erledigt, wenn sie von Trude weggeht. Lauter alte Leute mit allen möglichen Gebrechen. Ein Rollator neben dem anderen. Dabei geht's der Trude gut, die ist ja auch erst so alt wie Luise selbst, aber wenn sie sich die Leute rundherum anschaut, hat sie das Gefühl, mindestens zehn Jahre jünger zu sein.

Einmal hat sie die Trude gefragt, was sie so macht, dort, im Altersheim. Also Montag Singen, Dienstag spielt sie Karten, Mittwoch geht sie zur Gymnastik, Donnerstag kommst du, Luiserl, immer, und am Wochenende kommen die Kinder und wir gehen spazieren und Mittag essen. Hat Trude ihr ihre Woche geschildert. Gar nicht schlecht, aber will sie so ein Leben?

In ihrer Wohngemeinschaft weiß keiner, was am nächsten Tag passieren wird. Manchmal erklärt Maggie, es gebe da einen Film, den sie alle unbedingt sehen müssten, und dann machen sie sich oft alle vier gemeinsam auf ins Kino. Einfach so, mitten unter der Woche. Oder auch ins Theater, wenn Ella was gefunden hat, was ihr sehenswert erscheint.

Meistens langweilt sich Luise ja bei den von Maggie ausgesuchten Filmen, und die Stücke, die Ella interessieren, sind auch nicht unbedingt nach ihrem Geschmack. Aber es passiert immer etwas. Oder sie machen einen Ausflug, wie letzte Woche. Oder die Kinder und Enkel von Ella und Maggie kommen zu Besuch. Deshalb wohnt sie da, denkt Luise. Weil sie das Gefühl hat, sie kann doch noch einiges nachholen, was sie in ihrem Leben versäumt hat.

Lotte überrascht Luise am nächsten Tag mit der Nachricht, dass sie zu einer Ausstellung nach Wien eingeladen worden sei. Sie werde mit Magda, die sich freigenommen habe, und Nina für drei Monate kommen. Eine Wohnung habe sie schon gefunden, bitte die Mutter aber, sich diese doch noch direkt anschauen zu gehen.

»Weil im Internet schaut alles immer super aus, aber wer weiß, ob das dann auch wirklich so ist, wie wir's brauchen. Also bitte, bitte Mama, geh sie dir anschauen und sag mir dann Bescheid. Ich schick dir die Adresse und die Telefonnummer vom Vermieter gleich nachher ...«

»Die Lotte kommt für drei Monate nach Wien!«, schreit Luise Ella glücklich entgegen, als diese verschlafen in der Küche auftaucht.

»Großartig, wo werden sie wohnen?«, fragt die sofort.

»Ich soll mir die Wohnung anschauen gehen, kommst mit?«

»Ja gern, ich schau mir immer gern Wohnungen an ...«

»Das Kind ist da!«, ruft Ella begeistert.

»Und was ist es?«

»Endlich einmal kein Mäderl!«

»Du alte Reaktionärin«, antwortet Maggie.

»Na ja, zwei Mäderln haben wir ja schon, ohne Männer geht's eben doch nicht, du weißt das doch am allerbesten ...«, stichelt Ella.

»Lilli war es egal, ich glaub sogar, sie hat sich ein Mäderl gewünscht«, sagt Luise.

»Was weißt denn du schon, was sich Ellas Tochter wünscht«, beißt Maggie.

»Bub gut, besser als Mädchen«, sagt Rada.

»Na, jetzt habt ihr euch aber gefunden, ihr Macho-Weiber«, sagt Maggie wütend.

»Jetzt freut euch doch, wir haben auch noch einen kleinen Buben. Einen Emil!«

»Jö, wie Emil und die Detektive ...«

»Ja was glaubst du denn, wie sie auf den Namen gekommen sind ...«

Ein Bub. Die vier Omas sind ganz aus dem Häuschen. Vor dieser Entwicklung tritt sogar Lottes provisorische Übersiedlung ein wenig in den Hintergrund, und Luise denkt, dass sie schon wieder in der zweiten Reihe steht.

Aber für sie ist Lotte am wichtigsten. Punkt aus und basta. Bub hin oder her. Und Nanni und Hanni? Und wird Maggie nicht furchtbar neidig sein? Nelly scheint ja keine Kinder zu wollen.

Als Lilli eine Woche später zu Besuch kommt, um Emil den »Damen des Hauses« vorzustellen, sind sie wieder versöhnt.

»Ein Herzensbrecher«, säuselt Luise.

»So hübsche Bub«, lacht Rada.

»Er schaut dem Opa ähnlich«, sagt Ella glücklich und Lilli lacht und sagt: »Ja leider, aber das wächst sich hoffentlich aus …«

»Du bist gemein«, sagt Maggie und lacht, »aber du hast natürlich recht.«

Emil hat einen feinen, hellen Flaum auf dem Kopf und macht während des gesamten Besuchs kaum die Augen auf. Nanni und Hanni sind zur Feier des Tages auch mit ihren Eltern da und begutachten den Cousin mit großen Augen. Aber als Nanni versucht, das Baby aufzuheben, schreitet Lilli energisch ein. Ein bisschen schreien und einige Tränen später sitzen alle wieder friedlich miteinander um den großen Tisch im Wohnzimmer und genießen Radas Spezialtorte. Streusel auf Apfel, nennt sie sie. Die Mädchen haben außerdem noch jede einen Eislutscher bekommen und sind ganz zufrieden. Das Baby schläft friedlich an der Brust seiner Mama.

»Du schaust richtig glücklich aus«, sagt Luise sentimental zu Lilli.

»Ja, ja, die Erfüllung jeder Frau und so …«, wirft Maggie spöttisch ein.

»Na und, was ist dabei? Sie schaut zufrieden aus, das ist doch schön …«

»Ja, ich freu mich, auch wenn er mir immer noch die Haare vom Kopf frisst, und wenn er uns in der Nacht ein bisschen mehr schlafen ließe, wärs auch nicht schlecht …«

»Das wird schon«, sagt Ella tröstend. »Er muss erst seinen Rhythmus kriegen …«

»Na hoffentlich weiß er das auch«, lacht Axel und streicht dem Baby stolz über das Köpfchen.

Die Wohnung, die Lotte übers Internet gefunden hat, sieht auf den ersten Blick gut aus. Findet Luise. Es gibt sogar einen Balkon mit Blumenkästen, und die Räume sind sparsam, aber praktisch eingerichtet. Es gibt ein Kinderzimmer für Nina und ein gemütliches Wohnzimmer, und die Küche ist gut ausgestattet.

»Und was sie sonst noch brauchen, werden wir dann schon zusammenkratzen«, sagt Ella energisch und zieht Luise mit hinaus auf den Balkon, der in den Hinterhof geht.

»Wie im ›Fenster zum Hof‹«, sagt sie fröhlich. »Da können sie sitzen und allen Nachbarn in die Wohnung schauen. Und wenn einer seine Frau prügelt oder ermordet oder die Kinder sekkiert, sehen sie's gleich ...«

»Was du für Phantasien hast«, sagt Luise pikiert. »Ich hoffe doch sehr, dass da nichts dergleichen passiert ...«

»Na ja, vielleicht können sie den Leuten ja auch nur beim Sex zuschauen ...«

»Ella, was redest du, pfui ...«

»Geh, Luiserl, sei nicht so prüde, ich mach doch nur Spaß ...«

»Also für solche Späße war ich noch nie zu haben ...«, sagt Luise und wird rot.

»Was soll ich der Lotte jetzt sagen? Soll sie die Wohnung nehmen?«

»Na sicher, nur weil man den anderen vom Balkon aus ins Schlafzimmer schauen kann, heißt das ja nicht, dass die Wohnung nichts wert ist. Außerdem liegt sie gleich bei der U-Bahn ...«

»Ja, und die Galerie ist auch nicht weit. Zu uns hätte es halt näher sein können ...«

»Ach was, mit der U-Bahn sind sie in Null komma nix da ...«

Lotte, Magda und Nina sind begeistert von der Wohnung und auch davon, dass sie gleich neben einem Markt liegt, wo es alles gibt, was man zum Leben braucht. Einen Kindergartenplatz für die drei Monate haben sie auch schon gefunden. Der Balkon wird von Nina sofort mit Beschlag belegt. Ihre Puppen und

Tiere bekommen ein eigenes kleines Haus draußen, und Magda geht sofort in das nächste Haushaltswarengeschäft und kauft ein dichtes Netz, das sie über das Geländer spannt.

»Man weiß ja nie, auf was für Ideen unsere Göre kommt«, sagt sie und streicht dem Kind liebevoll über den Kopf. Luise ist glücklich. Und versucht Ordnung in den Alltag der Drei zu bringen.

»Ich komm jeden Freitag und hol die Nina vom Kindergarten ab und nehm sie mit zu uns und ihr könnt dann zum Abendessen kommen. Und am Sonntag fahren wir zum Spazierengehen in den Wienerwald«, ordnet sie an. Und am Anfang finden Lotte und Magda das auch angenehm. Bis sie einmal an einem Freitag eine Einladung zu einem Gartenfest bei einer Kindergartenfreundin von Nina haben und an einem Sonntag zum Brunch von Lottes Künstlerfreund eingeladen werden. Da ist es mit der Ordnung auch schon wieder vorbei.

Sie brauchen mich gar nicht, denkt Luise bitter und fragt sich, warum sie der Tochter die Freunde und die vielen Kontakte so wenig gönnt. Ich war immer allein, der Helmut hat ja jeden vertrieben, mit dem ich mich hätte anfreunden können, denkt sie. Und jetzt kann ich das auch nicht mehr. Na ja, bei der Ella und der Maggie sind ja auch dauernd Leute – die haben auch Freunde. Ich hab das noch nie gekonnt, Freundschaften pflegen. Außer der Trude kenne ich eigentlich niemanden mehr von früher. Und so junge Leute kommen zu denen in unsere Wohnung, wie machen die das nur? Da habe ich ja auch etwas davon, das stimmt schon.

»Du musst nicht immer allen als allererstes dein Alter um die Ohren hauen«, sagt Maggie an einem Abend grob.

Am Nachmittag waren Ellas Deutsch-Schüler zu Besuch da. Vier junge Männer aus Afghanistan, die Nelly ihr vermittelt hat. Nach dem Unterricht gibt es immer Kaffee und Kuchen und eine Tratschrunde mit Maggie und Luise, wenn sie gerade da sind und Zeit haben. Und Luise ist erstaunt, wie gut sich Ella und Maggie mit den vier Burschen verstehen, während sie sich immer schwertut. Rada weigert sich, sich mit den vier jungen Männern zu beschäftigen.

»Sind Ausländer, weiß man nicht, was machen ...«, sagt sie sehr zum Vergnügen von Maggie, die sie provokant fragt, was sie denn sei.

»Ich bin hier ...«, sagt Rada daraufhin und marschiert stolz erhobenen Hauptes in die Küche.

Die vier Burschen sind sehr höflich und wohl auch ein wenig eingeschüchtert von den energischen Frauen, die ihre Großmütter sein könnten. Aber wenn Maggie sie nach ihrem Musikgeschmack fragt und Ella ihnen verständnisvoll zuhört, wenn sie von zu Hause erzählen, tauen sie ein bisschen auf. Nur mit Luise werden sie irgendwie nicht warm. Luise kränkt sich, weiß aber nicht, was sie tun soll.

»Ich fühl mich aber alt, wenn ich mir die Burschen anschaue. Und außerdem sind sie mir halt wirklich sehr fremd. Ich weiß nicht, wie ihr das macht ...«

»Also erstens bin ich nicht alt, und zweitens sind das doch einfach ganz verlorene Kinder, die wen brauchen, an den sie sich anlehnen können. Ist doch ganz egal, wo sie her sind ...«, versucht Maggie zu erklären.

»Ja, du hast leicht reden, du warst ja schon überall auf der Welt, da macht dir das nix, aber ich kenne mich nicht so aus und weiß nicht, was die beleidigen könnte. Glaubst du nicht, dass die vielleicht aggressiv werden, wenn man was sagt, was ihnen nicht passt?«

»Waren sie denn schon einmal aggressiv?«, fragt Maggie und tut so, als meinte sie die Frage ernst.

»Na ja, weiß nicht, waren sie?«, antwortet Luise zögernd.

»Denk halt nach«, sagt Maggie zornig, und Luise zieht den Kopf zwischen die Schultern.

»Ich habe Bauchweh ...«, jammert Luise am nächsten Morgen.

»Was für Bauchweh?«, fragt Ella, als wäre sie Ärztin.

»Na so ein Ziehen und Brennen da ...«, sagt Luise.

»Du hast eine Gastritis«, diagnostiziert Ella.

»Und woher wissen Sie das, Frau Doktor?«, fragt Luise schnippisch.

»Na, weil ich das kenn. Graust dir vor bestimmten Sachen? Zieht's auch, wenn du Hunger hast?«

»Ja schon ...«

»Also ab jetzt trinkst du in der Früh Tee und isst alle zwei Stunden eine Kleinigkeit ...«

»Ja, aber zuerst geh ich zur Ziegler, weil Ella, Hand aufs Herz, du bist sehr lieb, aber eben doch keine Ärztin.«

Bei Frau Doktor Ziegler ist das Wartezimmer so voll, dass Luise eine Weile stehen muss. Ihr Bauch rumort und drückt. Sie hat einen unangenehmen Geschmack im Mund und würde am liebsten gleich wieder davonlaufen. Aber die Sprechstundenhilfe hat sie schon in die Liste geschrieben und sie hört ihre Mutter sagen: Das macht man nicht, stell dich nicht so an, ist schon nicht so schlimm, das hältst du schon noch durch ...

Endlich kommt sie an die Reihe. Frau Doktor Ziegler hört sich ihre Symptome an, schaut ihr in den Mund, tastet Bauch und Magen ab und schreibt ihr eine Überweisung ans Labor.

»Sie haben wahrscheinlich eine Gastritis. Ich schreib ihnen so eine Rollkur auf, aber kommen S' auf jeden Fall noch einmal, wenn sie die Blutbefunde haben, damit wir das dann alles genauer besprechen können ...«

Ella schaut drein, als wollte sie gleich losplatzen.

»Ich hab's dir ja gesagt ... Das ist aber nichts Schlimmes, ich glaub, das hat heutzutage jeder Zweite. Vor allem jetzt im Frühling ...«

»Das hilft mir jetzt sehr zu wissen, dass andere auch Bauchweh haben«, sagt Luise spitz, geht in ihr Zimmer und legt sich ins Bett.

»Sie ist so eine Mimose ...«, sagt Ella später zu Maggie.

»Na ja, ich weiß nicht, vielleicht war's doch so, dass sie nie hat krank sein dürfen. Und jetzt ist sie einmal rechtmäßig krank und dann nimmst du sie auch nicht ernst, sondern sagst, sie soll sich nichts antun, sie hat was, was tausend andere auch haben ...«, verteidigt ausnahmsweise Maggie Luise.

»Schau Luiserl, ich hab dir einen Fencheltee gemacht, der tut gut, beruhigt. Ah ja, und ich nehm' immer Baldrian, wenn ich

Bauchweh hab, weißt eh, Magen oder Bauch, das sind immer auch die Nerven.«

»Danke, Ella, du bist so lieb«, und plötzlich beginnt Luise zu weinen. So geweint hat sie noch nie. So laut und unbekümmert und ungebremst. Als Kind hat man mit ihr geschimpft, wenn sie geweint hat. Und Helmut hat sie ausgelacht und gesagt, sie soll sich nicht lächerlich machen, sie hat gar keinen Grund. Obwohl sie doch viele Gründe hatte. Hat. Ella legt ihr den Arm um die Schulter und drückt sie an sich.

»Wein ruhig, das ist so, wenn der Magen rebelliert, da ist man ganz dünnhäutig und muss viel weinen. Das tut aber gut. Wein dich aus, dann geht's dir gleich besser. Und ruh dich aus. Mit Magenschmerzen muss man viel schlafen. Du wirst sehen, es geht dir bald besser.«

Ella steht ächzend auf und Luise bemerkt zum ersten Mal, dass Ella sich ein wenig schwerfällig bewegt. So, als täte ihr was beim Gehen weh.

»Ärgert dich wieder der Ischias?«, fragt sie unter Tränen.

»Ja, der Hund, der gibt und gibt keine Ruh«, antwortet Ella und lacht trotz der Schmerzen. »Wir sind schon ein Invalidenverein«, meint sie dann und da muss auch Luise lachen. »Aber wenigstens ein lustiger. Die Maggie und die Rada sind ja noch springlebendig, aber wir sind schon zwei Ruinen ...«

»Also Ruinen sind wir keine, wir sind nur nicht mehr ganz so jung«, protestiert Luise.

»Du solltest eine Kur machen«, sagt Maggie zu Ella, als diese wieder einmal das Gesicht verzieht, weil ihr Rücken so schmerzt.

»Na, das fehlt mir noch. Lauter alte kranke Leute, die nichts anderes machen, als über ihre verschiedenen Krankheiten reden, das kommt gar nicht in Frage.«

»Na gut, dann such ich uns was, wo wir Wirbelsäulengymnastik machen können. Schadet mir auch nichts ...«

»Aber nur, wenn die Luise und die Rada mitgehen, die können das auch gut brauchen ...«

»Kannst dir die Rada vorstellen in Leggings und engem Leiberl, wie sie Turnübungen macht?«

»Na ja, ich kann mir mich ja auch nicht vorstellen ...«

Eine Woche später kommt Maggie mit einem Prospekt einer Physiotherapeutischen Praxis nach Hause. Alle schauen den Prospekt voller Bewunderung an und dabei bleibt es.

Luises Magen beruhigt sich, aber ihre Angst vor allem, was ihr nicht gut tun könnte, macht den anderen das Leben schwer, vor allem Rada, die immer noch darauf besteht, täglich für alle zu kochen.

»Karfiol? Nein, der bläht, den vertrage ich nicht... Backhendl? Auf keinen Fall, der Arzt hat gesagt, ich soll nichts Gebackenes essen ...«, sorgt sich Luise.

Maggie vergisst jede Rücksicht. »Am besten, du isst überhaupt nur noch Zwieback und trinkst dazu Fencheltee. Da kann dann nichts passieren«, sagt sie und Luise ist natürlich beleidigt.

»Maggie, hast du meine Schlüssel gesehen? Ich kann sie nicht finden und ich brauch was aus meiner Kommode ...«, ruft Ella durch die Wohnung.

»Wahrscheinlich hast du sie wieder einmal verlegt, ich versteh ja eh nicht, warum du deine Kommode immer zusperren musst. Oder glaubst du, wir stehlen dir was?«

»Na ja, man weiß ja nie, wer alles in die Wohnung kommt ...«

»Ella, das meinst du jetzt aber nicht ernst, außer uns und unserem Besuch kommt doch keiner herein!«

»Na und deine jungen Männer? Vielleicht wollen die uns ja nur ausrauben?«

»Welche jungen Männer? Es gibt doch nur den Jorge und der traut sich ja schon lange nicht mehr her ...«

»Das sagst du so, aber gestern Nacht war da wer, der ist herumgeschlichen. Also, wo habe ich jetzt nur die Schlüssel hingegeben?«

Maggie nimmt entschlossen Ellas Handtasche, greift in das Innenfach und zieht Ellas Schlüsselbund heraus.

Später sitzen Maggie und Luise einander in der Küche gegenüber und Maggie beschwert sich.

»Die Ella ist furchtbar. Dauernd verlegt sie was und beschuldigt irgendwelche fremden Leute, ihr was zu stehlen, ich weiß gar nicht, was ich mit ihr machen soll. Sie war doch nie so misstrauisch! Und ihre Kreuzschmerzen – die trägt sie vor sich hin, aber dagegen tun will sie auch nichts, sie meint, in der Physiotherapie sekkieren sie sie nur und sagen dauernd, sie muss sich mehr bewegen, und das geht ihr auf die Nerven …«

Luise hört Maggie zu und erinnert sich plötzlich an eine Tante, die Schwester ihres Vaters, die zuletzt, als sie, die Kinder, alle schon aus dem Haus waren, bei ihren Eltern gelebt hat, weil sie nicht mehr allein sein konnte. Die hat ihre Mutter immer beschuldigt, ihr Geld zu stehlen. Ob das bei Ella jetzt auch so beginnt? Nein, die Tante war ja viel älter, denkt Luise und schweigt. Sie will Maggie nicht beunruhigen. Und Maggie ärgert sich über ihre Schwester und wirft ihr vor, ihnen allen das Leben schwer zu machen.

»Na, das macht schon das Luiserl«, sagt Ella frech und wieder fühlt Luise sich als Außenseiterin, die keiner haben will. Wie die Tante damals, über die sich die Mutter unausgesetzt beschwert hat. Der Vater hat immer nur die Schultern gezuckt und sich hinter der Zeitung verschanzt. Und sie und ihre Geschwister haben die Tante mit einer gewissen Abneigung betrachtet, wenn sie bei den Eltern zu Besuch waren. Sie erschien ihnen peinlich und langweilig. Aber jetzt denkt sie manchmal, dass die Tante sehr arm war in einer Familie, in der sich keiner für sie interessierte. Denn das war es eigentlich. Keiner wollte sich mit ihr beschäftigen, und vor allem wollten sie alle nicht so sein wie diese kranke Tante. Denn natürlich war sie krank, nur dass das damals noch keiner wusste, denkt Luise erschrocken, und was, wenn die Ella…, gehen die Gedanken weiter, und als sie dreinschaut, als wäre ihr ein Geist begegnet, fragt Maggie, was denn los sei.

»Vielleicht ist sie dement?«, rutscht es Luise heraus.

»Die Ella ist doch nicht dement, was redest du für einen Blödsinn … Sie wird halt ein bisserl vergesslich, das ist doch normal, wenn man alt wird. Deshalb ist sie doch nicht dement, also wirklich, Luise …«, wehrt sich Maggie.

Rada hat sich angewöhnt, nur noch mit wenig Salz und wenig Fett zu kochen. Schmeckt nach nichts, sagt Maggie und nutzt jede Gelegenheit, um auswärts zu essen. Ella, die immer viel Wert auf gutes Essen gelegt hat, schaufelt alles still in sich hinein, um dann in ihr Zimmer zu verschwinden und dort aus ihrer Keksdose nachzulegen. Manchmal gesellt sich Maggie dann zu ihr, und sie freuen sich wie die Kinder, wenn sie heimlich Schokolade und Kekse futtern.

»Schmeckt dir das, was die Rada jetzt immer kocht?«, fragt Maggie eines Abends. Sie hat unauffällig sechs kleine Schaumrollen nach Hause gebracht und mit Ella friedlich vereint verspeist.

»Nein«, sagt Ella energisch. »Aber die Luise und die Rada müssen beide Diät essen, also esse ich das eben auch, und halt mich dann heimlich schadlos …«

Maggie lacht und beißt genüsslich in eine neue Schaumrolle. »Du weißt aber schon, dass du die Rada bezahlst und ihr eigentlich sagen kannst, was sie kochen soll …«, sagt sie.

»Ja klar, aber was soll ich denn machen, die arme Rada hat Diabetes und die Luise einen kaputten Magen, und wir zwei kommen ja auch so ganz gut aus, also soll sie halt so kochen, wie sie das jetzt macht. Ach ja, alt werden ist wirklich nichts für Feiglinge …«

»Woher hast du das denn jetzt wieder?«

»Das hab ich irgendwo gelesen, das hat eine berühmte Filmschauspielerin gesagt, mir fällt nur gerade nicht ein, wie die heißt. Eine Amerikanerin, weißt eh, so eine Weißblonde, aufgedonnerte, irgendwas mit Ost oder so …«

»Mae West?«

»Genau, die. Die hat das gesagt … Alt werden ist nichts für Feiglinge …«

»Da ist was dran«, sagt Maggie. »Aber wir sind ja auch nicht alt. Wir haben noch Zeit, bevor wir uns ums Gebiss streiten müssen …«

Ella lacht auf.

»Wer von uns hat denn ein Gebiss? Du denkst schon wieder an die Mama. Erinnerst du dich, wie sie immer die Geschichte von den Schwestern erzählt hat, die gemeinsam nur ein Gebiss hatten? Und wie die eine von einem Rendez-vous nach Hause kommt und der anderen, die nach ihr verabredet ist, schnell das

Gebiss übergibt und die sagt im Weggehen: ›Mmmh, Apfelstrudel habt ihr gehabt …?‹«

Ella und Maggie lachen so laut, dass sie Luises Klopfen überhören. Die schaut irritiert, als sie die letzte Schaumrolle auf dem Tisch in Ellas Zimmer entdeckt.

»Also ihr müsst nicht heimlich naschen, nur weil die Rada und ich das nicht essen dürfen …«, meint sie beleidigt und verlässt hoch erhobenen Hauptes wieder Ellas Zimmer.

»Oh je, jetzt ist sie wieder drei Tage beleidigt, und der Rada wird sie's auch tratschen und dann ist die auch böse auf uns …«, sagt Ella bedauernd, aber Maggie winkt ab. »Ist mir wurscht, wir werden ja wohl bei uns zu Hause essen dürfen, was wir wollen, oder?«

»Mama, was möchtest du zu deinem Geburtstag machen?«, fragt Nelly Maggie am Sonntag beim Mittagessen.

»Geburtstag? Hab ich nicht …«, sagt Maggie bestimmt und widmet sich ihrem Hühnerbein.

»Doch, hast du, und zwar in einer Woche und noch dazu einen Halbrunden. Und den müssen wir feiern …«

»Geburtstage sind auch nur Zahlen, ist doch egal, wie alt ich bin, wichtig ist, wie alt ich mich fühl …«

»Fühlen tust du dich wie 12, aber werden tust du 65, und ich will mit meiner Mama ihren echten Geburtstag feiern können …«

»Mein Alter ist irgendwo zwischen 40 und 60 und Schluss!«

»Maggie, jetzt redest du aber wirklich, als wärst du irgendwo zwischen Kindergarten und Volksschule. Du sagst doch selbst immer, dass Alter nur eine Zahl ist. Dann lass uns richtig feiern, schließlich gibt's ja nicht so viele Gelegenheiten zu feiern. Komm, wir machen ein richtiges Fest hier bei uns, Platz haben wir genug, du kannst auch den Jorge einladen und mit ihm Tango tanzen …«, sagt Ella und umarmt ihre Schwester, die böse dreinschaut.

Das Geburtstagsfest findet an einem Samstag statt. Lotte und Magda, die inzwischen wieder nach Berlin zurückgekehrt sind, reisen mit Nina extra übers Wochenende an, Tommy kommt mit Nanni und Hanni und Silvia, die nicht müde wird, ihren Töchtern alles Mögliche zu verbieten, und Lilli, die Emil stillt und immer Hunger hat und so viel Torte isst, dass ihr am Ende schlecht wird. Rada rennt zwischen Küche und Wohnzimmer hin und her, Luise versucht Nina davon abzuhalten, Nanni und Hanni zu beißen, und Jorge steht mit großen Augen mitten »in diesem Irrenhaus« und weiß nicht, was er da eigentlich soll. Ella sitzt da, zufrieden, wie eine Spinne, die reiche Beute in ihrem Netz gesammelt hat, und Maggie macht gute Miene zum mühsamen Spiel und tanzt sogar einen Tango mit Jorge, um Ella eine Freude zu machen. Nelly schenkt ihrer Mutter einen gemeinsamen Wochenendtrip nach Barcelona, eine Stadt, die Maggie liebt. Ella überreicht ihr eine Korallenkette, die sie als junge Frau einmal von Heinz bekommen und nie getragen hat, und Tommy, Lilli und Lotte erfreuen sie mit gerahmten Fotos der Kinder. Was Maggie zu einem bösen Blick in Richtung Nelly verleitet, die so tut, als bemerke sie das gar nicht, und sich weiter mit Jorge unterhält, damit der sich nicht zu fremd fühlt in dieser seltsamen Gesellschaft.

»Familienfest? Nie wieder«, stöhnt Maggie, nachdem alle gegangen sind.

»Hättest ja auch deine Freunde einladen können«, stichelt Ella. Luise ist schon schlafen gegangen, sie ist erschöpft davon, hinter Nina herzulaufen und sie von Nanni und Hanni wegzulotsen, und Rada räumt wieder einmal die Küche auf, obwohl sie sich inzwischen eine Putzfrau leisten, die zwei Mal in der Woche kommt und die Wohnung in Schuss hält.

»Ich will einfach nicht mehr Geburtstag feiern. Wer braucht das schon, sich jedes Jahr daran erinnern, dass man alt wird. Das ist doch nur traurig.«

»Wenn du nicht alt werden wolltest, hättest du jung sterben müssen«, sagt Ella gelangweilt und dreht den Fernseher auf.

»So ein blöder Spruch. Ich hab ja nicht gesagt, dass ich nicht leben will, ich will nur nicht dauernd daran erinnert werden, dass ich alt bin. Ich fühl mich noch sehr elastisch und energisch und neugierig und das ist doch entscheidend. Der Jorge findet auch nicht, dass ich alt bin, und er mag mich …«

»Ja, der ist eh nett, aber leben würdest du mit dem auch nicht wollen …«

»Leben tu ich mit dir, der Jorge ist fürs Herz«, sagt Maggie und muss selber lachen.

»Fürs Herz, so ein Unsinn«, sagt Ella und lacht mit.

»Ich hab nächste Woche Geburtstag«, sagt Luise beiläufig beim Frühstück.

»Sollen wir noch ein Fest machen? Wie alt wirst du eigentlich? 20?«

»Maggie, lass sie in Ruhe. Luiserl, sollen wir ins Theater gehen? Zu deinem Geburtstag?«

»Lieber ins Ballett«, sagt Luise und Maggie verzieht angewidert das Gesicht.

»Ballett – wahrscheinlich Schwanensee, gell? Oder vielleicht gleich die Eisrevue?«

»Was hast du gegen Schwanensee? Und ja, die Eisrevue täte ich sehr gern einmal sehen, und ich wett mit euch, die Rada hätte das auch gern …«

»Es ist ihr Geburtstag«, sagt Ella wütend zu Maggie, »da gehen wir das anschauen, was sie mag. Und wenn sie Schwanensee geben, dann gehen wir halt zu Schwanensee …!«

»Ohne mich, aber ich zahl gern mit bei den Karten!«

»Schwanensee hab ich nicht gefunden, aber Dornröschen, würde dir das auch gefallen?«, fragt Ella Luise ein paar Tage später.

»Ja, sehr gern, ich hab jedes Ballett gern. Die Rada auch!«, sagt Luise sehr bestimmt und Ella wundert sich, weil Rada noch nie irgendein Interesse an Ballett geäußert hat in den Jahren, die sie jetzt schon zusammen wohnen. Aber hat sie sie denn jemals danach gefragt?

Luise jedenfalls redet mit Rada über solche Dinge. Oder sie geht einfach davon aus, dass Rada als Rumänin Ballett lieben muss. Denkt Ella.

Luise hat Rada tatsächlich auch nicht gefragt, ist aber fest davon überzeugt, dass sie recht hat.

»Wie alt wirst du jetzt wirklich?«, fragt Ella Luise, als sie die Karten besorgt hat.

»59.«

»Geh Luiserl, 59 warst du schon voriges Jahr und vorvoriges auch. Also bist du jetzt mindestens 61«, rechnet Maggie und lacht.

»Ich bin 59«, sagt Luise zornig und rennt aus der Küche.

»So was Blödes«, sagt Maggie, »als ob das einen Unterschied macht, wenn sie's nicht sagt, alt wird sie doch trotzdem ...«

»Ja, dann lass sie halt in Ruhe«, sagt Ella genervt. »Kann dir doch egal sein, was sie sagt – sie ist übrigens 66, das weiß ich, weil ich zufällig einmal ihren Pass gesehen hab ...«

Maggie fängt zu lachen an und Ella und Rada lachen mit.

Luise hört sie in ihrem Zimmer und wird blass. Sie weiß selbst, dass es kindisch ist, sich jünger zu machen – so wie sie sich als Kind immer älter gemacht hat. Aber sie kann den Gedanken nicht ertragen, bald 70 zu werden. Sie ist ja sogar älter als Maggie und Rada, nur Ella schlägt sie um ein paar Jahre. Das Alter macht ihr Angst. Sie hat so viel versäumt in ihrem Leben, denkt sie. So vieles, was sie gerne gemacht hätte und was jetzt schon nicht mehr möglich ist.

Manchmal studiert sie in den Zeitungen Stellenanzeigen und überlegt, welche für sie passen könnte. Obwohl sie weiß, dass sie zu alt dafür ist, dass die Zeit, in der sie sich neu erfinden hätte können, endgültig vorbei ist. Ihre Mutter hat bis zu ihrem Tod mit 80 Jahren behauptet, sie sei Mitte 60. Sie hat auch ihr Haar bis zuletzt gefärbt und hat es gehasst, wenn die Enkelkinder sie Oma nannten.

Sie hat sich gefürchtet vor dem Tod. Ganz schreckliche Angst hat sie bis zuletzt gehabt, und ihr Tod war auch schrecklich und mühsam und hat viel zu lange gedauert. Und Luise hat die Mutter vor Augen, wie sie um jeden Atemzug kämpft. Und das wiederum macht ihr Angst. Sie will aber auch nicht daran denken, wie es sein wird, »wenn ich einmal alt bin«. Der Gedanke an ein Altersheim, in dem alle nur auf den Tod warten, ist ihr unerträglich. So wie Ellas Heinz müsste man sterben können. Zu Hause, umgeben von den liebsten Menschen. Aber wer wäre denn bei ihr? Rudi sicher nicht, von Helmut ganz zu schweigen. Und Lotte, würde die aus Berlin kommen, um bei ihr zu sein? Na gut, Rada und Ella und Maggie, die würden sich schon kümmern um sie, aber so nahe, wie sie sich das wünschen würde, sind die ihr ja doch nicht. Das Lachen in der Küche bestärkt sie in diesem Gefühl.

Helmut hat ihr ja immer vorgeworfen, sie sei unfähig zu jeder Art von Beziehung. Aber so lange sie mit ihm verheiratet war, hat sie gar keine Gelegenheit gehabt, sich mit irgendwem anzufreunden. Denn sobald sich so etwas auch nur am Horizont abzeichnete, hat er übernommen und sie zur Seite gedrängt. Und sie hat sich jedes Mal zurückgezogen und ihm das Feld überlassen.

Maggie und Ella sind ganz anders. Sie weiß nicht, wie sie das machen. Dauernd sind sie verabredet, telefonieren mit irgendjemandem, teilen verschiedene Aktivitäten. Luise neidet ihnen das, sieht sich aber außerstande, es ihnen gleich zu tun.

Die einzige, mit der sie so etwas wie eine Freundschaft aufgebaut hat, ist Rada. Ella und Maggie schüchtern sie ein, weshalb sie so oft so ruppig reagiert, wenn die beiden irgendetwas zu ihr sagen. Rada hört ihr einfach zu und nickt. Damit kann Luise umgehen.

Die Machtverhältnisse, denkt sie manchmal, sind halt so. Die zwei, die Schwestern, sind eine Einheit, und sie und Rada müssen versuchen, sich von ihnen nicht erdrücken zu lassen. Und der ewige Spott. Über ihr Alter. Als wäre sie schon kurz vor dem Grab.

Manchmal liegt sie in der Nacht wach – und hat Angst. Angst vor dem Tod, Angst vor dem Alleinsein. Dann überlegt sie, ob es nicht doch vielleicht vernünftiger wäre, ins Altersheim zu gehen. Was ihr mindestens so viel Angst macht wie der Gedanke an den Tod.

Lotte hat ihr wieder einmal vorgeschlagen, zu ihnen nach Berlin zu ziehen. Nach dem Fest zu Maggies Geburtstag, bevor sie wieder abgereist sind, hat sie die Mutter gefragt, wie sie sich so fühle »in der Weiberwohngemeinschaft«. Und Luise hat herumgedruckst, und da hat Lotte laut und deutlich erklärt, dass sie sich freuen würden, wenn die Mutter zu ihnen käme. Noch dazu könnte sie ihnen helfen, denn Nina sei eine »durchaus entzückende, aber auch ziemlich anstrengende junge Dame«. So hat Lotte es lachend gesagt. Aber was soll sie in Berlin? Sie traut sich ja schon in Wien kaum allein aus dem Haus.

»Es riecht nach alten Frauen«, sagt Maggie in der Früh und rümpft die Nase.

»Was soll das schon wieder heißen«, fragt Ella ungehalten und gießt sich eine zweite Schale Kaffee ein.

»Du sollst doch nicht so viel Kaffee trinken, das macht dich ganz nervös«, zwitschert Luise, frisch gebadet und geföhnt, und setzt sich zu ihrem Frühstück aus Müsli und Kräutertee.

»Ist mir wurscht«, sagt Ella unfreundlich.

»Du könntest wieder einmal baden«, sagt Maggie zu Ella.

»Lass mich schon in Ruhe, ich stink doch nicht ...«

»Doch, du riechst nach alter Frau ...«

»Na und, ich bin ja auch eine alte Frau ...«

»Das ist so gemein, Maggie«, sagt Luise und muss sich zusammennehmen, um nicht in Tränen auszubrechen.

»Wieso?«, fragt Maggie scheinheilig. »Die Ella badet seit neuestem nicht so gern, und das riecht man eben ...«

»Du gehst mir so auf die Nerven«, sagt Ella und streicht sich ein zweites Marmeladebrot.

»Und außerdem wirst du blad ...«, sagt Maggie und muss plötzlich lachen.

»Na, du hast's notwendig«, sagt Ella böse.

»Macht nichts, süß macht glücklich. Dick auch«, sagt Rada, streichelt Ellas Arm und schneidet ihr noch eine Scheibe von dem Striezel ab.

»Aber für dich ist süß nix«, sagt Maggie streng und schaut böse auf die dick mit Butter und Marmelade bestrichene Scheibe Striezel, in die Rada jetzt genussvoll hineinbeißt.

»Du sollst doch nichts Süßes essen, Rada«, sagt Luise.

»Ohne süß nicht leben«, sagt Rada gleichmütig, »heute egal«, und isst ihre süße Scheibe weiter.

»Jetzt lass sie halt, was haben wir denn noch im Leben, wenn nicht gutes Essen«, sagt Ella weise und lehnt sich zufrieden zurück.

»Gehen wir heute in die Albertina?«, fragt Maggie.

»Ich treff den Rudi«, sagt Luise schnell.

»Ich hab der Lilli versprochen, ich geh mit ihr Kinderwagen aussuchen«, sagt Ella und Rada schüttelt den Kopf.

»Ich muss Maria besuchen, ist krank ...«

»Ihr seid so was von kulturlos«, sagt Maggie wütend. »Dann ruf ich halt die Ernie an und frag sie, ob sie mitgeht, oder ich geh halt alleine …«

»Na ja, du bist halt unsere Intellektuelle. Wir anderen sind blöde, alte Frauen, die was anderes zu tun haben …«, gibt Ella zurück.

»Kann ich mitkommen zum Kinderwagen aussuchen?«, sagt Maggie plötzlich ganz versöhnlich.

»Na sicher!«

»Ich hab dich lieb!«, ruft Maggie, umarmt Ella und drückt ihr einen dicken Kuss auf die Wange.

»Hör auf, du erdrückst mich«, schreit Ella lachend.

Luise schaut irritiert. Ihre Brüder und ihre Schwester haben sie nie umarmt, ihr nie gesagt, dass sie sie gernhaben. Sie beneidet Maggie und Ella. Und sie bedauert plötzlich so vieles. Vor allem, dass sie es nie gewagt hat, sich zur Wehr zu setzen. Mit Maggie oder Ella hätte das Leben nie so umgehen können wie mit ihr, denkt sie. Dann steht sie auf, nickt den anderen zu und geht aus der Küche.

»Die einzige wirklich Alte hier ist die arme Luise«, sagt Ella nachdenklich.

»Die fürchtet sich so vor dem Altsein, dass sie älter wirkt, als sie ist«, sagt Maggie.

»Du bist unerbittlich, sie hat dir doch nichts getan, versuch doch, sie zu verstehen …«

»Ja Ella, du bist halt ein guter Mensch, du hast für jeden Verständnis und Mitleid. Aber mir geht sie einfach unglaublich auf die Nerven …«

»Ich hab kein Mitleid, sondern Mitgefühl. Und die Luise hat wirklich kein leichtes Leben gehabt, und wenn du das so erlebt hättest, würdest du jetzt auch noch mehr Zeit haben wollen, um irgendwas ein bisserl nachzuholen …«

»Ich will auch noch lang nicht sterben und ich leb auch gern und will genießen, so viel ich kann, aber deshalb muss man doch nicht dauernd den anderen die eigenen Sorgen umhängen …«

»Na ja, wenn einer unglücklich ist, dann schlägt er halt wild um sich, das kennst du ja auch, nicht wahr?«

»Also ich tu eben was, ich sitz nicht nur einfach herum und

bemitleide mich selbst. Ich geh zum Beispiel demonstrieren. Das könnte die Luise ja auch, aber dazu ist sie viel zu reaktionär …«

»Maggie, die Luise wohnt hier mit uns, das heißt doch nicht, dass sie alles genau so sehen muss wie wir …«

»Hast ja recht! Und jetzt kaufen wir Emil den größten, teuersten Kinderwagen, den wir finden können!«

9. VERGESSEN

Emil ist ein bewundernswert geduldiges Baby. Er wandert von Arm zu Arm, ohne je zu protestieren, und lässt sich sogar von seinen beiden Cousinen herumschleppen, die ihre Mutter danach bestürmen, ihnen auch einen Bruder »zu kaufen«.

Ella ist glücklich, denkt Maggie.

Und sie wird vergesslich, denkt sie wenige Tage später, als Ella wieder einmal ihre Schlüssel sucht, die direkt vor ihr auf der Ablage im Vorzimmer liegen.

»Du legst sie doch immer da her«, sagt sie zu Ella.

»Gar nicht wahr, ich steck sie immer in die Außentasche«, antwortet Ella zornig.

»Nein, du lässt sie immer hier im Vorzimmer liegen, wieso weißt du das nicht?«

Maggie ist wütend.

»Die Ella macht das absichtlich«, beschwert sie sich bei Luise.

»Das glaub ich nicht«, antwortet die. »Warum soll sie das absichtlich machen?«

»Na, um mich zu ärgern!«, sagt Maggie ungeduldig.

»Was hätte sie denn davon?«, fragt Luise gleichmütig, und Maggie schreit sie an, sie solle ihr nicht so dumme Fragen stellen, sondern lieber Ella ausrichten, sie möge dieses Theater lassen.

Aber Ella sucht. Sie sucht ihre Schlüssel, sie sucht ihre Brille, sie sucht ihre Geldbörse. Und sie beginnt, die drei anderen Mitglieder der Wohngemeinschaft zu verdächtigen.

»Ich hab noch 50 Euro im Geldbörsel gehabt, gestern, wie ich einkaufen war. Und jetzt sind nur noch 20 drin. Hast du dir was rausgenommen?« Sie schaut Maggie streng an. »Du brauchst doch dauernd Geld …«

»Ella, ich nehme mir doch kein Geld aus deiner Börse, ohne dich vorher zu fragen, wie kommst du darauf, also wirklich …«

Aber Ella sucht immer weiter. Sie verlegt ihren Lieblingspullover, läuft hinter Rada her und fragt sie, wo ihre Strumpfhosen hingekommen sind, sie geht in Maggies Zimmer und schaut dort in alle Schubladen auf der Suche nach ihrem Ehering, den sie am Finger trägt. Maggie macht sich lustig.

»Du wirst noch einmal deinen Kopf suchen oder deinen Busen«, sagt sie zu Ella, die sie verständnislos anschaut.

»Mama, was ist los?«, fragt Lilli, als sie zu Besuch kommt. Und auch Nelly ist besorgt. Aber Maggie winkt ab und behauptet, Ella sei einfach träge geworden, sie müsse sich mehr bewegen, dann werde sie weniger vergessen. Aber Ella sucht und mag nicht spazieren gehen, wie Maggie ihr rät.

»Wir fahren jetzt dann nach Hause«, hört Maggie sie eines Tages am Telefon zu ihrer Freundin Elfie sagen.

»Wo seid ihr denn?«, fragt die, nachdem Maggie Ella den Telefonhörer aus der Hand genommen hat.

»Na zu Hause«, sagt Maggie zornig, »du hast doch auf unserem Festnetz angerufen, was fragst du so blöd?«

»Na, aber die Ella hat gesagt …«

»Die hat dich gepflanzt«, meint Maggie unwirsch und legt den Hörer auf.

»Was erzählst du der Elfie für Unsinn«, sagt sie streng zu ihrer Schwester.

Aber Ella sagt leise: »Ich fühl mich halt nicht zu Hause, weißt du …«

Da wird Maggie unruhig.

Als Lilli und Tommy am nächsten Sonntag mit den Kindern zu Besuch kommen, nimmt sie sie beiseite.

»Irgendwas ist los mit eurer Mama. Sie ist so verwirrt. Und unlängst ist sie mitten in der Nacht vor meinem Bett gestanden und hat behauptet, es seien fremde Leute in der Wohnung …«

»Vielleicht hat sie die Rada und die Luise gemeint?«, fragt Tommy.

»Sie muss zum Arzt gehen«, sagt Lilli.

»Zu welchem?«

»Zum Hausarzt, der wird schon wissen, was weiter zu tun ist.«

Aber Ella will nicht zum Arzt gehen.

»Mir fehlt nichts, außer meinem Kreuzweh …«, sagt sie und geht ihre Brille suchen, die sie auf dem Kopf zurückgeschoben hat.

»Du hast sie am Kopf«, schreit Maggie und lacht.

»Ich werde immer blöder«, lacht Ella zurück, und Maggie ist ein wenig beruhigt, weil das jetzt wieder ganz nach ihrer Schwester geklungen hat. Aber in der selben Nacht steht Ella wieder vor ihrem Bett wie ein Nachtgespenst und sagt voller Angst, es sei da ein Mann in ihrem Zimmer, der wolle ihr was antun. Maggie steht ärgerlich auf und geht mit Ella. Im Zimmer ist natürlich niemand, und Maggie schimpft mit Ella, sie solle sie nicht in der Nacht aufwecken, nur weil sie selbst nicht schlafen könne.

»Aber ich hab ihn doch gesehen«, sagt Ella und beginnt zu weinen.

»Na ja, vielleicht hast du das ja einfach geträumt«, erwidert Maggie müde und geht zurück ins Bett.

»Wo Kekse, hab ich gestern gekauft, drei Paket, kann ich nicht finden«, klagt Rada am Frühstückstisch.

»Fang jetzt nicht du auch noch an, wirst sie halt in den Kasten gegeben haben«, antwortet Maggie ungeduldig.

Aber Rada schüttelt den Kopf.

»Ella, hast du die Kekse genommen, die die Rada gekauft hat?«

»Welche Kekse?«

»Gehen wir halt nachschauen«, sagt Maggie entnervt und nimmt Ella an der Hand.

In Ellas Zimmer findet sie die Kekse unter dem Kopfpolster von Ellas Bett.

»Wieso hast du die bei dir im Bett, die Kekse?«

»Na zum Essen, am Abend, im Bett«, sagt Ella und lacht verlegen.

»Da brauchst du doch aber nicht alle drei Packungen …«

Ella gibt keine Antwort und Maggie weiß nicht, wohin mit ihrem Zorn.

Seit sie auf der Welt ist, war Ella immer da. Sie war ihre große Schwester, ihr Vorbild, manchmal auch ihre Tyrannin. Oft hat Ella ihr zu verstehen gegeben, dass sie, Maggie, zu oberflächlich, zu leichtsinnig ist. Aber meistens waren sie ganz eng verbunden – fast wie Zwillinge. Wenn die Mutter mit Maggie unzufrieden war, hat Ella sie immer verteidigt, und oft haben sie gemeinsam die Mutter reingelegt. Und jetzt plötzlich findet sie ihre große Schwester nicht mehr.

»Sie lässt mich im Stich«, beschwert sie sich bei Luise.

»Wieso, sie ist doch da«, antwortet die.

»Nein, sie ist nicht mehr sie selbst. Ich glaub, sie macht das absichtlich …«

Sie beschwert sich auch bei Nelly.

»Mama, verstehst du nicht, dass Ella krank ist?«, sagt Nelly wenig mitfühlend.

»Wieso krank, sie ist einfach vergesslich und führt sich auf …«

»Nein, ich hab ein bisserl nachgelesen, die Tante Ella ist dement, vielleicht hat sie auch Alzheimer, das kann ich nicht sagen, ich bin ja kein Arzt. Aber ich finde, sie muss zum Arzt gehen, weil sie ja offenbar Angst hat, und da muss man ihr doch helfen können …«

»Ich weiß nicht. Sie ist in letzter Zeit auch so aggressiv. Unlängst hat sie direkt auf mich hingehaut …«

»Also, ich mach jetzt einen Termin bei eurem Internisten. Das geht so nicht weiter. Sie hat mir gesagt, dass sie sich dauernd fürchtet, das ist doch nicht auszuhalten, die Arme«.

Der Arzt bestätigt Nellys Befürchtungen. Er verschreibt Ella etwas gegen ihre Angst. Und ein leichtes Schlafmittel. Mehr, sagt er, könne er nicht für sie tun. Es sei aber nicht so schlimm, sie spreche ja noch ganz vernünftig. Vielleicht, so fragt er sie, vielleicht habe sie ja Lust, so einen Kurs für Gehirntraining zu machen?

Ella nickt freundlich und sagt nach dem Verlassen der Ordination zu Maggie, dass sie nicht im Traum daran denke, sich mit irgendwelchen vergesslichen alten Leuten in einen Kurs zu setzen, da bleibe sie lieber zu Hause und löse Kreuzworträtsel. Maggie freut sich und kauft Ella ein Rätselheft. Aber bald schon wird ihr klar, dass Ella das Heft nicht angerührt hat, und als sie sie danach fragt, schaut Ella verständnislos und sagt: »Ich hab noch nie gern Kreuzworträtsel gemacht, wieso hast du mir so was überhaupt gekauft? Schade ums Geld …«

Lilli, Tommy, Nelly und Maggie halten Kriegsrat im Kaffeehaus.

»Schau, Mama«, bemüht sich Nelly, »die Tante Ella verliert sich, das ist ganz schwer für sie. Natürlich auch für euch, aber eben vor allem für sie selbst. Du darfst nicht mit ihr streiten. Lass ihr ihre Phantasien, sie tut doch niemandem was.«

Und Lilli meint, die Mutter müsse vor allem ihre Medikamente nehmen, das sei ganz wichtig.

»Kann die Rada sich nicht mehr um sie kümmern? Kannst du ihr erklären, was los ist? Du musst ja nicht dauernd auf ihr picken wie eine Klette. Lass die Rada das machen, die hat mehr Distanz…«, schlägt Tommy vor und blättert in der Zeitung vor ihm.

»Was schaust du denn dauernd in die Zeitung, es geht auch um deine Mutter«, sagt Lilli zornig.

»Ja, eh…«

»Tommy!«

»Wir suchen eine größere Wohnung, die Silvia ist wieder schwanger«, eröffnet Tommy.

»Na, ihr habt Nerven. Sind euch zwei nicht genug?«, sagt Maggie.

»Noch ein Kind? Könnt ihr euch das denn leisten?«, fragt Lilli.

Aber Nelly umarmt den Cousin, küsst ihn auf die Wange und gratuliert ihm: »Und diesmal wird's ein Bub, dann habt ihr wirklich alles, was ihr braucht«, sagt sie fröhlich. Aber Lilli und Maggie schauen skeptisch.

»Also was soll ich machen mit der Ella, ich kann sie doch nicht dauernd verfolgen, damit sie nichts anstellt…«, jammert Maggie dann.

»Was soll sie schon anstellen? Lass ihr halt ein bissel Luft, dann wird das schon«, sagt Tommy ungerührt.

»Na, du hast leicht reden, leb du einmal mit einem Menschen, der plötzlich nicht mehr weiß, wo er ist, und dir in der Nacht erzählt, da sind fremde Männer in der Wohnung…«

»Na vielleicht hätte sie halt gern wieder einen Mann bei sich«, sagt Tommy und lacht.

»Du bist wirklich so blöd…«, weist seine Schwester ihn zurecht.

»Nein, ich finde wirklich, ihr solltet sie einfach leben lassen. Sperr dein Zimmer halt zu, Tante Maggie, wenn du nicht willst, dass sie dich aufweckt. Und sagt dem Arzt, er soll ihr Schlafmittel verschreiben, dann gibt sie in der Nacht Ruh …«

»Männer«, sagt Lilli abfällig und wendet sich an Nelly: »Glaubst du, wir müssen sie in ein Heim geben?«

»Das kommt nicht in Frage«, sagt Maggie aufgebracht. »Das erlaube ich sicher nicht. Die Ella wird nirgends hin abgeschoben. Zu Hause fühlt sie sich wohl und da bleibt sie. Schließlich sind die Rada und die Luise und ich da und kümmern uns sicher besser um sie als jede Pflegerin in irgendeinem Heim. Und außerdem – sie ist ja nicht völlig gaga, sie wird halt ein bisserl vergesslich …«

Maggie geht nach Hause und beruft einen zweiten Kriegsrat ein.

Nachdem Ella schlafen gegangen ist, setzen sich Luise, Rada und Maggie im Schlafrock in der Küche zusammen.

»Wir machen einfach einen Wochenplan«, sagt die ungewohnt energische Luise.

»Jeden Tag kümmert sich eine andere speziell um Ella. Da kommt jede von uns zwei Mal in der Woche dran und den Rest der Zeit hat sie frei …«

»Und wenn ich nicht dran bin, darf ich nicht mit ihr reden?«, fragt Maggie hämisch.

»So hab ich das doch nicht gemeint …«

»Ich pflegen Frau Ella, ich Pflegerin, bin dafür da …«

»Aber nicht du allein«, sagt Maggie.

»Und was schlägst du vor?«

»Na ja, ich habe mir gedacht, du, Rada, schaust, dass sie ihre Tabletten nimmt, und du, Luise, und ich, wir gehen mit ihr spazieren und so …«, sagt Maggie und schaut unsicher in die Runde.

Luise nickt. Rada blickt misstrauisch. Maggie steht auf und geht zum Fenster.

»Es geht eh ganz gut, oder?«, fragt sie unsicher in die Runde.

»Aber ja«, sagt Luise plötzlich fröhlich. »Ich nehme sie nachher gleich mit zur Kosmetikerin, da haben wir uns oft getroffen und das ist so entspannend, das tut ihr gut …«

»Ja, mach das, ich treffe mich mit der Nelly, wir gehen heute ins Theater. Also bin ich heute nicht da, aber morgen …«

»Kommen zu Essen nicht spät, soll essen Frau Ella …«, sagt Rada.

»Aber geh, es schadet ihr gar nichts, wenn sie weniger isst, sie ist in letzter Zeit richtig dick geworden«, sagt Luise streng.

»Na sicher, sie stopft sich ja jeden Abend mit Keksen und Schokolade voll …«

Maggie muss lachen, wenn sie an das Bett der Schwester denkt, in dem sich immer irgendwelche Süßigkeiten finden.

»Du musst strenger zu ihr sein, Rada, sie versaut ja jede Nacht das Bett mit dem süßen Zeug …«

»Macht nix«, sagt Rada, »süß gut für Nerven …«

»Na dann her damit, meine Nerven können auch was Süßes vertragen …«

Als Luise in Ellas Zimmer kommt, sitzt diese im Schlafrock vor dem Schreibtisch. »Ella, du musst dich anziehen, wir gehen doch zur Kosmetikerin«, sagt Luise irritiert.

»Ich kann nicht, muss das dringend für den Heinz durchlesen und korrigieren«, sagt Ella und zeigt auf den Stapel Buchseiten vor sich.

»Aber Ella, der Heinz ist doch schon lange tot und das Buch schon längst veröffentlicht, wir waren doch zusammen bei der Präsentation, erinnerst du dich nicht mehr?«

Schweigen.

Dann sagt Ella: »Du hast ja recht, ich bin so blöd, entschuldige bitte. Ich hab da was geträumt, weißt du …«

Ella geht zum Schrank, zerrt eine alte Hose und einen zerdrückten Pullover hervor und schlüpft mühsam hinein. Luise schaut missbilligend, wagt es aber nicht, etwas zu sagen. Sie ist erschrocken, weil Ella von ihrem toten Mann gesprochen hat, als wäre der noch da.

»Hast du dich heute schon gewaschen und Zähne geputzt?«, wagt sie dann trotzdem zu fragen, weil sie bemerkt, dass Ellas Gesicht irgendwie zerdrückt aussieht.

»Nein, ich hab ja gearbeitet und du weißt doch, ich arbeite am liebsten im Pyjama, bevor ich bade und mich anziehe. Ach so, aber baden geht sich jetzt wohl nicht mehr aus, gelt? Na gut, ich gehe schnell Zähne putzen, dann können wir gleich los …«

Am Abend sitzen Maggie, Luise und Rada wieder zusammen.

»Sie hat sich nicht einmal gewaschen, ich habe mich so geniert bei der Kosmetikerin, sie hat nämlich auch ein bissel gerochen …«, erzählt Luise und wird rot, weil ihr das Ganze peinlich ist.

»Stinken tut sie neuerdings«, sagt Maggie wütend. »Ich hab's ihr schon ein paar Mal gesagt, aber sie reagiert gar nicht drauf. Und die Unterwäsche muss man ihr auch mit Gewalt wegnehmen, sonst zieht sie sie eine Woche lang an … Ich ärgere mich grün und blau …«

»Frau Ella nicht da, Frau Ella andere Welt …«, sagt Rada vernünftig und versucht, Maggie zu besänftigen. Aber die denkt gar nicht daran, sich trösten zu lassen.

»Im Stich lässt sie mich, schleicht sich einfach so davon. Wo sie mir doch versprochen hat, dass wir zusammen alt werden …«, flüstert Maggie und plötzlich treten ihr Tränen in die Augen.

Luise und Rada starren sie fassungslos an. Maggie, die weint? Eine Ungeheuerlichkeit. Maggie ist die Starke, Eiserne, manchmal hat Ella sie im Spaß sogar Eiserne Lady genannt. Und jetzt weint sie? Maggie, die in jeder Situation eine rettende Idee parat hat? Undenkbar.

»Das wird schon«, tröstet Luise, weil ihr gerade nichts anderes einfällt.

»Nichts wird schon«, schreit Maggie und die Tränen verlieren sich wieder.

»Wir reden Arzt«, sagt Rada vernünftig.

»Der weiß auch nicht, was man da machen kann, schau du lieber, dass sie ihre Tabletten nimmt, dann hat sie wenigstens keine Angst und ist nicht aggressiv …«

Lilli bringt Emil. Sie muss zum Arzt und Ella hat sofort erklärt, sie werde auf das Baby aufpassen, solange Lilli beschäftigt ist.

»Die Lilli bringt den Emil, da müssen wir da sein«, sagt Maggie zu Rada und Luise.

»Die Ella kann das gar nicht mehr!«

»Na gut, ich wollte eigentlich den Rudi treffen, aber ich verschieb das halt!«, meint Luise und schaut unglücklich.

Rudi hat fast nie Zeit für sie, und wenn sie ihn trifft, ist er meistens abweisend und grob. Trotzdem freut sie sich jedes Mal. Maggie sagt dann meistens böse, Rudi würde seiner Mutter »wieder einmal die Ehre« geben, aber Luise findet das ungerecht.

Jetzt sagt Maggie freundlich: »Nein, das musst du nicht, triff deinen Rudi ruhig, die Rada und ich machen das schon ...«

»Ah so, weil ich eh nicht dazu gehöre, nicht wahr? Mich braucht ihr ja nicht ...«, sagt Luise gekränkt.

»Aber nein, ich habe nur gemeint, du freust dich doch so, wenn der Rudi einmal Zeit hat, das wirst du doch nicht aufgeben wegen der paar Stunden mit dem Emil ...«

»Also ich soll nicht da sein, nicht wahr? Damit ihr unter euch seid? Aber die Ella ausführen, das darf ich dann schon, wenn's euch passt.«

Wenn Ella nicht dabei ist, um zu vermitteln, geraten die beiden sofort in Streit und ein Missverständnis folgt auf das andere.

»Luise, beruhig dich«, versucht es Maggie noch einmal, »ich hab das nicht so gemeint, ich weiß ja, wie froh du bist, wenn du den Rudi sehen kannst, aber wenn du lieber da bleibst, freuen wir uns natürlich ...«

Und dem Kerl, dem Rudi, tut's gut, wenn die Luise nicht jedes Mal springt, wenn er pfeift, denkt Maggie noch, wagt aber nicht, das laut zu sagen.

Luise schluckt zwei Mal und greift dann demonstrativ vor Maggie zu ihrem Handy und ruft Rudi an.

»Ich kann morgen leider nicht, geht's vielleicht auch am Samstag?«, fragt sie ihren Sohn, und Maggie beißt die Zähne fest zusammen, weil sie Luises unterwürfigen Ton nicht ertragen kann und am liebsten dazwischen schreien würde.

»Aha, da kannst du nicht, na wann hättest du denn Zeit für deine alte Mutter?«, hört sie Luise fragen. Mutig, denkt sie, da schwingt so ein bisserl Spott mit, das hätte sie Luise gar nicht zugetraut.

»Sonntag hab ich schon was vor, Montag?«

Luise hat am Sonntag was vor? Das hört sie zum ersten Mal, das ist sicher eine Lüge und Maggie muss zähneknirschend anerkennen, dass sich Luise besser schlägt, als sie es für möglich gehalten hätte.

»Gut, dann am Montag um vier, so wie immer dort halt«, sagt Luise jetzt wieder für Maggies Geschmack viel zu kleinlaut.

»Was hast du am Sonntag denn vor?«, fragt sie, als Luise das Telefonat beendet hat.

»Geht dich gar nichts an, ich treffe eine Freundin.« Sagt Luise spitz.

»Schön für dich«, meint Maggie kühl und geht aus dem Zimmer.

Emil ist ein sehr rundes, lustiges Baby. Er kräht vergnügt vor sich hin, als ihn Lilli am Boden auf die mitgebrachte Decke legt, und strampelt heftig mit den Beinen. Ella setzt sich neben ihn auf den Boden und kitzelt ihm den Bauch.

»Ich hab ein Flascherl eingepackt und Windeln. Wenn er unruhig wird, gib ihm die Tropfen, er zahnt gerade und hat manchmal einfach Schmerzen im Mund«, trägt Lilli der Mutter auf, und Rada, die hinter Ella steht, nickt eifrig mit dem Kopf. Lilli küsst das Baby auf den Bauch und steht dann auf.

»Ich bin spätestens um sechs wieder da. Danke euch allen«, sagt sie und geht.

Emil schaut und bricht sofort in Tränen aus.

Ella kitzelt ihn wieder am Bauch, aber Emil bleibt untröstlich. Ella schaut Rada an und zuckt hilflos mit den Schultern. Rada hebt das Baby auf und wirft es in die Luft. Emil hört zu schreien auf und lacht durch die dicken Tränen hindurch, die ihm über seine runden Babywangen hinunterrollen.

»Ich bin wirklich gar nichts mehr wert«, flüstert Ella traurig und steht mühsam auf.

Rada setzt ihr Emil auf den Schoss und der patscht mit seinen dicken Babyhänden auf ihre Wangen und reißt sie an den Haaren.

»Au, du Grobian«, lacht Ella und küsst das Baby auf den blonden Flaum auf seinem Kopf. »Du bist ja schon jetzt ganz schön frech, wie soll das erst später werden?«, sagt sie und drückt Emil so fest an sich, dass der zu strampeln beginnt und ihr fast vom Schoß rutscht.

»Rada, hilf mir«, schreit Ella und Rada stürzt herbei und nimmt ihr das Baby aus dem Arm.

Luise kommt und streicht Emil über den runden Kopf, aber der wendet sich weg und lacht Maggie entgegen, die sich vor ihm aufbaut und ihm Gesichter schneidet.

»Na ja, wenn man kindisch bleibt, hat man's leichter…«, meint Luise und setzt sich neben Ella, die ganz verliebt den Enkel anschaut, der da auf Radas Arm sitzt und jetzt Maggie an ihren Locken zieht.

»Sollen wir ihn einpacken und in den Park gehen mit ihm, was meint ihr?«, fragt Maggie dann in die Runde.

»Sehr gute Idee, da schläft er dann sicher ein bisserl…«, sagt Luise und steht auf.

»Wirklich?«, fragt Ella. »Wird's nicht regnen? Ist es nicht zu kalt für ihn?«

»Komm, du Faulpelz, du suchst ja nur nach einer Ausrede, um dich nicht bewegen zu müssen«, erwidert Maggie und zieht Ella hoch.

Es dauert eine ganze Weile, bis alle angezogen und das Baby entsprechend verpackt ist, aber dann marschieren die vier Omas stolz los. Rada schiebt den Kinderwagen, aber Ella hält sich auch daran fest, als müsse sie sicher sein, dass das Kind nicht plötzlich verschwindet. Luise und Maggie flankieren die beiden, und so gelangen sie zum Parkeingang.

»Schau, wie schön, es wird langsam wirklich Frühling«, sagt Luise begeistert und deutet auf die zarten Knospen an den Bäumen. »Geht's uns nicht gut?«, fragt sie dann in die Runde, aber keine der anderen will auf diese rhetorische Frage eine Antwort geben.

»Mit dem Heinz fahr ich jetzt dann auf den Cobenzl, da trinken wir Kaffee und dann gehen wir zu Fuß hinunter nach Nussdorf«, sagt Ella und schaut verträumt auf den Teich im Park.

»Du bist noch nie zu Fuß vom Cobenzl hinuntergegangen, du hast dich höchstens hinaufchauffieren lassen und bist dann oben in der Sonne gesessen, während wir mit den Kindern hinuntergewandert sind«, sagt Maggie.

»Gar nicht wahr, ich geh immer mit dem Heinz zusammen…«, versteift sich Ella.

»Ja, ja, wenn du meinst…«, gibt Maggie zornig zu und schneidet dem schlafenden Emil eine ihrer Grimassen.

»So lass sie doch, das tut doch keinem weh«, sagt Luise freundlich, aber Maggie erträgt es nicht, wenn die Schwester Dinge verdreht erzählt. Sie weiß ja, wie es wirklich war, denkt sie, und Ella sollte es auch wissen. Sie kann sich nicht daran gewöhnen, dass die Schwester immer mehr Dinge erzählt, die sie nur geträumt haben kann. So wie vor ein paar Tagen, als sie der staunenden Luise und der verunsicherten Rada erzählt hat, dass sie einmal mit Heinz im Himalaya war und einen Achttausender bestiegen habe. »Der Sherpa, der Tinseng, der war so lieb, der Heinz war direkt eifersüchtig…«, hat sie stolz erzählt.

Maggie ist dazwischengefahren wie eine Furie und hat Ella angeschrien.

»Du warst noch nie im Himalaya. Was redest du…«

Aber Ella hat sich nicht davon abbringen lassen und ausführlich erzählt, worüber sie »mit Tinseng« geredet hat und was es zu essen gab und wo sie und Heinz geschlafen haben und wie anstrengend der Aufstieg war und wie stolz alle auf sie waren, weil sie nicht gejammert hat. Und sie hat dabei Urlaube in Italien und Bücher, die sie gelesen hat, vermischt. Und Maggie hat ihr fassungslos zugehört angesichts des offensichtlichen Durcheinanders, das sich in Ellas Kopf breit zu machen scheint. Luise und Rada hören atemlos zu und Maggie vermutet, dass sie nicht so genau wissen, worüber sie jetzt gerade mit Ella reden. Aber Ella wirkt ganz aufgekratzt und fröhlich und Maggie nimmt sich vor, dass sie toleranter sein muss gegenüber der Schwester und dass Luise recht hat, wenn sie sagt, dass Ella krank sei und ihre Geschichten schließlich keinem wehtäten.

»Es macht mich wahnsinnig«, sagt sie am nächsten Tag dennoch am Telefon zu ihrer Tochter.

Tommy, Lilli und Nelly rufen jetzt abwechselnd einmal am Tag an, um zu wissen, »wie die Lage ist«.

»Ja, Mama, das versteh ich. Geh ihr halt ein bisserl aus dem Weg, überlass das der Luise und der Rada, die haben mehr Distanz…«

»Denen ist das egal, meinst du, ja? Na ja, die merken ja auch nicht, wenn sie fantasiert. Die nehmen alles für bare Münze, was sie sagt …«

»Nein, es ist ihnen nicht egal, aber sie leiden nicht so wie du, weil sie nicht ihr ganzes Leben mit der Tante verbracht haben …«

»Ja, ja, Frau Professor, wie viel kriegst du für die Ratschläge?«

»Mama, du bist furchtbar. Ich weiß doch, dass du nur so aggressiv bist, weil es dir weh tut, die Tante Ella so zu sehen. Aber sie ist halt krank und du musst schauen, dass du nicht auch noch krank wirst, also versuch, dich weniger aufzuregen …«

Leichter gesagt als getan.

Zwei Tage später bekommt Maggie einen Anruf von der Bank. Ella und sie haben ihre Konten bei der gleichen Bank und beide haben dort ihren Mädchennamen angegeben.

»Frau Margarete Weiner?«, fragt der Mann am Telefon.

»Ja, das bin ich«, sagt Maggie forsch.

»Und Sie sind die Schwester von Frau Elisabeth Weiner, nicht wahr?«

»Ja, bin ich auch«, sagt Maggie noch forscher.

»Dürfte ich Sie bitten, in nächster Zeit einmal zu uns in die Filiale zu kommen? Ich müsste etwas betreffend ihre Schwester mit Ihnen besprechen …«

Maggie geht am nächsten Tag hin.

»Ich sollte Ihnen das gar nicht sagen, aber Ihre Familie ist schon so lange bei uns Kunde, da habe ich mir gedacht, ich sollte sie warnen.« Sagt der dünne junge Mann mit dem pickeligen Gesicht und den zurückgegelten Haaren.

»Was ist denn los?«

»Ihre Schwester hat in letzter Zeit große Summen von ihrem Konto abgehoben – auch wenn gar kein Geld mehr drauf war. Auf die Dauer geht das nicht so weiter …«

»Aha«, sagt Maggie und erschrickt gehörig.

»Hat sie in letzter Zeit irgendwelche besonderen Ausgaben gehabt?«, fragt der junge Mann höflich. »Sie war fast jeden zweiten Tag da …«

»Aha«, sagt Maggie noch einmal, weil ihr gerade nichts Besseres einfällt. »Ich kümmere mich drum«, meint sie dann energisch und steht auf.

»Verzeihen Sie, dass ich mich da eingemischt habe, aber bei so guten, alten Kunden hab ich halt das Gefühl, ich sollte wenigstens drauf aufmerksam machen, wenn was komisch ist...«

»Danke, sehr nett von Ihnen«, sagt Maggie und geht.

»Wieso hast du so viel Geld abgehoben?«

»Hab ich doch gar nicht...«

»Du warst jeden zweiten Tag auf der Bank, wo ist das ganze Geld?«

»Weiß nicht, wahrscheinlich hat's mir wer gestohlen...«

»Ella, hier stiehlt dir niemand was, das weißt du doch!«

»Schrei mich nicht an, ich bin ja kein Hund...«

»Nein, aber blöd...«

Und plötzlich lacht Ella los und Maggie lacht mit. Und beginnt dann systematisch in Ellas Zimmer nach dem Geld zu suchen. Sie findet ein paar Banknoten in einem Buch auf dem Nachtkästchen und dann noch mehr in der Schublade des Schreibtisches. Sie schaut in die Handtasche, die halboffen auf dem Schreibtisch steht, und in der Seitentasche sind auch ein paar Zehner und Zwanziger und sogar in Ellas altem Schlafrock findet sie in beiden Taschen ein paar Scheine.

»Soll ich das nicht doch lieber auf die Bank bringen?«, fragt sie Ella.

»Auf keinen Fall, dort verschwindet doch alles. Gib's her, ich versteck es, dann kann es mir keiner stehlen...«

»Ella, wenn du's versteckst, finden wir es nie wieder, ich nehm's und sperr's bei mir ein, und wenn du Geld brauchst, sagst du's mir, einverstanden?«

»Nein, du willst das nur für dich haben, ich weiß doch, dass du dauernd pleite bist, obwohl du viel mehr hast als ich, und dann rennst du und kaufst dir Fetzen und ich hab kein Geld für Sachen für die Kinder...«

Ella weint. Maggie ist fassungslos. Sie ist gekränkt, weil die Schwester sie verdächtigt, und sie ist unglücklich, weil Ella so unglaublich verzweifelt ist.

Maggie ruft den Arzt an. Schildert, was passiert ist. Sagt nebenbei auch, dass Ella jetzt manchmal wie ein kleines Kind in die Hose macht, sich aber weigert, Windeln zu tragen. Sich auch weigert, Tabletten zu nehmen, weil sie glaubt, dass sie irgendwer vergiften will. Fragt, was man tun kann. Die Tabletten zerbröseln und ins Essen mischen, rät der Arzt. Statt Windeln eben Windelhosen besorgen, die sehen aus wie Unterhosen. Einfach abwarten, sagt er auch.

Warten? Worauf, denkt Maggie und es wird ihr ganz kalt, als ihr klar wird, was der Arzt gemeint hat. Rada hört schweigend zu, als Maggie ihr erklärt, was der Arzt gesagt hat.

Sie kocht Vanillepudding für Ella. Die isst fast nur noch süße Speisen. Also macht Rada ihr Grießkoch, Vanillepudding, Marillenknödel oder Palatschinken.

»Zerbrösel die Tabletten und misch sie ihr in den Pudding und mach die Portion klein, damit sie auch wirklich alles nimmt ...«, sagt Maggie seufzend.

Ella isst den Medikamentenpudding mit großem Vergnügen und Rada und Maggie atmen erleichtert auf. Auch die Windelhosen akzeptiert sie anstandslos als »normale Unterhosen«. Maggie ist beruhigt und eine Weile geht alles gut.

Dann stirbt Frau Liese.

Frau Liese ist schon 15 Jahre alt, ein wirklich stattliches Alter für eine Katze. Und sie stirbt ganz leicht. An einem Tag verweigert sie das Futter, am nächsten liegt sie fein säuberlich hingestreckt in der Küche und atmet nicht mehr.

Maggie ist ein wenig traurig, findet aber, dass man um ein Tier nicht mehr als eben ein wenig trauern sollte. Aber Ella bricht in Tränen aus, stürzt sich auf die tote Katze und will sie gar nicht loslassen.

»Komm wir machen was ganz Illegales. Wir fahren in den Wiener Wald und begraben die Frau Liese dort unter einem Baum«, sagt Maggie, um Ella zu trösten, und die nickt und geht in ihr Zimmer, um sich anzuziehen. Maggie packt Frau Liese in eine alte Reisetasche, legt ihre Spielmäuse und ihre Schlafdecke dazu, findet eine Kinderschaufel, die sie in die Handtasche steckt, und ruft ein Taxi.

»Rada und Luise müssen auch mitkommen zum Begräbnis«, sagt Ella energisch.

»Ja, ich sag's ihnen!«

Luise seufzt und auch Rada schaut unglücklich, aber sie geben nach.

Und dann sitzen die vier im Taxi und versuchen zu entscheiden, wo sie hinfahren sollen.

»Was haben Sie denn vor?«, fragt der Taxifahrer.

»Na ja, wir wollen hinaus ins Grüne, weit weg von anderen Menschen«, antwortet Maggie vage.

»Da weiß ich was«, sagt der Taxifahrer und fährt los.

»Dort hinten ist so ein schmaler Trampelpfad, da kommen sie in ein weites Waldstück, das kennt kaum wer, da sind sie ganz ungestört«, sagt der Fahrer und zwinkert verschwörerisch.

»Ich wart hier auf sie – glauben S' mir, sie sind nicht die Einzigen. Hund oder Katze?«

»Katze«, sagt Maggie leise.

Ella weint, während Rada und Maggie ein kleines Grab ausheben, Frau Liese hineinlegen und sie mit Erde bedecken. Luise legt tröstend ihren Arm um Ellas Schultern.

»Frau Liese war doch schon so alt«, sagt sie leise, aber Ella weint noch lauter und schluchzt: »Alles verschwindet, alles wird fremd, ich weiß nicht mehr, wer ich bin oder wo ich bin, ich bin so allein …«

»Aber wir sind doch bei dir …«, versucht Luise zu trösten.

»Ja, aber das ist nicht dasselbe wie früher«, schluchzt Ella.

Erst als Maggie sie umarmt und streichelt, beruhigt sie sich.

Als sie mit der leeren Tasche zurückkommen, steht der Taxifahrer rauchend neben seinem Auto und nickt anerkennend.

»Also die dreckige Schaufel und die Tasche geben wir lieber in den Kofferraum«, sagt er, »und Sie wissen eh, ein Schweigegeld ist auch fällig …«

Frau Lieses Tod hat bei Ella etwas ausgelöst.

Sie sitzt jetzt fast den ganzen Tag vor dem Fernseher, ohne dem, was da am Bildschirm passiert, wirklich zu folgen. Sie wirkt teilnahmslos und müde – und sie hört auf zu essen. Das beunruhigt Maggie am allermeisten.

Es wird immer schwieriger, Ella irgendetwas Essbares zu verabreichen, und daher wird es auch schwieriger, ihr die Tabletten einzuflößen. Rada sitzt oft Stunden lang bei ihr und füttert ihr ein Löffelchen nach dem anderen. Ella verliert plötzlich viel Gewicht.

An einem Sonntag, kurz bevor die Kinder und Enkel zu Besuch kommen, stellt Maggie fest, dass Ella die linke Hand hängenlässt und seltsam mit den Füßen schlurft.

»Was ist mit deinem Arm?«, fragt sie besorgt.

»Weiß nicht…«, murmelt Ella gleichgültig und lässt sich schwer auf das Sofa im Wohnzimmer fallen.

Nelly bemerkt sofort, dass etwas nicht stimmt. Tommy und Lilli sind damit beschäftigt, die Kinder davon abzuhalten, sich wie üblich auf die Großmutter zu stürzen, die bisher immer kleine Geschenke für sie bereithielt und gerne mit ihnen Blödsinn getrieben hat. Aber an diesem Sonntag sitzt Ella nur da und schaut den Kindern zu und Maggie bemerkt, dass sie weit weg zu sein scheint.

Nelly nimmt Maggie beiseite.

»Mama, die Tante Ella schaut aus wie jemand, der einen Schlaganfall gehabt hat. Wir sollten sie ins Spital bringen…«

»Meinst du wirklich? Können wir nicht bis morgen warten und dann zu unserem Hausarzt gehen? Es tut ihr ja nichts weh…«

»Nein, ich glaube, das wär nicht gut, komm, wir fahren mit meinem Auto und du begleitest sie, ja? Die Rada und die Luise sind eh da, die können sich um die Kinder kümmern.«

Tommy sagt, dass er die schwangere Silvia und die Kleinen nach Hause bringt und nachkommt, und Lilli packt den schlafenden Emil fest ein und fährt Nelly mit ihrem Auto hinterher.

Luise und Rada bleiben zu Hause.

»Das wird ja sonst ein Wanderzirkus, der da ins Spital kommt, das geht doch nicht…«, sagt Luise und Rada nickt traurig mit dem Kopf, weil sie sich Sorgen um Ella macht, aber nicht mitgehen will ins Spital. Maggie hofft, dass Nelly sich irrt und Ella nur einfach ein bisschen müde ist.

Aber als sie im Spital ankommen, wankt Ella so, dass Nelly und Maggie sie stützen müssen und der Portier ihnen nach einem Blick auf die torkelnde Ella einen Rollstuhl hinschiebt.

Natürlich müssen sie warten. Sonntags sind in einer Spitalsambulanz die Wartezeiten noch länger als an normalen Tagen.

Ella lehnt im Rollstuhl und nickt ein.

Als sie dran sind, muss Maggie sie aufwecken. Der Arzt wirft einen Blick auf Ella und fragt dann nur, wie lange sie schon so apathisch ist und wie sie vorher war. Maggie setzt an, lange und ausführlich zu erklären, wie das ist mit Ella aber Nelly unterbricht sie und sagt trocken: »Meine Tante ist dement, aber bisher konnte sie normal gehen und reden. Seit heute früh hängt ihr linker Arm und sie ist unsicher beim Gehen.«

»Schaut nach einem Schlaganfall aus«, sagt der Arzt und ruft im Röntgen an.

»Wir machen ein Schädel-CT, dann wissen wir gleich Bescheid. Warten Sie bitte so lange draußen, die Schwester kümmert sich um die Frau Weiner ...«

»Was machen wir, wenn sie wirklich einen Schlaganfall hat? Wie geht das dann weiter, kann man das überhaupt behandeln? Was sollen wir nur tun?«, fragt Maggie unglücklich, aber Nelly streichelt ihre Hand und beruhigt sie.

»Das kann sich wieder zurückbilden, ihr müsst halt schauen, dass ihr sie aktiviert, dann wird das schon wieder ...«

»Ich weiß nicht und ich hab Angst ...« Tommy und Lilli sind mittlerweile eingetroffen und setzen sich zu ihnen. Und dann warten sie.

Schließlich kommt die Schwester, aber Tommy und Lilli bestehen darauf, mit dem Arzt zu sprechen, sie seien schließlich Ellas Kinder und daher ihre nächsten Verwandten.

»Ja, ihr habt recht«, sagt Nelly, aber Maggie tobt ein bisschen.

»Nächste Verwandte?«, schreit sie Nelly an, nachdem Tommy und Lilli im Arztzimmer verschwunden sind, »nächste Verwandte? Ich bin das, ich lebe mit ihr zusammen und sehe jeden Tag, wie sie immer schlechter wird ...«

»Mama, beruhig dich, ja natürlich, aber der Tommy und die Lilli sind eben ihre Kinder. Wenn mit dir was wäre, würde ich auch darauf bestehen, als erste informiert zu werden ...«

»Dann hätten ja sie sie herbringen können und wir wären derweil spazierengegangen ...«, Maggie ist außer sich vor Angst und Verzweiflung.

»Du wärst nie im Leben spazierengegangen, wenn es der Tante Ella nicht gut geht, also red nicht so einen Blödsinn. Ist doch egal, ob du jetzt erfährst, was los ist, oder erst in zehn Minuten«, erwidert Nelly wütend, steht auf und geht ans andere Ende des Wartezimmers.

»Sie hat einen Schlaganfall und muss dableiben«, sagt Tommy, als sie aus dem Arztzimmer kommen, und legt den Arm um Lilli, die sich die Tränen abwischt.

»Er sagt, es ist gut, dass wir gleich hergekommen sind, und er glaubt, das wird sich alles zurückbilden. Ich hab ihm gesagt, dass die Mama dement ist, das hat ihn aber nicht weiter interessiert. Also sie liegt im Zimmer 317 und man kann sie jeden Nachmittag zwischen 15 und 18 Uhr besuchen. Er sagt aber, wir sollen nicht alle auf einmal kommen. Wir rufen uns zusammen und machen uns aus, wann wer zu ihr geht, einverstanden?«

»Ja«, sagt Nelly, »können wir jetzt noch kurz zu ihr?«

»Ja, heute ist ja Sonntag, da ist das alles nicht so streng. Kommt, wir gehen einfach der Reihe nach zu ihr hinein.«

Ella liegt wir ein Häuflein Elend im Bett am Fenster. Im Nachbarbett schläft eine zaundürre, alte Frau mit offenem Mund und schnarcht leise.

»Was mach ich hier?«, fragt Ella Maggie. »Wer ist das?«, deutet sie auf die alte Frau im Nebenbett. Maggie schaut auf das Namensschild am Bett und sagt: »Das ist die Frau Ruben, die liegt mit dir im Zimmer, Ella, du bist ein bisserl krank und musst ein paar Tage im Spital bleiben, aber ich komm jeden Tag zu dir, ja?«

»Ich will nach Hause«, sagt Ella und beginnt zu weinen.

»Aber Tante, du bist hier gut aufgehoben und wir kommen jeden Tag zu dir, hab keine Angst«, beruhigt Nelly.

Aber Ella ist untröstlich und Maggie bricht das Herz. Also beugt sie sich über die Schwester, küsst sie und geht aus dem Zimmer.

Am nächsten Tag hält eine Schwester Maggie am Gang vor Ellas Zimmer auf.

»Wissen Sie, das ist ziemlich schwierig mit der Frau Weiner, sie versucht immer davonzulaufen. In der Nacht haben wir sie drei Stationen weiter gefunden und sie hat gesagt, sie muss sofort nach Hause, das Baby ist allein …«

»Sie ist halt verwirrt, das Baby ist der neugeborene Sohn von ihrer Tochter, die waren bei uns, bevor wir sie ins Spital gebracht haben …«, erklärt Maggie.

»Der Herr Doktor bittet um einen Anruf«, sagt die Schwester und geht ihrer Wege.

Ella liegt im Bett und strahlt, als sie Maggie sieht.

»Ich hab Vanillepudding gekriegt«, berichtet sie freudig.

»Sollen wir eine Runde machen?«, fragt Maggie.

»Ja, komm, wir gehen in den Prater und fahren mit dem Emil mit der Lilliputbahn …«, sagt Ella.

»Ja, das machen wir auch bald. Jetzt gehen wir erst einmal hinunter ins Kaffeehaus. Vielleicht haben die Schaumrollen, was meinst du?«

»So viel Zucker verpickt mir das Hirn noch ganz«, sagt Ella plötzlich ganz vernünftig und Maggie schaut sie erstaunt an. Sie hilft Ella aus ihrem Bett, zieht ihr den Schlafrock an, den sie ihr gestern gekauft hat, weil der alte von Heinz einfach zu schäbig war fürs Spital, und nimmt sie dann am Arm. Ella schlurft und der linke Arm hängt.

»Ich bin ein Pflegefall …«, sagt Ella traurig und völlig unvermutet.

»Aber nein, das wird alles wieder, du wirst sehen, in ein paar Tagen kannst du wieder nach Hause und wir gehen in den Prater mit dem Emil«, sagt Maggie tröstend. Aber Ellas Stimmung hat sich um hundertachtzig Grad gedreht. Sie schlurft immer langsamer. Im Kaffeehaus des Spitals sitzt Rada und wartet auf Maggie und Ella.

»Frau Ella, geht schon viel besser …«, sagt sie freudig.

Ella lächelt gezwungen und lässt sich in den Sessel neben Rada fallen.

»Ja, ja, viel besser, schau, wir sind ganz normal zum Aufzug gegangen und jetzt essen wir eine Schaumrolle und trinken einen Kaffee, nicht wahr?«, sagt Maggie laut und streicht Ella über den Arm.

»Ja …«, murmelt Ella zögernd.

Natürlich gibt es keine Schaumrollen im Spitalskaffee, lediglich einen ziemlich trockenen Gugelhupf.

»Fatingers Hundekuchen hätte die Mama dazu gesagt«, sagt Maggie und Ella lacht laut.

»Genau, das sagt sie immer, wenn was bei den Ohren rausstaubt«, erinnert sie sich fröhlich.

»Bring ich morgen Schaumrollen aus Aida«, sagt Rada entschlossen und Ella freut sich. Aber Maggie sieht, wie blass sie ist, wie müde, und als sie den Rückweg in Ellas Krankenzimmer antreten, können Rada und Maggie sie kaum bis zum Bett bringen, so erschöpft ist sie.

»Frau Ella sehr müde«, sagt Rada später, als sie sich auf den Heimweg machen.

»Ja, und sehr krank auch …«, sagt Maggie und die Trauer macht sie fast atemlos.

»Wie war's heute?«, fragt Luise, als sie am Abend um den Küchentisch sitzen. Keine von ihnen bringt einen Bissen hinunter.

»Schwierig … Zwischendurch war sie ganz klar. Aber dann hat sie wieder von unserer Mama geredet, als wäre die noch da. Und am Schluss war sie total erschöpft von der halben Stunde unten im Kaffeehaus …«

»Ich geh morgen gleich um drei zu ihr, ja? Du kommst dann halt nach mir, Maggie, oder?«, sagt Luise, und Maggie nickt, auch wenn sie eigentlich am nächsten Tag früher zu Ella gehen wollte. Sie geht jeden Tag ins Spital, als wäre das ihr Job. Sie hat das Gefühl, sie muss so oft wie möglich zu Ella gehen, nur so kann die Schwester wieder gesund werden.

Lilli ruft an und sagt, dass sie mit Ellas Arzt gesprochen habe.

»Er ist gar nicht so pessimistisch, er sagt, die Blutung hat sich schon zum Teil zurückgebildet, und wenn alles gut geht, kann die Mama nächste Woche nach Hause. Schafft ihr das dann mit ihr?«

»Lilli, mein Schatz, wir sind zu dritt, natürlich schaffen wir das. Aber wenn man ihr Spritzen geben muss oder sie Infusionen braucht, muss wer kommen, das können wir nicht …«

»Ich frag den Arzt, wie wir das organisieren sollen …«

»Gut, ich geh morgen so um vier Uhr zur Ella, kommst du vielleicht auch?«

»Ich muss morgen mit dem Emil zum Kinderarzt, impfen, du weißt eh, wie das ist …«

»Ja klar, und der Tommy?«

»Der kommt am Abend und ich ganz sicher übermorgen …«

»Na gut, hoffentlich kann sie wirklich nächste Woche nach Hause, dort hat sie's auf jeden Fall viel besser …«

Ella erholt sich und ein paar Tage später bringt Tommy sie tatsächlich nach Hause.

Rada hat ihr Bett frisch überzogen und Ella lässt sich sofort hineinfallen, sobald Rada ihr den Mantel und die Schuhe ausgezogen hat.

»Geh, komm, leg dich wenigstens auf das Sofa im Wohnzimmer, ins Bett kannst du nachher immer noch gehen«, sagt Maggie genervt. Aber Ella seufzt glücklich auf und bleibt liegen.

»Na gut, ruh dich aus, aber nachher gibt's Essen, da kommst du dann schon zum Tisch gell?«

Maggie zwingt Ella von da an, jeden Tag zu den drei Mahlzeiten an den Tisch zu kommen. Ella lässt sich in ihren Sessel setzen wie ein kleines Kind, stochert im Essen herum und nimmt kaum etwas zu sich. Auch ihre Medikamente nicht. Maggie ruft verzweifelt Lilli an, die wiederum den Arzt anruft.

»Wenn sie nichts isst und trinkt, muss sie wieder ins Spital«, teilt sie Maggie mit.

»Auf keinen Fall, wir machen das schon«, sagt Maggie energisch, setzt sich zu Ella und flößt ihr ein paar Schlucke Wasser ein.

10. WEITERLEBEN

Ella zieht sich zurück.

Innerlich.

Maggie versucht, sie aufzuhalten. Sie sitzt an ihrem Bett und liest ihr vor, sie will sie zwingen, sich für das Leben zu interessieren.

Aber Ella ist in ihrer eigenen Welt. Manchmal fragt sie nach Heinz, nach Tommy, nach Lilli und Nelly. Manchmal nach Vater und Mutter. Von Tag zu Tag seltener.

Die Kinder kommen zu Besuch, aber Ella erkennt sie nicht immer. Tommy nennt sie manchmal Heinz, Lilli Mama und Nelly Maggie. Die Kinder lachen dann, nehmen ihre Hände und tun so, als wären sie beleidigt, weil Ella sie nicht erkennt.

Maggie aber empört sich. Gegen den fortschreitenden Abschied von der Schwester, gegen Ellas Verschwinden vor ihren Augen. An einem Sonntag bringt Tommy Hanni und Nanni und auch die schwangere Silvia kommt mit.

Ella thront in ihrem Bett. Sie mag schon lange nicht mehr aufstehen, und Rada verbietet es Maggie, sie zu irgendetwas zu zwingen. Sie hat Ella gewaschen und frisiert und ihr ein frisches Nachthemd angezogen und ihre Lieblingswolljacke.

Ella ist wach, und als die beiden kleinen Mädchen hereinstürmen und sich auf sie stürzen – »Oma, Oma, wir kriegen einen Bruder, der wird Theo heißen und wir werden ihn beschützen«, kräht Nanni und Hanni versucht, die Schwester zu übertrumpfen »Bruder, Bruder …« – da strahlt Ella und sagt plötzlich: »So viel, so viel Glück« und drückt die beiden Mädchen fest an sich.

Und Maggie muss aus dem Zimmer gehen, weil sie nicht will, dass die anderen sie weinen sehen. Am Abend, als Tommy und seine Familie wieder gegangen sind, fragt Ella plötzlich laut und vernehmlich nach Lilli und Emil.

»Die kommen nächsten Sonntag«, sagt Ella, »die Lilli hat gerade ein Seminar, da kann sie unter der Woche nicht weg, aber nächsten Sonntag kommt sie und bringt den Emil natürlich mit ...«

Ella wird in dieser Woche sichtbar schwächer.

»Also lang geht das sicher nicht mehr«, sagt Luise beim Frühstück und Maggie schreit sie an, sie sei herzlos und kalt.

»Wieso«, beschwichtigt Luise, »ich sag doch nur, wie es ist, das heißt doch nicht, dass ich nicht traurig bin ...«

»Na, das zeigst du aber sehr merkwürdig ...« keift Maggie und weiß selbst, dass sie ungerecht ist. Aber jetzt, wo Ella eigentlich schon nicht mehr da ist, geht ihr Luise plötzlich besonders auf die Nerven und in ihrem tiefsten Inneren hadert sie mit der Tatsache, dass Ella stirbt und Luise frisch und froh ist wie eh und je. Und natürlich schämt sie sich vor sich selbst, weil sie sich manchmal wünscht, es wäre umgekehrt.

»Frau Ella wartet auf Lilli und Baby«, sagt Rada müde.

»Was meinst du? Ich hab ihr doch gesagt, dass die am Sonntag kommen ...«

Maggies Geduld mit Rada ist auch kaum noch vorhanden.

»Wartet, bevor gehen«, sagt Rada ruhig und bestimmt.

»Oh nein, so kann sie sich nicht einfach davonmachen«, schreit Maggie wie ein kleines Kind und rennt wütend aus dem Zimmer. Sie ist wütend auf die Schwester, auf Luise, auf Rada, auf die ganze Welt. Und sie hat Angst. Wie soll sie weiterleben ohne Ella? Sie kann mit niemandem darüber sprechen. Sie will Nelly und auch Tommy und Lilli nicht damit belasten, und Luise und Rada, so meint sie, verstehen sie ohnehin nicht.

Am Sonntag kommt Lilli und setzt Emil zu Ella aufs Bett. Und Ella streicht dem Baby über den Kopf und lächelt.

»Mama, schau, der Emil kann schon ganz allein sitzen und kriechen kann er auch«, sagt Lilli mit etwas erzwungener Fröhlichkeit, weil Ella immer wieder die Augen zufallen.

»Ja, ja, Tommy, schönes Baby«, murmelt Ella und lacht leise auf.

»Das ist der Emil, Mama, mein Baby!«, sagt Lilli empört, aber Ella lächelt immer noch und summt vor sich hin.

Emil krabbelt zu ihrem Gesicht und patscht mit den Händen auf Ellas eingefallene Wangen. Und Rada hebt ihn schnell auf und dreht eine Runde, als er zu quengeln beginnt.

»Ist es das jetzt?«, fragt Lilli und zittert plötzlich am ganzen Körper.

»Bald«, sagt Luise und streichelt Lillis Arm.

Maggie setzt sich zu Ella und nimmt ihre Hand.

»Maggie? Ich muss gehen, Emil muss baden und ins Bett«, sagt Lilli später.

»Ja natürlich, mach dir keine Sorgen, wir sind da bei ihr, sie ist nicht allein«, sagt Maggie mechanisch und hält weiter Ellas Hand.

Ella ist eingeschlafen. Mit offenem Mund atmet sie schwer.

Am Abend kommt der Hausarzt.

Doktor Böhm – ein junger, kräftiger Mann mit verständnisvollem Gesicht und einem Vollbart, der Maggie wahnsinnig macht. Aber Doktor Böhm kümmert sich um Ella, als wäre sie seine eigene Mutter, und seit ein paar Tagen kommt er sogar morgens und abends und hängt Infusionen für Ella an. Flüssigkeit und schmerzstillende Medikamente.

»Damit sie ruhig gehen kann«, sagt er an diesem Abend zu Maggie, die erschrocken ist, weil Ella manchmal ein bisschen aufschreit.

»Das macht nichts«, sagt er, »das Gehen ist Arbeit, das ist anstrengend, da kann man schon hie und da aufschreien, aber Schmerzen hat sie keine, sonst wäre sie nicht so ruhig. Ich komm dann wieder morgen Vormittag, und Sie sollten sich jetzt auch hinlegen und schlafen, es hat keiner was davon, wenn Sie jetzt zusammenbrechen«, sagt er dann streng zu Maggie, und die sieht aus dem Augenwinkel, wie Rada heftig nickt und Doktor Böhm später dankbar die Hand drückt.

Aber Maggie kann nicht so ohne weiteres loslassen. Sie bleibt bei Ella sitzen, hält ihre Hand und bemerkt gar nicht, wie die Stunden vergehen. Irgendwann kommt Rada im Schlafrock, nimmt sie an der Schulter und sagt, sie werde sich jetzt zu Ella setzen, Maggie solle endlich schlafen gehen. Und Maggie bemerkt plötzlich, dass sie unendlich müde ist. Und fällt ins Bett.

Sie schläft schlecht. Sie träumt, dass Ella ihr Vorwürfe macht. Sie weiß aber nicht, was sie angestellt haben soll. Sie träumt auch, dass Nelly aus irgendeinem Grund böse auf sie ist. Sie weint im

Schlaf und schlägt so wild um sich, dass ihre Brille vom Nachttisch fällt. Das bemerkt sie aber erst, als sie völlig zerschlagen viel zu früh aufwacht und plötzlich trotzdem hellwach ist.

Maggie steht auf und rennt hinüber zu Ellas Zimmer. Rada schläft im großen Fauteuil neben Ellas Bett. Ella atmet immer noch schwer und manchmal wirft sie ihren Arm über den Kopf, als wollte sie irgendetwas wegschlagen.

»Ella, wach auf, ich bin's Maggie«, sagt Maggie und setzt sich an den Bettrand.

Ella macht ein Aug auf und nickt.

»Ich mach dir jetzt Frühstück, ja? Und dann lese ich dir vor«, sagt Maggie gezwungen fröhlich und rüttelt Rada wach.

»Frau Ella?«, fragt die verschlafen.

»Alles ok«, sagt Maggie laut, damit Ella sie auch hört und keine Angst hat.

»Geh und schlaf dich aus«, sagt sie dann zu Rada.

»Muss einkaufen, nix zu Hause«, sagt Rada und wischt sich über die Augen.

»Dann bestellen wir halt Sushi und du gehst später einkaufen«, sagt Maggie entschlossen.

»Frau Luise nicht Sushi«, sagt Rada.

»Geh jetzt schlafen, ich kümmere mich schon ...«.

Rada wankt aus dem Zimmer und Maggie drückt Ellas Hand und setzt sich zu ihr. Später kommt Luise, gebadet und frisiert und angezogen.

»Hast du noch gar nicht gefrühstückt?«, fragt sie Maggie.

»Nein«, sagt die kurz angebunden.

»Geh, geh, ich bleib solange bei der Ella«, sagt Luise.

»Ich komm gleich wieder«, sagt Maggie und rennt in die Küche. Auf dem Herd steht die volle Kaffeekanne, auf dem Tisch ein Korb mit Brot, Butter und Marmelade. Ella nimmt sich einen großen Becher und gießt sich Kaffee ein. Sie streicht sich ein Brot und beißt schnell ab, während sie den heißen Kaffee schlürft. Dann legt sie das Brot auf ein Tellerchen, nimmt den Becher und geht zurück zu Ella.

Doktor Böhm sagt später, es sei noch nicht so weit.

Maggie nimmt ihm das übel, bemerkt aber, dass er sie damit beruhigt hat. Sie ruft Nelly an.

»Gehst du mit mir Mittag essen? Die Luise und die Rada bleiben bei der Ella und ich würde ganz gern ein bisserl hinaus kommen…«

Nelly freut sich. Es ist selten, dass die Mutter sie anruft, und noch seltener, dass sie ihr vorschlägt, etwas gemeinsam zu unternehmen.

»Hol mich doch hier zu Haus ab. Ich kann so ab eins weg…«, sagt sie.

»Mach ich, bis dann, ich freu mich…«

Nelly legt auf und hat das Gefühl, dass irgendetwas ganz und gar nicht stimmt. Sie kennt die Mutter nicht so zärtlich. Es wird doch nicht? Sie schiebt den Gedanken schnell weg.

Als Maggie Nelly abholen kommt, trifft sie die in heller Aufregung an. Schon wieder will man einen ihrer Schützlinge abschieben und sie telefoniert wild in der Gegend herum, um Hilfe zu finden. Maggie setzt sich auf den Besuchersessel in Nellys Büro und hört zu, wie die Tochter mit verschiedenen Leuten am Telefon redet. Und ist sehr beeindruckt davon, wie erwachsen und energisch Nelly klingt.

Das ist meine Tochter, denkt sie. Diese energische, kluge, junge Frau ist meine Tochter. Wann ist sie so erwachsen und gescheit geworden? Na klar, das ist alles Ellas Verdienst, denkt sie dann auch. Ella hat das aus ihr gemacht, ich nicht, ich war ja nie da, mir war ja alles zuviel. Ella hat mir immer alles abgenommen und jetzt?

Als Nelly sich endlich losreißt, ist sie nervös und unkonzentriert. Sie hört Maggie beim Essen nur mit halbem Ohr zu und schaut zwischendurch immer wieder auf ihr Handy.

»Mama, entschuldige, aber ich muss zurück. Bussel Tante Ella von mir und sag ihr, ich komm am Samstag vorbei. Ich muss jetzt gehen, du hast ja gesehen, was sich da schon wieder abspielt…«

Und Maggie bleibt allein im Restaurant zurück. Und tut sich plötzlich selbst furchtbar leid. Ella lässt sie allein, Nelly hat keine Zeit für sie, was bleibt ihr jetzt im Leben?

Am Abend sitzt sie wieder bei Ella, bis es spät ist und ihr die Augen zufallen. Schließlich steht sie auf und geht in ihr eigenes Zimmer. Ella scheint ruhig zu sein und fest zu schlafen.

Wieder träumt Maggie wild. Ella steht vor ihr und fragt sie, seit wann sie so alt geworden ist – »Alt und hässlich?« – »Ja.«

Wieder weint sie im Schlaf. »Alt und hässlich?« Nelly steht da und wiederholt es sehr bestimmt.

»Du bist alt, finde dich damit ab und gib Ruhe ...«

Aber Maggie will nicht alt sein, will nicht Ruhe geben, ist neugierig und hat noch lange nicht genug vom Leben. Also schreit sie Nelly und Ella an und wird wütend.

»Alter ist nur eine Zahl! Nur eine Zahl! Ich hab noch viel Zeit. Ich hab noch so vieles, was ich machen will!«

Aber Ella und Nelly lachen sie nur aus und drehen sich weg. Und Maggie kann sie nicht mehr erreichen.

Rada geht in der Nacht wieder in Ellas Zimmer.

Sie hört sie schnaufen, schnarchen und aufschreien, aber im Licht der kleinen Nachtlampe scheint Ella ganz ruhig zu sein. Die Lampe hat Maggie gekauft, damit Ella nicht erschrickt, wenn sie nachts plötzlich aufwacht. Doch die Medikamente bescheren Ella einen traumlosen Schlaf, wie Doktor Böhm ihnen auch immer wieder versichert.

Rada bleibt bei der Türe stehen und schaut Ella an.

Wie klein und dünn sie geworden ist. Nur mehr ein Schatten, denkt sie, wie Herr Heinz, kurz bevor er gestorben ist. Und was wird dann? denkt Rada und geht in ihr Zimmer zurück. Auch sie träumt. Sie steht an einem Grab, aber sie weiß nicht, an welchem. Sie fragt sich, wen sie da gerade begräbt und warum sie gar nicht weinen kann. Sie weiß, dass sie traurig sein sollte, aber sie ist nur müde, so müde.

Am Morgen ist Ella nicht mehr da.

Als hätte sie gewartet, bis alle schlafen, dann ist sie gegangen.

Als Maggie in ihr Zimmer kommt, liegt sie ganz friedlich da und hat sogar ein leichtes Lächeln auf den Lippen. Maggie begreift zuerst gar nicht, dass ihre Schwester nicht mehr atmet. Sie redet mit ihr, zieht die Vorhänge auf und dreht die Nachttischlampe ab. Und dann bemerkt sie die wächserne Farbe und den offenen Mund. Und die Stille.

Und jetzt?

Maggie setzt sich zu Ella und denkt nach.

Wie schnell das Leben vergeht.

Dass man niemanden halten kann.

Dass sie selbst noch lange nicht genug gelebt hat.

Dass sie jetzt die Kinder anrufen muss.

Dass Luise und Rada ganz friedlich schlafen, obwohl ihrer aller Leben plötzlich aus den Fugen geraten ist.

Dass Ella ihr Zentrum war.

Dass sie nicht die Verantwortung haben will, die bisher Ella so selbstverständlich für sie alle übernommen hat.

Ella liegt vor ihr mit halbgeöffnetem Mund.

Sie sieht zufrieden aus. Maggie nimmt ihr das übel.

»Du hast dich jetzt einfach davongestohlen und mich alleine gelassen. Wie kannst du mir das nur antun? Ich will nicht mit den beiden alleine sein! Ich brauch dich!«

»Was ist los?«, fragt Luise von der Türe her.

»Siehst du das nicht?«, fragt Maggie wütend, steht auf und läuft aus dem Zimmer.

Später kommen Tommy, Lilli und Nelly. Und übernehmen.

Sie rufen den Arzt an, organisieren Ellas Transport zum Beerdigungsinstitut und überlegen, wen man sofort verständigen muss und wen später.

Maggie schließt sich in ihrem Zimmer ein. Erst als Nelly wütend gegen ihre Türe trommelt, steht sie auf und öffnet die Türe.

»Was machst du denn? Bist du die einzige, die trauert? Für uns ist Ellas Tod genauso schlimm wie für dich. Kannst du dir selbst einmal ein bisschen weniger leidtun und an uns denken? An mich und Tommy und Lilli?«

Maggie zuckt zusammen und geht dann in die Küche, wo sich die anderen versammelt haben. Rada hat rote Augen, Tommy und Lilli sind blass, und Luise kneift die Lippen fest zusammen.

Jeder trauert auf seine oder ihre Weise. Aber keiner von ihnen hat so lange mit Ella gelebt wie sie. Keiner von ihnen hat sie so gut gekannt. Keiner von ihnen hat sie so sehr geliebt, denkt Maggie.

»Wir haben sie alle geliebt!«, sagt Nelly leise, als habe sie die Gedanken der Mutter gelesen – und schluchzt auf. Lilli legt der Cousine den Arm um die Schulter. Tröstend.

Nelly. Die Maggie immer bei Ella abgegeben hat. Zuerst für Wochen und Monate, dann für die gesamte Schulzeit. Natürlich, denkt Maggie, natürlich ist das für sie sogar schlimmer, als wenn ich jetzt da in diesem Bett liegen würde. Ella war ihre Vertraute, ihre Ersatzmama, wichtiger, als ich es je sein könnte, denkt Maggie.

»Ich kann nicht weinen«, sagt sie zu niemand bestimmten.

»Das kommt noch«, antwortet Luise, und Maggie wundert sich, dass diese Luise, die sie eigentlich nicht besonders mag, so etwas Empathisches von sich gibt in dieser Situation.

»Mach ich Suppe«, sagt Rada plötzlich und geht zum Eiskasten. Sie nimmt Gemüse heraus und beginnt es im Waschbecken zu putzen und klein zu schneiden. Dann nimmt sie eine Packung Hühnerbeine aus dem Tiefkühlfach und legt sie in den großen Suppenkochtopf. Später deckt sie den Tisch und füllt die Suppenteller. Und alle setzen sich hin und essen mit mehr Appetit, als sie für möglich gehalten haben.

Zehn Tage später wird Ella begraben.

Freunde und Kollegen von Heinz sind da. Auch Max, alt und gebeugt, kommt und umarmt Maggie lange. Was sie an dem nur gefunden hat damals, denkt Maggie und lässt sich die Umarmung gefallen, obwohl sie ihr unangenehm ist. Eigentlich hat sie Max nie gemocht. Und nicht nur, weil er Ella schlecht behandelt hat. Er kam ihr immer ein bisschen zu strategisch vor. »Schleimig« hat sie ihn einmal genannt, und Ella war eine Woche böse auf sie. Aber auch jetzt, im Alter, wirkt er auf sie irgendwie merkwürdig abstoßend. Einer, der sich immer noch für »einen Schönling« hält, für einen unwiderstehlichen Schwerenöter. Denkt Maggie und muss irgendwie lachen, obwohl ihr eigentlich mehr zum Weinen zu Mute ist. Zum Weinen, das aber nur in ihrem Inneren ausbricht.

Sie hat nicht geweint, seit Ella tot ist. Sie hat auch nicht geweint, als Ella abgeholt wurde, als sie den Aluminiumsarg sah, in den sie hineingelegt wurde für den Abtransport. Sie hat nicht geweint, als sie am Friedhof alle Formalitäten erledigte, gemeinsam mit Tommy und Lilli, die ihr immer wieder versichert haben, dass sie sich um nichts zu kümmern brauche, dass das ihre, die Angelegenheit von Ellas Kindern, sei. Aber sie konnte nicht einfach zu Hause sitzen und so tun, als sei nichts geschehen.

Luise hat versucht, sie zu trösten, aber Luise ist eben Luise.

Dort drüben steht sie jetzt mit Ellas Freundinnen und die lachen sogar. Als wären sie einfach verabredet. Als wäre das nicht Ellas endgültiger Abschied.

Tommy weint, als er sich von der Mutter verabschiedet. Lilli beißt die Zähne zusammen und umarmt Tommy. Aber wirklich erschüttert ist Maggie über Nelly. Die spricht über Ella als über ihre »zweite Mutter«, »Freundin« und Vertraute« – und Maggie fühlt sich verloren angesichts dieses Beweises, wie wenig sie für ihre Tochter getan hat.

Rada, die neben ihr sitzt, drückt ihre Hand, und Maggie empfindet unendliche Dankbarkeit für diese Frau, die ihr an diesem Tag näher zu sein scheint als alle ihre tatsächlichen Verwandten.

»Frau Nelly sehr traurig«, sagt Rada, als wisse sie um Maggies Verzweiflung. »War sehr viel mit Frau Ella. Hat sehr geliebt.« Eine Erklärung, die Maggie nicht braucht, die sie eigentlich noch tiefer treffen müsste und die sie doch irgendwie tröstet. Weil das »mehr geliebt als dich, Maggie« fehlt. Maggie schämt sich für ihre Eifersucht und drückt Radas Hand als Antwort.

Und dann geht das Leben weiter. Zunächst ändert sich nichts. Sie stehen in der Früh auf, sie essen, sie gehen ins Theater und treffen Freunde, Maggie trifft ihren Jorge und geht zum Tango-Kurs.

Tommy, Lilli und Nelly kommen jeden Sonntag mit allen Enkeln zum Essen.

Doch an einem Sonntag schaut Tommy die hochschwangere Silvia an und sagt:

»Tante Maggie, ich muss mit dir reden!«

»Hab ich was angestellt?«

»Mama, wie alt bist du?«, mischt sich Nelly ein.

»Nelly, sei nicht immer so streng mit mir, du hast überhaupt keinen Humor!«

»War das denn gerade lustig?«

»Ich find schon!«

»Nein, Tante Maggie, du hast nichts angestellt! Aber reden muss ich trotzdem mit dir!«

»Na dann spuck's aus!«

»Komm, wir gehen in dein Zimmer!«

Maggie ist es ein wenig unheimlich, wie ernst Tommy dreinschaut, als er da neben ihr geht.

»Also, was ist los?«

»Also, ich wollt euch nicht überfallen, aber …«

»Überfallen? Du machst mir Angst …!

»Es ist halt so: Die Wohnung gehört ja jetzt mir und der Lilli zu gleichen Teilen. Die Lilli sagt, sie legt keinen Wert drauf, sie hat eine schöne Wohnung, und das Geld dafür hat ihr eh zum Großteil die Mama gegeben. Also gehört die Wohnung mir.«

»Ja, ich weiß, das hat mir die Ella immer gesagt …«

»Na eben. Jetzt kriegen wir aber bald das dritte Kind. Und unsere Wohnung wird langsam zu klein. Wir haben nur drei Zimmer und das wird sich auf Dauer nicht ausgehen.«

Maggie läuft es kalt den Rücken hinunter.

Sie will sich nicht Gedanken machen müssen, wo sie weiterleben wird. Sie will sich keine Wohnung suchen müssen. Und sie will auch nicht allein bleiben. Und überhaupt …

»Was heißt das für uns?«, fragt sie kühl.

»Na ja, ihr Drei müsst euch halt was Neues suchen«, sagt Tommy und schaut unglücklich.

»Ah so, du willst die Wohnung haben, ich verstehe …«

»Tante Maggie, jetzt schau nicht so bös, ich will euch ja nicht vertreiben, aber wir brauchen wirklich mehr Platz …«

Maggie denkt nach.

Tommy hat ihr Zeit gegeben.

Er sagt, solange das Baby klein ist, hat es noch keine Eile, aber im Lauf des kommenden Jahres würden sie schon gerne in die größere Wohnung übersiedeln.

Sie hat Luise und Rada noch nicht Bescheid gesagt. Sie weiß nicht, wie sie ihnen das erklären soll. Dass sie jetzt aus der Wohnung rausmüssen, dass Tommy sie hinausdrängt.

Ich bin ungerecht, denkt sie, er hat ja recht, mit drei Kindern braucht er eine größere Wohnung. Aber andererseits – wer hat ihm denn angeschafft, drei Kinder in die Welt zu setzen? Denkt sie auch und ist auf sich selbst böse, auf ihre eigennützigen Gedanken und ihr Unverständnis für Tommys Lage. Wo es ihm doch offenbar so peinlich war, ihr zu sagen, dass sie sich eine andere Bleibe suchen muss. Für sich, aber auch für Luise und Rada.

»Die Lotte kommt zurück!«, schreit Luise zwei Tage später, als sie beim Frühstück sitzen.

»Sie trennt sich von der Magda, aber die Nina nimmt sie mit«, sprudelt sie heraus und lacht fröhlich.

»Das ist aber schade«, sagt Maggie »also ich mein, dass sie sich trennen, nicht, dass sie mit der Nina herkommt. Das ist schön für dich!«

Luise presst die Lippen zusammen und schaut böse.

»Du gönnst es mir nicht, nicht wahr? Nur weil du kein gutes Verhältnis zur Nelly hast, musst du ja nicht auf meins zur Lotte neidig sein …«

»So habe ich das doch gar nicht gemeint …«

»Natürlich hast du das so gemeint! Du hast mich ja noch nie leiden können«, bricht es plötzlich aus Luise heraus, »nur hast du dich nicht getraut, was zu sagen, weil die Ella mich gernhatte. Und jetzt glaubst du, du hast die Oberhand …«

»Aber Luise, das stimmt doch gar nicht. Na gut, du gehst mir manchmal auf die Nerven, aber ich dir doch sicher auch. Aber so schlecht haben wir uns doch gar nicht vertragen bisher …«

Luise weint.

Maggie schaut hilflos.

Rada steht auf und geht aus der Küche.

»Also, ich freu mich sehr für dich, dass die Lotte zurück nach Wien kommt, ich finde es halt nur traurig für sie, dass sie sich von der Magda trennt, die waren so ein nettes Paar. Hat sie vielleicht eine Neue?«

»Sie nicht…«, schreit Luise und weint noch lauter. »Die Magda hat sich in eine Jüngere verliebt. Die Kuh. Wir haben einfach kein Glück…«

»Wen meinst du mit wir?«

»Na wir, die Frauen in unserer Familie. Mich hat der Helmut ja auch wegen einer Jüngeren verlassen…«

»Das war doch aber eher ein Glück für dich, oder?«

»Du bist so gemein, wieso soll das ein Glück gewesen sein? Jetzt habe ich kein Geld und bin auf Almosen angewiesen…«

»Aber doch nicht hier? Du hast doch hier mit uns ganz normal gelebt – also gleichberechtigt. Es ist dir doch viel besser gegangen als in deiner Ehe…«

»Ja, solange die Ella da war. Aber jetzt?«

»Was: aber jetzt, glaubst du, ich lass dich jetzt verkommen? Wir bleiben zusammen, wurscht, was passiert…«

»Ja?«, fragt Luise unsicher und wischt sich die Tränen aus dem Gesicht.

»Ja!«, bestätigt Maggie, obwohl sie sich gar nicht so sicher ist, dass sie das möchte.

Ella, was hast du mir da nur eingebrockt, denkt sie später, als sie sich auf den Weg zu ihrer Freundin Marion macht, mit der sie einmal in der Woche gemeinsam schwierige Kreuzworträtsel löst. Jetzt muss ich die Luise und die Rada übernehmen. Das wollte ich doch nie. Die Helferin warst doch immer du, ich war das nie, also was soll ich machen mit den zweien?

Lotte ist ganz dünn und blass, als sie aus dem Taxi steigt. Sie hat tiefe Ringe unter den Augen, und Luise bricht fast das Herz, als sie sieht, wie unglücklich ihre Tochter ist. Nina wirkt auch irgendwie niedergeschlagen. Aber Rada nimmt sie sofort an der Hand und zieht sie in die Küche mit den vorwurfsvollen Worten: »Kind muss essen!«

»Ich vermisse sie so«, schluchzt Lotte.

»Wie hat sie das nur machen können!«, schimpft ihre Mutter aufgebracht.

»Sie hat sich halt verliebt, dagegen kann man ja nix machen«, sagt Lotte traurig.

»Aber könnt ihr euch nicht wieder zusammenraufen?«

»Ich weiß nicht, ich war so verletzt, es ist alles wieder hoch gekommen, wie der Papa zu dir war und auch zu mir, und ich hab's nicht mehr ausgehalten dort. In der Wohnung, wo ja noch ein Teil ihrer Sachen herumgelegen ist, weil sie ja auch nicht wirklich ausgezogen ist … Es war wirklich ziemlich schrecklich. Und die Nina hat auch so gelitten. Die ist ganz unruhig geworden und hat plötzlich wieder in die Hose gemacht und so. Da habe ich mir gedacht, ich komm jetzt einfach einmal her und dann schauen wir weiter …«

»Das war sehr gescheit. Das wird alles schon wieder. Schau, bei uns ist die Situation ja jetzt auch unklar, nachdem die Ella leider von uns gegangen ist …«

»Von uns gegangen ist sie nicht, sie ist gestorben!«, unterbricht sie Maggie, die bei Luises letztem Satz ins Zimmer gekommen ist. Dann geht sie auf Lotte zu und umarmt sie lange und zärtlich.

»Siehst du? Mit ihr kann ich nicht leben …«, sagt Luise wütend, aber Lotte erwidert Maggies Umarmung und zwinkert der Mutter beruhigend zu.

Später sitzen sie um den Küchentisch, Nina auf Radas Schoss, und essen Schinkenfleckerln, die Rada gemacht hat.

»Tröstet gut essen …«, hat Rada gesagt und sie alle um den Tisch versammelt.

»Was machen wir jetzt?«, fragt Luise in die Runde.

»Also ich hätte da eine Idee«, sagt Maggie, die schon wieder voller Tatendrang wirkt. »Meine Freundin Erica lebt auf Sardinien, in einem riesigen Haus, und sie ist ganz alleine. Ihr Mann ist vor einem Jahr gestorben und ihre drei Töchter leben jede in einem anderen Land. Die hat also wirklich viel Platz – wir könnten alle dorthin ziehen. Wäre doch nicht schlecht, das Haus liegt fast am Strand, man muss nur eine Straße überqueren …«

»Und du glaubst im Ernst, die würde uns alle haben wollen?«, fragt Luise unsicher.

»Warum nicht? Sie ist ganz allein in dem Haus – täte ihr vielleicht gut, wenn wir zu ihr kämen, ich kann sie ja einmal fragen …«

»Wo sein Sardi…?«, fragt Rada.

»Na das ist eine italienische Insel – Sardinien … Hast du noch nie gehört?«

»Aber Maggie, was sollen denn die Mama und die Rada in Sardinien machen? Die können doch nicht Italienisch…«, mischt sich Lotte ein.

»Na, dann lernen sie es halt – du solltest übrigens auch mitkommen, der Nina täte das sehr gut, so direkt am Meer leben …«

»Also ich übersiedle sicher nicht nach Sardinien!«, sagt Luise bestimmt. »Ich bin doch nicht blöd, dass ich wohin geh, wo ich kein Wort versteh und niemanden kenn …«

»Ich geh, wo Frau Maggie…«, entscheidet Rada und Luise schaut sie verdutzt an.

»Die Maggie hat sich viel weniger um dich gekümmert als ich …«, sagt sie beleidigt.

»Frau Maggie Schwester von Frau Ella, ich gehen, wo Frau Maggie …«, wiederholt Rada noch einmal.

»Vielleicht könnt ihr ja auch einfach hierbleiben?«, fragt Lotte.

»Eben nicht«, rutscht es Maggie heraus.

»Wieso nicht?«

»Weil der Tommy die Wohnung braucht. Mit drei Kindern kann er in seiner Drei-Zimmer-Wohnung nicht mehr bleiben …«

»Aha, und wann hast du vorgehabt, uns das mitzuteilen?«, fragt Luise wütend.

»Sobald ich eine Lösung gefunden hätte. Aber wenn du nicht nach Sardinien mitkommen willst…«

»Na sicher nicht!«

»Gut, dann denk ich halt weiter nach …«

»Für mich musst du dir nicht die Mühe machen, ich werde schon was finden, nicht wahr, Lotte?«

»Ich weiß nicht, ich weiß ja nicht einmal, was die Nina und ich weiter machen sollen …«

»Nicht streiten vor Kind!«, sagt Rada streng, nimmt die Kleine auf den Arm und geht mit ihr aus der Küche.

»Da hat sie recht«, sagt Lotte beschämt und geht ihr nach, weil es schon längst Zeit ist, Nina zu baden und ins Bett zu bringen.

Wo soll ich nur hin? denkt Luise, während sie sich die Zähne putzt. Sie macht sich fürs Bett fertig, weil es Zeit ist, schlafen zu gehen, auch wenn sie sicher ist, dass sie nicht schlafen können wird.

Was soll ich machen? Die Lotte und das Kind brauchen mich, aber ich weiß nicht, was ich tun soll… Die Maggie, die hat's leicht, die hat überall Freunde und keine Angst. Vor nichts hat die Angst. Aber ich kann nicht nach Italien. Was soll ich denn dort? Ich will dableiben. Wo ich mit der Grete ins Kaffeehaus gehen kann und um die Ecke einkaufen. Wenn ich was brauche, weiß ich, wo ich es finde, und wenn ich krank bin, weiß ich, zu welchem Arzt ich gehen kann. Nein, was die Maggie da gesagt hat, das ist einfach nur eine Schnapsidee. Aber wo sollen wir hin? Die Lotte und die Nina müssen ja auch irgendwo wohnen, wenn sie nicht nach Berlin zurückgehen.

Das wäre gar nicht so übel. Ich könnte bei der Lotte wohnen und auf die Nina aufpassen. Das würde mir gefallen, da hätte ich was zu tun. Und wäre nicht mehr das fünfte Rad am Wagen. Das war ich ja hier doch immer. Also nein, solange die Ella da war, hab ich mich nicht so fremd gefühlt, aber die Maggie hat mir schon immer zu verstehen gegeben, dass sie mich nicht mag.

Luise reibt sich Nachtcreme ins Gesicht und zieht dicke Wollsocken an. In letzter Zeit ist ihr in der Nacht immer kalt, seither schläft sie mit Socken. Maggie lacht sie jedes Mal aus, wenn sie sie so sieht. Sie hat deshalb begonnen, die Socken in der Früh auszuziehen, bevor sie in die Küche geht.

Das muss ich alles nicht mehr machen, wenn ich nicht mehr mit ihr zusammenlebe, denkt sie. Maggies Lachen über ihre Eigenheiten hat sie immer gekränkt. Wenn sie ihren rosa Schlafrock mit den Rüschen anhatte, hat Maggie sich vor ihr verbeugt und Majestät zu ihr gesagt. Wenn sie Lockenwickler im Haar hatte, hat Maggie laut durch die Wohnung geschrien: Der Friseur ist da, die nächste Dame zum Ondulieren…

Nein, sie will nicht länger als notwendig mit Maggie zusammenleben. Aber Rada würde sie vermissen. Rada die Ruhige, die Geduldige, die kocht, was man möchte, und immer da ist, wenn Luise wieder einmal gekränkt in einer Ecke sitzt. Rada, die sich nie erlaubt hat, über Luise zu lachen, obwohl sogar Ella manchmal geschmunzelt hat, wenn Maggie sich wieder einmal über sie lustig gemacht hat.

Wieso Rada unbedingt bei Maggie bleiben will?

Sie versteht es nicht. Und sie ist ein bisschen beleidigt.

Sie hat Rada so geholfen, denkt sie.

Sie hat sie zum Friseur mitgenommen, zur Kosmetikerin, sie hat ihr Kleider genäht und ist mit ihr ins Kaffeehaus gegangen. Wieso zählt das nicht für Rada? Maggie hat sich nie so um Rada gekümmert und trotzdem scheint sie mehr an ihr zu hängen als an Luise. Mich mag halt niemand, das war schon immer so und hat sich nicht geändert, denkt Luise und dreht das Licht ab.

Und flüchtet. In den Schlaf.

Rada liegt wach.

Italien? Was soll sie in Italien? Gut, viele ihrer Freundinnen aus Rumänien arbeiten jetzt in Italien. Aber sicher nicht auf dieser Insel, wo Frau Maggie hinwill. Ans Meer. Wo Rada doch gar nicht schwimmen kann. Was macht man am Meer?

Aber sie will auf jeden Fall bei Frau Maggie bleiben.

Frau Luise tut immer so, als sei Rada ein bisschen dumm. Primitiv, zurückgeblieben. Sie behandelt sie immer so von oben herab, als koste es sie eine Anstrengung, mit ihr zu sprechen oder irgendetwas mit ihr gemeinsam zu tun.

Frau Maggie behandelt sie wie eine Schwester. Manchmal schimpft sie, aber Rada traut sich auch zurückzuschimpfen, weil sie weiß, dass Frau Maggie nichts dagegen hat. Mit Frau Luise traut sie sich das nicht. Sie mag Frau Luise, sie ist ihr auch für vieles dankbar. Aber wenn sie sich entscheiden muss, bei wem sie leben will, dann entscheidet sie sich für Frau Maggie. Mit der ist es auch viel lustiger als mit Frau Luise. Frau Maggie ist ja schon ein bisschen verrückt, aber Rada gefällt das. Frau Luise ist so ernst, Rada weiß nicht genau, wie alt sie ist, aber manchmal hat sie das Gefühl, Frau Luise sei so alt, wie ihre Mutter jetzt wäre. Und sie ist nie so richtig fröhlich. Wenn sie da ist, ist immer so eine gewisse Trauer mit im Raum und das tut Rada weh.

Mit Frau Maggie gibt es das nicht. Die kann wütend sein oder auch zornig, traurig oder voller Schmerzen, aber dann schreit sie und dann ist sie auch wieder lebendig und lacht. Lebendig, denkt Rada, lebendig sein.

Frau Luise erscheint ihr immer wie eingefroren. Und dann fühlt sie sich auch wie versteinert und denkt, dass ihr nur noch der Tod bleibt. Aber so mag Rada nicht denken und nicht leben. Sie hat so wenig vom Leben gehabt, sie will es noch ein bisschen lustig haben, aufregend, interessant.

Mit Frau Ella war es so. Die hat Rada Bücher gegeben und sie überall hin mitgenommen. Auch ins Theater, nachdem Herr Heinz gestorben war. Und Rada hat vieles nicht verstanden, was sie lesen sollte oder im Theater gesehen hat, aber sie hat gewusst, dass das alles sie irgendwie zu einem anderen Menschen macht, und darüber war sie froh. Sie braucht keine Gouvernante. Sie braucht eine Freundin. Frau Ella war am Ende eine Freundin.

Und dann sind da ja auch noch die Kinder.

Wenn sie mit Frau Luise geht, wird sie Tommys und Lillis Kinder wahrscheinlich nur noch selten sehen. Und das kann sie nicht ertragen, weil die Kleinen ihr ans Herz gewachsen sind.

»Lotte hat ein Atelier gefunden«, verkündet Luise eine Woche später.

»Wunderbar, kann sie dort auch mit Nina leben?«, fragt Maggie.

»Nein, aber sie sucht eine Wohnung,«, antwortet Luise.

»Will sie denn ganz dableiben?«

»Weiß sie noch nicht …«

»Aha.« Maggie schaut erstaunt.

Nina kommt mit ihrem Teddy im Arm und bloßfüßig in die Küche und geht direkt zu Rada. Die hebt sie hoch, setzt sie Luise auf den Schoß und sagt: »Frühstück gleich fertig, Schatzi.«

»Uff, dieses Kind lässt einen nie ausschlafen«, jammert Lotte und kommt ebenfalls bloßfüßig in die Küche.

»So ist das eben mit Kindern«, sagt Luise versöhnlich und versucht, Ninas wilde Locken mit ihren Händen zu bändigen.

»Ja, ja, Mama, ich weiß, aber ich bin einfach noch nicht wach, Rada, gibt's einen Kaffee?«

Und dann steht eines Abends plötzlich Magda vor der Türe.

Draußen regnet es und Magda schaut aus, als sei sie gerade von einem Lastwagen überfahren und dann im Schlamm liegengelassen worden.

»Oh je«, sagt Rada nur, die die Türe aufmacht.

Dann zieht sie Magda herein, nimmt ihr den nassen Mantel ab und führt sie in die Küche.

Dort sitzt Lotte mit Nina beim Abendessen. Luise hat sich mit Kopfweh entschuldigt und ist schlafen gegangen, und Maggie trifft sich mit Jorge. Lotte und Magda schauen sich an.

»Was machst du hier?«, sagt Lotte leise.

»Ich komme, um mich zu entschuldigen und dich zu bitten, es noch einmal zu versuchen«, sagt Magda und lässt sich erschöpft auf einen Sessel fallen.

»Mama«, kräht Nina und rennt zu Magda.

»Komm sofort her und iss auf«, sagt Lotte streng.

Magda zieht das Kind an sich und küsst es auf die Locken.

»Darf sie mich denn nicht einmal mehr begrüßen?«

Nachdem Rada Nina aus der Küche gebracht hat, um sie zu baden, sagt Magda: »Lotte, ich weiß, ich hab mich geirrt, ich hab einen Fehler gemacht. Aber du auch. Du bist einfach davongelaufen und ich hab das Gefühl gehabt, dass ich dir nicht wichtig genug bin, dass du gar nicht um mich kämpfst ...«

»Ich hab einen Fehler gemacht? Du hast mich betrogen ...«

»Und du bist einfach abgehauen ...«

Der Streit dauert die halbe Nacht. Am Ende stellt Lotte Bedingungen.

»Du kommst nach Wien und wir bleiben jetzt einmal eine Weile hier. Ein Atelier habe ich schon und eine Wohnung geh ich mir morgen anschauen.«

»Also hast du schon alles geplant? Dass du in Wien bleibst?«

»Ja, schließlich haben wir jetzt ewig in Berlin gelebt, jetzt probieren wir's eben in Wien ...«

»Mama, schau wer da ist«, sagt Lotte am nächsten Tag zu Luise.

»Ich hab geglaubt, ihr habt euch getrennt?«, fragt Luise verwirrt.

»Wir haben uns wieder versöhnt und probieren es noch einmal miteinander«, sagt Lotte. »Und zwar in Wien, zumindest für eine Weile …«

»Kann ich trotzdem vielleicht bei euch wohnen?«, fragt Luise verunsichert.

»Ja klar, die Wohnung, die ich mir heute Nachmittag anschaue, ist groß genug für uns alle … Und ganz in der Nähe vom Atelier …«

»Magda ist da«, sagt Luise später zu Maggie.

»Was? Wieso? Ist das gut oder schlecht?«

»Weiß nicht, eher gut, wer weiß …«

»Und jetzt?«

»Sie bleiben jetzt erst einmal da …«

»Das ist doch gut!«

»Ja schon …«

»Also bist du jetzt froh oder nicht?«

»Ja, ich bin froh, ich kann auch bei ihnen wohnen …«

»Na, das ist doch super …«

»Die Lotte und die Nina bleiben da …«

»Und die Magda?«

»Die muss ja erstmal zurück, wegen ihrer Arbeit, weiß nicht, wie das wird …«

»Na ja, das wird sich schon weisen …«

Frau Luise wird zu Frau Lotte ziehen, denkt Rada. Und was machen Frau Maggie und ich dann? Eigentlich hat es Rada ganz gut gefallen, wie es war. Sie vermisst Frau Ella, die eine Art Zentrum gewesen ist in diesem Haushalt voller eigensinniger Frauen. Jetzt bleibt sie mit Frau Maggie zurück und sie weiß nicht einmal, ob die nicht plötzlich auf die Idee kommt, irgendwohin zu reisen.

Rada will nicht wieder ganz von vorne anfangen. Sie ist hier zu Hause, in dieser Wohnung, bei diesen Frauen. Sie kann sich nicht wieder eine neue Familie suchen. Zumal sie ja nicht weiß, wo sie landen könnte. Nein, das kann sie nicht mehr, sie ist ja auch nicht mehr die Allerjüngste und sie ist müde …

»Mama, schau, es ist doch gar nicht so schwer. Wenn der Tommy die Wohnung braucht, die nebenbei gesagt ja wirklich auch ihm gehört, dann tausch doch einfach mit ihm …«, sagt Nelly plötzlich, als sie am nächsten Sonntag alle beim Essen sitzen.

»Wie meinst du das?«

»Na ja, er lebt ja bis jetzt auch nicht unter der Brücke. Und die Gegend ist sehr nett. Du hast ein Kaffeehaus und einen Supermarkt vor der Türe und die Straßenbahn und die U-Bahn ganz in der Nähe …«

»Wovon redest du?«

»Also wirklich, du bist so was von stur. Ich rede davon, dass du doch mit dem Tommy einfach Wohnung tauschen kannst …«

Maggie überlegt. Tommys Wohnung wäre groß genug für sie und Rada, aber nicht für Luise. Aber die kann ja ohnehin bei ihrer Tochter leben.

Na ja, sie mag Luise nicht besonders, aber so auseinandergehen, das mag sie auch nicht. Man könnte Tommys Wohnung ein bisschen umbauen. Die Zimmer sind groß. Wenn man eines teilt, wäre auch für Luise Platz. Aber sie würde ihr noch mehr auf die Nerven gehen in der kleineren Wohnung.

Warum zum Kuckuck teilt Tommy das Zimmer nicht und lässt sie hierbleiben, wo sie sich alle zu Hause fühlen?

»Das kannst du nicht von ihm verlangen!«, sagt Nelly energisch. »Mit drei kleinen Kindern werden die wahnsinnig dort …«

Ja, denkt Maggie, das kann sie nicht verlangen. Denn das hier ist ja doch Ellas Wohnung, Hier hat sie die Kinder großgezogen und mit Heinz gelebt. Und sie, Maggie, hat ja eigentlich gar keinen Anspruch darauf …

»Ich rede mit Tommy, schauen wir einmal, was er sagt. Vielleicht will er die Wohnung ja vermieten und für seine Kinder aufheben?«

»Mama, das ist doch eine Mietwohnung. Ihr müsst nur mit dem Hausbesitzer einig werden, alles andere sind Ausreden. Ich versteh ja, dass du nicht ausziehen willst, aber es wird nicht anders gehen …«

Tommy ist begeistert.

»Dann kann ich einen Teil der Möbel dort lassen und brauch hier nicht alles neu machen, wenigstens nicht am Anfang«, sagt er, nachdem Nelly ihm den Vorschlag unterbreitet hat.

Maggie ist nur daneben gesessen und hat geschwiegen.

»Tante Maggie, sag doch auch was ...«

»Na ja, das ist wahrscheinlich die beste Lösung ...«

»Wunderbar, ich rede gleich mit der Silvia darüber ...«

Aber Silvia entbindet noch am selben Abend. Einen Buben, den Tommy gerne Heinz nennen würde nach seinem Vater. Aber Silvia weigert sich und schließlich bleibt es doch bei Theo.

Als Tommy Nanni und Hanni am nächsten Tag in der Wohngemeinschaft vorbeibringt, weil er arbeiten muss und der Kindergarten natürlich gerade jetzt Ferien hat, fragt Maggie die Mädchen, wie ihr Bruder heißen soll. »Eooo«, sagt Hanni stolz und lacht. »Theo«, verbessert sie Nanni streng.

»Freut ihr euch?«, fragt Maggie.

»Pielen«, sagt Hanni fröhlich.

»Der ist noch viel zu klein«, sagt Nanni abfällig. »So klein«, sagt sie und zeigt mit den Händen die Größe eines Apfels und lacht.

»Kann ich in meine Tasche stecken ...«

»Asche teck ...«, sagt Hanni und beide Mädchen lachen laut und rennen aufgeregt durch die ganze Wohnung.

Und Maggie beschließt, nichts mehr gegen den Tausch zu sagen ...

»Luise, ich tausch mit Tommy«, sagt sie am nächsten Abend, nachdem Tommy die Mädchen abgeholt hat und sie erschöpft auf das Sofa gefallen ist.

»So was habe ich mir schon gedacht«, sagt Luise betrübt. »Da ist dann kein Platz mehr für mich ...«

»Aber du ziehst doch zur Lotte?«

»Ja, jetzt einmal, aber wer weiß, wie lange die hier bleibt, und dann?«

»Aber sie hat doch ein Atelier gefunden und die schöne Wohnung und sie hat die Nina schon in den Kindergarten eingeschrieben ...«

»Ja schon, aber vielleicht geht sie dann doch wieder zurück, dann steh ich auf der Straße ...«

»Auf der Straße stehst du sicher nicht, dann kommst halt wieder zu uns …«

Aber Maggie weiß natürlich, dass das nicht so einfach wäre. Rada aber lacht und sagt: »Dann wieder alle zusammen. Warum nicht?«

Tommy bringt Theo, dessen Köpfchen ein wenig bräunlich leuchtet, weil er die übliche Geburtsgelbsucht hat und der im Gegensatz zu Nanni und Hanni hellblonden Flaum trägt.

»Schöne Bub«, sagt Rada und Silvia wagt es nicht, ihr das Baby zu verweigern. Theo lässt sich von Rada hin und herschaukeln, ohne die Augen aufzumachen. Erst als er hungrig wird, schaut er kurz und beginnt dann laut zu schreien.

»Schöne, starke Bub«, sagt Rada begeistert. »Wird Schwestern gut machen«, fügt sie hinzu und überreicht das Baby Silvia, die ins andere Zimmer geht, um Theo zu stillen. Gefolgt von Nanni und Hanni, die die Mutter keine Sekunde aus den Augen lassen.

»So geht das die ganze Zeit«, beschwert sich Tommy. »Ich bin überhaupt nicht mehr wichtig, nur noch die Mama und das Baby …«

»Sei froh«, sagt Maggie und lacht.

Luise zieht als erste aus.

Sie nimmt alles mit, was in ihrem Zimmer steht.

In Lottes Wohnung gibt es nichts, und sie will kein Geld für neue Möbel ausgeben, weil sie gar nicht weiß, ob sie lange dort leben wird. Rada weint, als sie sich verabschieden.

Maggie sagt zu Luise: »Morgen kommst du zum Essen und wir machen uns dann aus, wann wir uns regelmäßig treffen, ja?«

»Weiß nicht«, antwortet Luise zunächst unsicher und umarmt Maggie dann ganz stürmisch, bevor sie Rada in die Arme schließt und ihr tröstend zuflüstert, dass sie sich bald wieder sehen werden. Lotte steht mit Nina daneben und beobachtet die Abschiedsszene mit gewisser Ironie. Maggie ist geschockt von Luises Umarmung und atmet erleichtert auf, als die Türe ins Schloss fällt.

»So, Rada, jetzt packen wir. Morgen kommen die Möbelpacker, obwohl, viel gibt's eh nicht zu packen. Bei mir nur die Bücher und der Kleinkram …«

Während Maggie ihr Zimmer leert, kommt Tommy.

»Ich möchte ein großes Familienessen machen. Um Theo zu begrüßen und für uns als Einstand hier, was meinst du?«

»Gern. Und du brauchst wahrscheinlich die Rada. Weil, wer soll sonst kochen?«

»Ja, genau …«

Maggie und Rada haben sich noch nicht an die kleinere Wohnung gewöhnt, als Tommy schon das große Essen plant. Er fragt Lilli und Nelly, wann sie Zeit haben, und ruft bei Lotte an, um auch sie und Luise und Nina einzuladen. Dann kommt er zu Maggie und berät sich lange mit Rada, die ihm eine Einkaufsliste mitgibt und verspricht, schon am Tag vor dem Essen einiges vorzubereiten und dann mitzubringen.

Am Sonntag ist Rada schon weg, als Maggie aufsteht, um zu frühstücken. Maggie hat schlecht geschlafen und ist schlecht gelaunt.

Was machen die für ein Theater, denkt sie. Und hat eigentlich keine Lust auf das Familientreffen. Weil sie die Wohnung sicher nicht wiedererkennen wird und sie das traurig macht und sie nicht trauriger sein will, als Ellas Tod und all diese Veränderungen sie ohnehin schon machen. Aber kurz vor zwölf Uhr ruft Nelly an, die ahnt, dass ihre Mutter möglicherweise doch noch kneifen könnte.

»Ich steh unten, komm herunter, damit wir nicht zu spät sind«, sagt sie energisch, und Maggie, die noch im Pyjama ist, antwortet, dass sie noch eine Weile braucht und dass Nelly doch heraufkommen soll.

»Mach dich fertig, schnell, sonst kommen wir zu spät, und du weißt ja, da wird die Rada ganz zornig, wenn man zu spät zum Essen kommt. Und die Kinder werden dann auch grantig. Also beeil dich …«

»Kann ich nicht einfach dableiben?«

»Zieh dich an und zwar schnell!«, sagt Nelly ohne jede Spur von Mitgefühl.

Also schleppt sich Maggie in ihr neues Zimmer, an das sie

sich noch nicht gewöhnt hat, sucht nach einem Kleid, Schuhen und Strümpfen, bürstet sich das Haar und nimmt die erstbesten Ohrringe, die sie findet, weil sie nie ohne Ohrringe aus dem Haus geht.

»Gut schaust du aus«, lobt Nelly sie und hält ihr den Mantel hin.

»Ich habe so gar keine Lust«, sagt Maggie.

»Ja, ja«, sagt Nelly, »das kommt schon!«

Als sie an der Türe läuten, wird es Maggie ganz kalt.

Aber dann öffnet Tommy und hinter ihm purzeln die drei größeren Kinder durchs Vorzimmer auf sie zu und Nelly kniet sich hin, um sie zu umarmen, und Nanni schreit sofort:

»Tante Nelly, was hast du uns mitgebracht?«

Und Hanni und Emil spielen Echo: »Mitdebracht?«

Nelly greift in ihre große Tasche und zieht drei Aufziehtierchen heraus, und die Kinder jauchzen und laufen laut schreiend ins Wohnzimmer, wo Silvia mit Theo sitzt und sich mit Lilli und Lotte und Luise und Nina unterhält, die schon zu »erwachsen« ist, um mit den »Kleinen« mitzulaufen, sich aber trotzdem freut, als Nelly auch für sie ein Tier aus der Tasche zaubert.

»Essen!«, ruft Rada und alle versammeln sich um den Tisch.

Wie seltsam, denkt Maggie. Gerade sind wir noch mit Ella hier gesessen und jetzt ist alles anders.

»Achtung, Achtung, ich habe euch etwas zu sagen!«, klopft Tommy an sein Glas und räuspert sich. »Also erstens, willkommen Theo, wir freuen uns alle sehr, dass du bei uns bist! Und zweitens: Ihr alle seid unsere Familie und das bleibt auch so!«

»Bravo Tommy, schön gesprochen, mehr musst du gar nicht sagen«, ruft seine Schwester und trinkt einen großen Schluck aus ihrem Weinglas.

»Naja«, murmelt Luise, aber nur Maggie scheint sie zu hören.

»Was passt dir schon wieder nicht?«, fragt sie leise, aber Luise schüttelt nur den Kopf.

Und dann sitzen sie um den großen Tisch und Rada nimmt Theo, damit Silvia essen kann, und die Kinder machen große Flecken auf das Tischtuch, und Maggie denkt, wie gut, dass wir nachher einfach gehen können und die Jungen aufräumen müssen.

Und wie gut, denkt sie auch, dass jetzt etwas Neues beginnt, und man nie wissen kann, was morgen sein wird. Das macht zwar schon auch Angst, aber es heißt auch, dass wir leben. Dass wir noch da sind und noch nicht so ganz zum alten Eisen gehören!

»Das nächste Mal gehen wir alle miteinander in den Prater«, sagt Maggie laut und lacht, als sie Luises strahlendes Gesicht sieht und die erstaunten von Lilli, Nelly und Tommy.

»Wunderbar«, sagt Lotte, »das machen wir!«